主编　凌翔

月明三川

逯玉克　著

北京燕山出版社

图书在版编目（CIP）数据

月明三川 / 逯玉克著. — 北京：北京燕山出版社，
2023.5

ISBN 978-7-5402-6381-2

Ⅰ.①月… Ⅱ.①逯… Ⅲ.①散文集 – 中国 – 当代
Ⅳ.① I267

中国版本图书馆 CIP 数据核字（2021）第 280191 号

月明三川

YUEMINGSANCHUAN

著　　者：逯玉克
责任编辑：杨春光
装帧设计：邓小林
出版发行：北京燕山出版社有限公司
社　　址：北京市西城区琉璃厂西街 20 号
邮　　编：100052
电话传真：86-10-65240430（总编室）
印　　刷：北京军迪印刷有限责任公司
开　　本：710mm×1000mm　　1/16
字　　数：200 千字
印　　张：15.75
版　　次：2023 年 5 月第 1 版
印　　次：2023 年 5 月第 1 次印刷
ISBN 978-7-5402-6381-2
定　　价：68.00 元

自 序

文学叹

（又名：诗之乱谈）

一

文学是一片浩瀚的海洋，不是我这样的凡夫俗子所能谈的，只好望洋兴叹地"叹"。而文学的博大精深，又让我这个井底之蛙"叹"不过来，只好从它的上游小溪——诗"叹"起——其实也无非是门外谈诗、隔靴搔痒而已。

曲尽人情莫若诗。诗，是人类最早产生且恒久不衰的一种文学样式。中国是诗的国度，漫漫数千年，诗作浩如烟海，诗人灿若繁星。

那么，历代诗人中，谁的诗最多？

白居易被称为"诗王"——他有3000首诗。

陆游自云："六十年间万首诗"——然而也不是最多的。

诗作最多的居然是一个皇帝——乾隆。据说，他写了四万多首诗！然而遗憾的是，这些诗，大多"闲抛闲掷野藤中"，零落成泥。

浩浩荡荡洋洋数万首诗作全部折戟沉沙淹没在时间的长河中，这不能不说是诗人莫大的悲哀。相反，倒是有那么一些"幸运"得让人嫉妒的诗人，只用区区几首甚或一首乃至一句诗，就出奇制胜地为诗人赢得永久的声誉。

以唐人为例：

李绅的"谁知盘中餐，粒粒皆辛苦。"

孟郊的"谁言寸草心，报得三春晖。"

王湾的"海日生残夜，江春入旧年。"

张继的"姑苏城外寒山寺，夜半钟声到客船。"

王之涣的"羌笛何须怨杨柳，春风不度玉门关。"

刘希夷的"年年岁岁花相似，岁岁年年人不同。"

赵嘏的"残星几点雁横塞，长笛一声人倚楼。"

崔颢的《黄鹤楼》。

张若虚"以孤篇压倒全唐"的《春江花月夜》

······

文学就是这样让人尴尬和无奈——有人名噪一时，洛阳为之纸贵，然而却只是昙花一现；有人著作等身却湮没无闻。李后主青史留名，不因他是皇帝，而是"词中之帝"；柳永、蒲松龄，落魄江湖，其词其文却千古流传。山河苍茫，文字流淌，只有那些真正的艺术，在历经时间无情的考验后，才吹尽黄沙始见金而具永恒的魅力！

诗，是高雅的艺术，而这种阳春白雪的产生，却需要诗人呕心沥血的艰难创造！"两句三年得，一吟泪双流。""借问别来太瘦生，总为从前作诗苦。"诗人不唯需要超群的天赋灵气，更需要以生命为代价的投入！

诗如此，文学乃至所有的艺术莫不尽然。

的确，文学不好"玩"！没有进地狱的勇气，没有飞蛾扑火的决绝，你就跨不进文学的门槛！

真正的精品，融注了作者的天赋、心血、灵魂和生命！

二

什么是诗？

诗言志。《毛诗序》曰："诗者，志之所之也，在心为志，发言为诗。"

亦言情。严羽《沧浪诗话》云："诗者，吟咏性情也。"

诗无定义，亦无定法，运用之妙，存乎一心耳。

诗，或许是人间最为曼妙隽永的存在，它源自灵魂的舞蹈，连上帝都为之惊奇、动容。

最早的诗不是来自《诗经》，《诗经》只是辑录。诗，散落在自然的山水草木间，悄然在人世的烟火日子里。所以，月色是诗，流水是诗，花开是诗，雪落是诗，婴儿的第一声啼哭是诗，你眼里的那缕忧伤也是诗。

其实，每个人的心中都有诗，诗是生活的海洋里凝结的珊瑚。

所谓诗人，是那些善于独到发现并能以最为恰切的形式艺术表达的人。

三

在"诗界"，匍匐底层，其名也微，其言也轻，其诗也"陋"者，此之谓草根诗人。

风起于青萍之末，除了罕见的神童天才，很多诗人也多是从草根起步的。

杜甫生时其实也无甚大名，只是到了五代十国才被人推崇。白居易，在"野火烧不尽，春风吹又生"之前，跟杜甫一样有过"京漂"的经历。余秀华也是，在《穿过大半个中国去睡你》之前，她也是困居乡野，寂寂无闻，无人可睡。

即使后来成了光芒四射的名家大咖，但他们依旧心存敬畏。因为，文字是他们心中的神，每个字都蓬勃着鲜活的生命与感情。"为求一字稳，耐得半宵寒"，你是我回眸一笑百媚生的佳人，我是你为伊消得人憔悴的情郎，是他们写作的常态。

只是，乱云飞渡沧海横流的诗坛，偏偏有人兵出子午剑走偏锋，"语不惊人死不休"。

比如：梨花体、羊羔体、乌青体、屎尿体，等等。

这可否是暴得大名的终南捷径？

诗，当然应该探索、创新，但决不能糟蹋、亵渎。

是的，诗，流派最多，也最难评判，所以高考才"文体不限，诗歌除外"。

这决不是"烂"的理由。

诗，不是花蕊里的甜，随便哪个蜂蝶都能采酿。诗，是石中的玉，需要你千山踏遍，寻觅、发现、构思、雕琢、打磨。

诗，是出窑的陶瓷，每一首，都独一无二；每一首，都鲜活永恒；每一首，都会随着你的感悟与想象，瓷花开片。

四

文章千古事，得失寸心知。

作家、诗人，归根结底是用文字说话、靠作品立身的。

作品是作家最好的墓志铭。

活在自己的文字里，即为永生；活在读者的阅读中，便是不朽。

五

我自恨没有"李杜"那样的生花妙笔，却又按耐不住心血来潮时那份不吐不快的激情和冲动，只好不避浅陋，涂鸦了这么一堆歪瓜裂枣的文字。架不住朋友的怂恿，就也傍桑阴学种瓜，出了这么一本不能称其为书的集子。

1200年前，俺那位被后世尊为"诗圣"的乡党曾预言：玉克文章老更成，凌云健笔意纵横。

怎奈，人老矣，文未成。

文章何处哭秋风？闲抛闲掷野藤中。

如是而已。

是为序

逯玉克

2020 年 9 月 2 日

背负着大地行走的歌者

——《月明三川》代序

李少咏

所谓文学写作，尤其是能够直指人心的散文写作，就是在一种声音里说话，或者说在一种倾心打造的精神氛围里说话。

说白了，因为这是一个自由嬉戏的时代，又是一个某种力量在暗中调戏一切精神存在的时代，一个把一切都统统化为所谓文化消费的时代。面对这样一个时代，一个精神自足的写字的人，大概记住这么一句话会避免不少伤害。这句话是一个叫路德维希·约瑟夫·约翰·维特根斯坦 (Ludwig Josef Johann Wittgenstein) 的奥地利老头儿、一个很骄傲的犹太人说的。他说："这种或那种动物之幸免于难，是因为它们具有躲藏的本领或能力。"

记住这句话，傻二憨子都会变得聪明一点了，一个本心清纯明净的写字的人，当然更不用说了。因为我们都知道，可以这么说，如果在我们的生活中谁都难以躲起来保护自己少受不受无法预测的莫名伤害，那么写字的人也许通过写字就可以做到这一点，只是由于他可以在写字的时候玩好一种变形记或遁身法，从而营造一种自足的精神氛围做厚厚的或者虽然单薄却绝对坚韧的自我保护屏障。那时候，在有些人以为可以给你贴上某种他臆想中标签，可以套住你的手脚和大脑的时候，会无奈地发现，你比他们所涉嫌的更为复杂更为难以捉摸。

这种时候，即便你不是胜利者，也已经是站在了不败之地了。这时候你写的字，就成为了真正属于你自己的字，叙述的也是真的你自己的故事了。

当然，每一片土地都有自己的故事，但只有真诚地爱她牵记她的人才能把这些故事以最好的方式重现出来。逯玉克先生就是这样一个写作者，一个背负着大地行走的真诚的歌者，写真正自己的故事的写字的人。

当代法国最具影响力的哲学家之一保罗·利科尔曾经告诉我们："说一首诗创造或引起一种感情，是说它创造或引起了一种发现和感受到自己生活在世界中的新方式。"

诗歌如此，小说、散文又何尝不是如此。

某种意义上说，我们今天是生活在一个丧失或者部分丧失了秩序、创造性和宽容精神的时代，作为一个读书写字的人或者说一个今天的人文知识分子，这一点对我们的影响甚或说是伤害是深重到与我们血脉相连的。举目望去，太多的我们写字的同行们为了迎合盛世而放弃了自己的道德和立场、情感和精神，我们眼前上演最多的是权力和金钱交媾出来的一个个狂欢节。在这样的时代背景尤其是精神背景之下，读到逯玉克的书稿《月明三川》，心里忽然有了一份隐隐的感动。

在乡野里，在山水间，总有很美丽的东西存在着。那是我们久违了的天籁之音。他们大概也随着写字者读到过老维特更斯坦那句话，所以狡猾的躲藏在了心底清纯明净的写字人的字里行间。

就是如此，如假包换。在这样一本薄薄的，而且是出于最纯粹意义上的业余作者笔下的小书里，我读出了一个像一首最美丽的诗歌一样的最纯粹的诗人。是的我称这个写作者为诗人，因为在我的阅读还原过程中，我越来越清晰地看见了一颗不断地发现日常生活和山川大地之美并且毫无保留地奉献给我们所有人的伟大的诗人的灵魂。换句话说，这是一个我多年来一直在寻找的拥有大格局大气度的写作者。

所谓大格局大气度，不在于外在形式上的大，而在于精神的心的博大。拥有大思想格局的人，无论面对一条大河一座大山还是面对一堆荒冢一茎枯草的时候，都能够于片言只语之间显现出那份人间关爱。那时候，他不仅想到自己，也想到他人；不仅想到受，也想到给；不仅关注历史，看到现在，更关心人类的未来。

这样的人，无论身处高山之巅还是落身草莽之间，你都没有任何办法能够掩去他精神深处散发出来的光芒。

我曾看到作者另一本书的简介：文学是一束妖艳的罂粟花，让你心醉神迷欲罢不能，而她总和你做一种镜花水月的游戏。文人，明知"万言不值一杯水"，犹自"为伊消得人憔悴"，我不知道这是一种高尚的虔诚？还是一种悲哀的迂腐？捻须推敲，为几篇烂文章呕心沥血；清贫淡泊，不善为稻粱谋落魄半生。这带有一点调侃意味的自况，也从一个侧面画出了作者灵魂的剪影。

我们以为，最好的文学作品总是具有某种内在的文化地理学属性的。文学作品的世界由位置和背景、场所与边界、视野与地平线组成。文学作品里的故事、人物、自然风光，当然还有我们的叙述者和作为读者的我们自己，大家各自占据着不同的地理和空间，这些不同的地理位置和空间，某种意义上就决定着一部作品的价值和精神取向。客观地说，在我们的阅读经验中，任何一部文学作品都有可能为我们提供一份形式不同，甚至完全相左的地理知识，从而无形中左右着我们从对一个地区的感性认识到对某一地区和某一国家的地理知识的系统了解。

当然，文学作品中的地理和空间也不能单纯的被视为地理景观的简单描述，许多时候，正是一些优秀的甚至并不那么优秀的文学作品帮助我们塑造了这些景观，文学与其他媒体一样潜在而又十分深刻地影响着人们对地理的理解。沈从文笔下的湘西，萧红笔下的东北呼兰小城，福克纳笔下的约克纳帕塔法郡，加西亚·马尔克斯笔下的南美洲大陆的马孔多镇，彭斯笔下的苏格兰大地，莫言笔下到处生长着红高粱的高密东北乡，当然还有逯玉克笔下的月明三川，都是这样的艺术产物。

在那些优秀的作家笔下，文学作品不仅描述了地理和空间，而且作品自身的结构也对当时当地的社会结构的形成和变迁做了形象化的阐释。就这一点来说，逯玉克的散文同样是其他作品无法替代的。他笔下的那月明三川因为不断闪射着那块土地特有的精神气韵，让我们一次又一次走进历史的深处，追随作者去触摸、品味某种那块土地可贵的文化象征意味。

在很多时候，人类被囚禁在自己为自己设置的种种牢笼或者陷阱之中。这不是我们的错，上帝在创造人类的那一瞬间，便已经为人类规定了这样的生命路径，无论如何，你必须这样走下去。

诺瓦利斯说，哪里有孩子，哪里就有黄金时代。而我们也可以说，哪里有梦想，哪里就有通往理想明天的道路。而在逯玉克笔下，那个隐含的叙事者就是一个像圣·埃克苏佩里笔下的那个小王子一样的孩子，与小王子不太一样的，是他的掌心有一些神秘的、来自那片古老而神圣的大地的隐形符号，沿着那些神秘符号指引的路径，我们看见了两千多岁的田横和他的壮士们，看见了一腔碧血的苌弘在放声高歌，看见了坚毅跋涉在万里大漠风沙中的玄奘法师……所有这一切，构成了一座在我们今天所面临的这个喧嚣而又浮躁的世界里悠然而起的以梦想为材料的通往美丽明天的城市，一座人类世世代代梦寐以求的生命绿洲。在今天这个文字不如游戏，思想不如投机的时代里，还有人能够沉静下来，把文字打磨到如此精美，如此让人读来不忍放手的境地，这不能不说是一个奇迹。

我曾经不止一次思考过，无论一个人、一件事或者一条河流一座山川一座城市一个村庄甚或只是一片自然风景，都必须在你对他有了牵记有了爱的时候，他才是有价值有意义的。比如我们的故乡，是因为有我们的父母乡亲，有我们少年时候留在田埂上小河边的歪歪扭扭的小脚印，他才是一个神奇诱人的存在。而一个陌生的城市，哪怕如巴黎、纽约那样的繁华大都市，如果没有你要牵记的人要牵记的事物，它在你心目中也是绝不可能留下千回百转的温馨忆念的。逯玉克以他温润的心灵带动幽雅的笔致，当然也有时候做一下金刚怒目的造型，画出了月明三川的各种不同色彩，也因而唤起了我们每一个人对于前世的回忆还有对于未来的憧憬，作文如此，夫复何求！

一千六百多年前，陶渊明先生在其诗歌中不无欣慰与忧伤地感叹道："久在樊笼里，复得返自然。"那时候，他应该是已经深深感到了现实的重重压力，才发出了这样的慨叹。而一千六百多年以后的今天，我们已经进入一个所谓的知识经济的时代，现实生活的樊笼与压力与当年的陶渊明先生所感受到的相比，无论从哪个角度说都应该是更大更多更深重的了。随着各种压力的日益加深加重，我们不仅需要各种有用的知识作为求职谋生的手段，而且更加需要以某种审美的智慧作为自我救赎的依托。这种智慧进入文学艺术创作，可以有效地帮助我们恢复被现实的重重雾障遮蔽了的自我的本来真知，让我们能够从风平浪静中洞见人生真境，从尘世喧嚣中感悟心体本然，在松风泉韵、天光云影中聆听自然鸣珮，体会乾坤华章，从而真正提升我们的生活品位与质量。

日本现代著名作家水上勉先生在一篇名为《土俗之魂》的散文中曾经这样写道："生活在某一块土地上的人们的本质性的东西，将由诞生在那一块土地上的人们保持下去"，因而，大多数艺术性较强的作品"是以作家本人诞生的土地或长期定居的土地为背景的"。接下来他又总结说，这就是"土俗精神的威力"。

水上勉先生文中所谓的"土俗"，其实也就是我们通常所说的风俗、民情、生活习性等。究其实质的话，我们可以把它理解为是与在某一块特定的土地上居住的人们的根深蒂固的生活风俗和行为心理习惯相通的一种精神、情绪或者说文化传承，这正是一个作家或者诗人的创作赖以成功的精神源泉之一。

早在一百年前的欧洲大陆上，被后世誉为诗人哲学家的德国人荷尔德林也曾经这样向我们说起过，一位诗人，或者说一个知识者，要想在所有的诗人或者知识者中超拔而出遗世独立，那他只有被迫"离开自己的家，在异乡漂泊……然而内心却充满爱，充满突破这粗劣的外壳而冲进友谊的元素中的渴望"。换句话也就是说，只有在饱尝了浪子的艰辛和离家的苦涩之后，一个诗人，一个真正意义上的知识者或者思想者，他才能够认识到自己的故乡，"才知道身外有人，身外有物，因为只有这样他才成为人。一旦他是人，这个人就是一位神。如果他是神，那么他是美的。"

在一些特殊的时候，我们很容易被一些莫名的黑暗或者说罪恶击垮。但是我们还是要明白，如果有黑暗和罪恶，那我们每个人都应该对着黑暗和罪恶负责，因为只要这世界还存在黑暗和罪恶，那么生活在这个世界上的人就都不可能是纯粹的审判者。消除黑暗和罪恶的唯一途径，是点燃光明，崇仰正义。以自己的心灵和血脉点燃一盏灯，以自己的灵魂为坐标写出带有血脉精神的文字，是一件很是费力有时候也不讨好但是绝对极有价值的事。

统观逯玉克这部精美的集子，绝大多数都是在吟咏三川大地的风物民情，正是这种对于故乡故土的深沉挚爱，让作者无论走到哪里，都有了一份思想的根基，让他能够随时随地感悟并且传达出来大自然的一切美好。在今天这个价值多元诱惑遍布每一个角落的时代里，这种重拾人性的骄傲与激情，强调对人的生命与灵魂的珍重、疼惜与赞美歌唱的努力，当然是值得我们每一个写作者敬佩与学习的。

（李少咏，河南西华人，洛阳师范学院教授，文学博士。

中国文艺评论家协会会员，洛阳文艺评论家协会主席。）

目 录

序

第一辑：西亳古韵

第二辑：千古三川

第三辑：三川读河

第一辑

西亳古韵

偃师风物

"三面墙,一面空,里边坐个女学童,有心进去说说话,墙外一人在偷听。"

这是个字谜,谜底嘛,是"偃师"的"偃"。

偃师?

河南西部,洛水之阳,邙山之南,古邑存焉。县古槐根出,夏都之,商都之,周亦都之。商都曰西亳,因以名焉。后武王伐纣,于此筑城,息偃戎师,故名偃师。

以中华疆域之广袤,山川气候之迥异,各地风物亦千差万别。偃师有几种特产:树上结的,曰含消梨;土里长的,曰银条;地下藏的,曰牡丹石。此三者,自然天成,亦有人文创造,诸如:西亳三碑,河洛大鼓。

含消梨

含消梨,是一棵树,或者一种树,梨树。

洛阳的梨树栽培,从西周就开始了。

《史记·燕召公世家》记载了一个故事:"召公巡行乡邑,有棠树,决狱政事其下,自侯伯至庶人各得其所,无失职者。召公卒,而民人思召公之政,怀棠树不敢伐,歌咏之,作《甘棠》之诗。"

这个故事,被后世称作"甘棠遗爱",那首《甘棠》之诗,被选进了《诗经》。

甘棠是什么？朱熹《诗集传》注：甘棠，杜梨也。白者为棠，赤者为杜。棠梨甜，杜梨涩。

题目中的这棵含消梨，肯定属于棠棣，因为它太甜了。

而且，不只是甜。

偃师南部有山，乃伏牛之余脉，曰万安山。万安山有一关隘，因其形名大谷关，关内有村曰水泉村，水泉有祠曰濯龙祠、有潭曰濯龙潭，祠旁潭畔有树曰大谷梨。

其树也，高大笔直，冠盖如伞；其果也，脆嫩甜美，可含而化之，故名含消梨，冠于京师。《洛阳伽蓝记》载："报德寺有含消梨，个重六斤，从树投地，尽化为水。"

海内仅此一树，时人珍之。

这么珍奇的尤物，谁才能有幸品尝呢？

"含消梨子青华枣，定向秋前供御筵。"呵呵，不用想你也能猜到。

是时，东吴斩首关羽，将其首级送至魏国。曹操识其用心，遂配以楠木葬于城南（一说在今洛阳城南之关林镇，一说在汉魏故城南今洛阳伊滨区之关庄村）。然夜静更深，曹必梦云长，乃命大将苏越造建始殿以祭之。

苏越伐濯龙祠畔含消梨树，斧入血出，斧出则愈合，掘其根亦然，甚为惊异。曹操闻报，亲执剑而刺，血溅曹身。曹恶之，归来病卧，是月崩。

《三国志·魏武本纪》注引《世语》曰："太祖自汉中至洛阳，起建始殿，伐濯龙祠而树血出。"

《曹瞒传》曰："王使工苏越徙美梨，掘之，根伤尽出血。越白状，王躬自视而恶之，以为不祥，还遂寝疾。"

真有这么一棵神奇的梨树？真有果重六斤的梨子？（有人考证，《三国演义》中关云长72斤的青龙偃月刀，折合到现在，只有36斤。那么，个重3斤就不算离奇了）真有这么一棵堪做大梁的树身？真的会有斧入血出的诡异？或许有吧。只是，一个物种，又怎么珍稀到天下仅此一棵？莫非这只是一个传说？

但上文引用的历史典籍和相关故事，即使除去演绎、夸张的成分，庶几亦可证实它的真实存在。

一棵树萦绕着历史风云，一棵树承载着世事沧桑。

志在天下，连孔融、祢衡、杨修盖世才学都不顾惜的曹操，更不会怜惜一棵树，覆巢之下岂有完卵？可怜含消梨于岁月深处尽散为水，只留下梨树沟、含消梨这些凝结着一段故事的名字，子规啼血般默默见证、怅然纪念着那段苦涩的历史。

水泉村所在的大谷关，乃汉魏故城正南一道天然屏障，是洛阳通往南阳、汝州、许昌等地的重要关口，谷纵深15公里，沟壑纵横，伏兵扼守，可断绝南北，为汉八关之一。孙坚讨伐董卓，就曾兵出大谷。

大谷，又叫通谷。222年，曹植从汉魏故都到山东鄄城的封地，没有顺河而东，却偏偏绕道西南，沿万安山一路向东，"背伊阙，越轘辕，经通谷，陵景山（《洛神赋》）"，领略洛阳关山的险峻与壮美（然后才有了夕阳西下之时洛河之畔惊艳千年的人神之恋）。

大谷关南，万安山的一处山阿，是曹操之孙魏明帝曹叡的陵寝。《水经注》曰："山在洛阳南，山阿有魏明帝高平陵。"那年正月，曹爽兄弟随曹芳去高平陵祭扫，出得大谷关，却再也没能重回京城，因为，诈病在京的司马懿已然狂澜骤起，鹰顾狼视中江山易姓。

那一刻，煌煌曹魏，曹氏三祖苦心经营的一代王朝，含消梨树般轰然倒下。

"斧入血出，斧出则愈合"，那是树的血？树的泪？树的坚韧不屈？含消梨的绝世美味惜乎再也无缘得尝，曹操砍向含消梨树的利剑让我们震颤千年！他缔造了一个短命王朝，却断绝了一道稀世美味。

爽滑甜脆的含消梨，依然让我们咀嚼出历史沧桑苦涩的滋味……

银条

万安山往北 20 公里，自西而东，是一带狭长的平原，那是伊河洛河冲积而成的。

3700 年前，洛河岸边，坐落着一座古邑：斟鄩。

斟鄩，是夏代的国都（即二里头遗址，被称为历史上最早的"中国"），夏桀就住在那里。《史记·夏本纪》："太康居斟鄩，羿亦居之，桀又居之。"

夏桀嗜酒。那时，已经有了"有饭不尽，委余空桑，郁积成味，久蓄气芳"的惊世发明：杜康酒。

1975 年，夏都斟鄩出土了一件国宝级的文物：乳钉纹青铜爵。这是迄今为止我国发现的最早的青铜器，其实是一种饮酒器，被称为"华夏第一爵"。嗜酒如命的夏桀，是否用它斟过酒？

饮酒，总得有下酒菜啊。

伊洛川水草丰美，生长着一种也许你从不曾见过甚或也不曾听说过的植物，它春天种植，夏天开一种紫色的花，秋天成熟，它的果实不是挂在枝头，而是长在土里，那是它的根茎，条状，白色，很像是白茅根剥去外皮后的根茎，但比白茅根的根茎更丰腴，更水灵，更酥脆。

相传这种植物是伊尹（后为商汤宰相）培植的，故名"尹条"。它对生长环境极为挑剔，产量有限，价格昂贵，又名"银条"。

伊尹曾是商汤的家奴，厨艺高超，他三次潜入斟鄩，调制美味佳肴，赢得夏桀的信任和妹喜的欢心。

银条佐酒，堪称绝配。

据说，夏禹在一次大醉方醒后慨叹：后世必有以酒亡其国者！这话成了夏桀的谶语。江山是什么滋味？夏桀那里，大概就是杜康、银条、妹喜的滋味吧。于是，在美酒、美味、美女中，夏王朝 470 余年的基业，风雨飘摇成商汤的一道大餐。

那年正月初五，商汤伊尹里应外合，一举颠覆了夏朝（民间"破五"习俗即源于此）。

商汤灭夏后，在斟鄩下游六公里处另建新都：亳，史称商都西亳。商汤革命，是中国历史上第一次"其命维新"的改朝换代，新都，大概在彰显一种新的开始吧。为什么选择亳地？不知道，只知道这儿是银条的中心产地。据说，变革天命后，商汤曾在亳地举行千叟宴，银条便是"压桌第一口"。至今，偃师一带红白喜事宴请宾客，也总是先上四碟压桌小菜，其中银条是必不可少的。这风俗是否就源自3600年前那场千叟宴呢？

一碟小菜，几樽美酒，竟至断送了一代王朝！银条该有着怎样的美味呢？

据说伊尹曾归纳出了银条的烹制之法：锅净水宽，忌生防烂；喜姜莫葱，躲酱增酸。通常食法为：把洗净择过的银条在开水里焯一下，捞出后拌以各色佐料，视之晶莹如玉，品之爽脆可口，其性甘凉，具有生津、通肠之效用，风味独特，是下酒的好菜。

银条种植始于夏，兴于唐，盛于明清。

万安山向伊洛川过渡的丘陵地带，有古邑曰缑氏，乃大唐高僧玄奘之故里。贞观十九年（645年），玄奘大师将其作为贡品献于天子。李世民原以为西域尤物，听说乃高僧老家特产，便笑道：御弟与奇菜均为天下之奇，偃师真乃人杰地灵呀！自此，银条又有"地灵"之别称。

乾隆到缑山游玩时，也对银条吟咏了一番："南芽荀尖美，北蔬银条鲜，南北成一统，银荀代代传。"于是，银条又有了"银荀"之名。

1958年，周恩来总理在偃师品尝银条后赞道："银条真是好吃呦。"刘少奇主席更幽默："世上除了金条便是银条了！"

让偃师人引以为豪的是，这世间尤物乃偃师独有，就像一个人见人爱的宠物，但它却只认得古邑偃师。2005年，"偃师银条"也就顺理成章地获取了原产地域保护。曾有外地试着引种，但长出来空皮，吃起来夹牙，赝品一般，这让外地人很是困惑不解而又遗憾无奈。

说也奇怪哈，别说外地引种不成，即便同在伊洛川，一样的气候一样的土质一样的生长环境，也只以伊洛河交汇处产地最佳。《偃师县志》载："银条作为历代宫廷贡品，寺庄一带银条最为上乘。"而伊洛汇流的北岸，乃是上古五帝之一——帝喾高辛氏建都之地，这难免会让人产生一种没有答案的联想，给银条蒙上一层无法解释的神奇色彩。

这正是银条的奇特之处呢，故洛阳、郑州、开封等地，直接将这道素菜佳肴命名为"偃师一绝"。你若想一饱口福，倘不亲到偃师，恐怕就只能在销往全国的辛丰牌银条罐头里一睹其风采了。

银条，从岁月深处一路走来，绵延着它爽脆可口的美味，并续写着新的传奇。2006 年，偃师怡园春大酒店创新的银条炒虾仁，在央视《满汉全席》擂台赛上一举夺魁，偃师银条被评为中国烹饪的金牌菜。

末了告你个秘密哈，其实，银条本身没有什么滋味，但加了佐料凉拌或热炒之后，它才独具风味。这恰如我们的人生——人生本来没有意义，它需要我们赋予它意义。添加佐料，用心烹制，你的人生才能色香俱佳、回味悠长。

牡丹石

你见过开在石头里的花吗？你见过会开花的石头吗？

你会怀疑，世上哪有这样的奇珍？

亿万年间，地球内部熔岩的迸发，使得地球表面近三分之一的地方或重峦叠嶂，如波似涛，或异峰突起，高插入云，或逶迤连绵，莽莽苍苍。从纵贯美洲西海岸的安第斯山，到雄踞亚洲中部的喜马拉雅山，熔岩迸发凝固而塑成的千姿百态的大山中，深藏着很多珍奇的东西。

横亘偃师南部的万安山是秦岭的余脉，20 世纪末人们惊奇地发现，距大谷关不远的五龙山中，出产一种奇特的石头——黑色的大理石里竟错落有致的镶嵌着一朵朵白色或浅绿的花，像极了民国时期风行乡下的印花蓝土布。奇妙的是，无论从哪个角度切开，或纵然把它砸成碎块，它依然表里如一。因其白色的图案形似牡丹，故当地人名之曰牡丹石。

牡丹石姗姗来迟，似乎没有"古韵"，但牡丹石的存在、阅历又地老天荒的长——它已在地壳中被时光孕育打磨了十五亿年。在地层深处，它藏在深闺人未识；在岁月深处，它寒尽不知年，长醉不复醒。

牡丹石没有雨花石的细腻温润，晶莹如玉，异彩纷呈，如梦似幻，没有太湖石千奇百怪的瘦、透、漏、皱，但它黑石白花，其黑似墨，其白如玉，自然天成，倒也素洁雅致，别有风韵。当地人因势就形，别出心裁，把它加工成各种巧夺天工的工艺品，或购，或藏，无不珍爱有加。

我的案头就有一块很小的牡丹石，那是用边角料做的一个卧虎，朋友送我镇纸用的，有时我也把玩。这东西，在地层深处从不曾见过天日，也就无所谓日精月华，仿佛是在另一个世界，多少年才能生成啊。得到了，是一份缘；珍惜，是一份善。

1992年，牡丹石被国家石材界和赏石界公认为世界奇石、宝石。

其实，物华天宝的世界，也有与之近似的奇石，比如梅花石。

梅花石洛阳就有，但不是洛阳独有，它开花散叶，花开各地。泰山梅花石、新疆梅花石、福建九龙壁梅花石等，无不异彩纷呈，各领风骚。而牡丹石则痴情一地，矢志不移。绵延百里的万安山中，这种不可再生的天然资源，也只有偃师寇店五龙山一带有不多的储量。物以稀为贵，是该惋惜上帝的吝啬呢，还是庆幸造物主惜石如金却情有独钟的赐予？

西亳三碑

西亳北部皆山岭，东西横亘，为黄河屏障，曰邙岭，乃洛阳邙山之东延也（至巩义河洛交汇处渐消）。岭上有峰，曰凤凰山，山上巨碑巍然，曰会圣宫碑。

北宋皇陵在巩义，为方便祭奠，1030 年，仁宗于凤凰山上修建行宫，壮丽华美，曰会圣宫。今已不存，唯余一巨碑矗焉，高 9.2 米，宽 2.22 米，厚 0.72 米，造型精巧，雕刻精美，被誉为"中原第一碑"。

碑额硕大，如何置于碑顶？当地有一传说：县令奉命须如期完工，一筹莫展心急如焚，向一老翁求教。翁曰：土埋脖矣，焉得妙法？仿佛神仙点化，县令茅塞顿开，遂以土堆之，用滚木将碑额放置碑顶。

西亳南部亦山。嵩山、万安山衔接处北麓，山脚有峰曰缑山。缑山乃一土丘尔，不甚高峻，但因子晋升仙之传说，蜚声四海，为道教七十二福地之一。山上一碑，高 6.70 米，宽 1.55 米，厚 0.55 米，盘龙首龟座高 1.3 米，升仙太子碑是也。

缑山北去十余里有景山，景山之巅，有冢巍然，曰恭陵，百姓俗称"太子冢"，武则天太子李弘所葬之地也。

699 年，武则天伴驾高宗嵩山封禅，返回途中，夜宿缑山升仙太子庙。是夜，月朗风清，武则天感子晋故事，念太子李弘之殇，题诗曰："秋阴漠漠秋云轻，缑氏山头月正明。帝子西飞仙驭远，不知何处夜吹笙。"

二十年后，武则天再祭子晋（其时已定都洛阳贵为女皇），亲书碑文，洋洋两千余字，圆润流畅，意态豪纵，开草书刊碑之先河，后世誉为"天下女子第一书"。碑额"升仙太子之碑"六字，以"飞白体"书就，笔画中丝丝露白，且巧隐十个鸟形笔画。唐代飞白书遗存未几，此乃女皇唯一传世之真迹。

南山北岭间二水中流，曰伊河、曰洛河。伊洛河间川平如砥，曰"夹河滩"。滩中有村曰东大郊者，居汉魏故城南，乃东汉、曹魏、西晋之太学旧址也。太学者，我国古代传授儒家经典之最高学府也，汉质帝时学员三万，至西晋，犹达一万余人。汉末，太学讲堂前立有"熹平石经"46 块，"蔡邕书，骨气洞达，爽爽如有神力。"惜乎今唯存残石，分藏洛阳博物馆、西安碑林及北京图书馆。

现存最大最完整之晋代石刻，乃太学辟雍碑，高 3.22 米，宽 1.1 米，厚 0.3

米，碑首两侧刻有浮雕蟠龙图案，乃西晋武帝、太子亲临太学，考查学生"德行""通艺"，并行赏鼓励所立也，曾埋于地下一千余年，刻字笔势遒劲，波磔郑重，为晋代八分体隶书之精品和代表作。

古者，勒石刻碑，由来久矣，多记国之大事盛举，点缀山川，犹历史之印章也。西亳碑刻多矣，或在山，或在川，錾刻一段岁月，承载一段厚重，传承一种艺术，丰富一种文化。在山者，纵碑伟岸，亦不能增加山之高度，然山之巍峨，为其凛然高耸之基座也。在水者，伊洛河之泥沙，掩埋了夏都斟鄩，掩埋了商都西亳，亦掩埋了国宝辟雍碑，然未曾掩埋其无可估量之价值与后人之敬仰，出土之日，举世皆惊。

西安有碑林，洛阳有千唐志斋，皆传承历史，彰显文化。西亳三碑者，历史文化之流风余韵耳。

河洛大鼓

在西亳那片沟壑纵横的原野上，我的小村，像一捧秋草，悄然藏在满是褶皱的沟壑间。冬天的炉火旁，奶奶老掉牙的嘴里总是那么几个老掉牙的故事；夏夜的槐树下，妈妈的芭蕉扇再也扇不出新鲜的童话；而父亲的烟袋锅又只会燃些索然无味的乡村旧事。

那时，文化沙漠里只萋蒿着两株瘦弱的衰草：唱戏、说书。

唱戏，演员、舞台、服装、道具，太过兴师动众，一般只在过年或正月才演出几场，而偏偏，我们跟鲁迅《社戏》里的孩子一样不感兴趣，但我们喜欢听书。说书简单多了，走村串乡的艺人来了，找片空地，两张桌子，两盏马灯，几杯清茶即可。待艺人将牛皮战鼓铿然敲响，喧闹的打谷场一时鸦雀无声，荒村静夜，便只有那古朴苍凉的悠悠书韵在袅袅回荡。

众多的艺人中，"瞎子老牛"的说书远近闻名。他嗓音宽厚而沙哑，沧桑与苍凉便被那沙哑带了出来。悲切处，缠绵幽怨的胡琴和着他凄婉沙哑的嗓音，唱得人潸然泪下；紧要处，弦子拉得紧，鼓点敲得急，钢板打得脆，唱腔激越高亢，动作夸张逼真，听者无不屏息，起一身鸡皮疙瘩；开心处，妙语连珠，趣味横生，笑得人前俯后仰。

那次，老牛说至呼延庆打擂力劈海青这个情节时唱道："哟（土语，意为一个）海青撕成俩海青"，场下哄然大笑。老牛不解，这个情节是解气，但并不可笑啊。有人指着不远处一人说：他就叫海青。众人笑得更欢了，老牛也笑了，即兴唱了句：那海青不是这海青，台下笑声如潮。

常常，老牛的书太长，小村养不起，只好和邻村联系续着说，我们这些孩子便走火入魔跟着老牛翻沟越坡南征北战，回来后也拾两块瓦片一根筷子，学着老牛抑扬顿挫来两句他的经典开场白："钢板不响是生了锈，眼没睁开是没睡透"，逗得大人们把一腔嗔怒笑得无影无踪。

其实，不单孩子贪听，大人也一样痴迷呢。

新安县有对书迷，邻村演唱大鼓书《包公案》，夫妻俩一次不落。这天晚上，妻子怕去晚了接不住茬口，先走了，交代丈夫抱上孩子。丈夫狼吞虎咽，饭碗一推，抱起孩子就走。路过一块西瓜地，内急，就把孩子放在地上。听到远处鼓声咚咚，慌忙提裤抱孩朝书场奔去。中场休息，妻子想起该喂奶了，就从丈夫怀里接过孩子，天哪，竟是个西瓜。两人吓坏了，急忙原路回找，到西瓜地一看，地上是自家的一个枕头……

一方水土养一方人，一方人在一方水土上孕育创造着具有浓郁地方特色的一方文化。多年后才知道，少时听的书叫河洛大鼓，是清末民初起源于偃师民间、流行于河洛地区的一种集说、唱、表演为一体的传统曲艺形式。

此前，洛阳一带只有琴书。琴书字少腔多，唱腔委婉细腻，倒也古韵悠悠，只是节奏缓慢拖沓得让人着急。清末民初，偃师段湾村段炎等人去南阳学艺，把洛阳琴书与南阳"鼓儿词"嫁接起来。一时间，这种新颖而独具特色的曲艺形式风靡河洛，后来被命名为：河洛大鼓。

偃师为戏曲之乡，其时，最为百姓喜闻乐见的，莫过于洛阳曲剧，而河洛大鼓，硬是从一统天下的洛阳曲子戏那里，争得半壁江山。

河洛大鼓，踏着清末洛阳琴书的余韵而来，在河洛大地上铿锵回响，葳蕤百年间，摇曳着浓郁的地方风情，寡淡如水的日子里，像一贴敷在创口的热毛巾，为那些浸泡在苦难中的民众，带来一时的慰藉与陶然。

20世纪80年代，西风东渐，各种文艺形式万物蓬勃，孩子们再不用像当年的我们，撒娇耍赖死磨硬缠从大人嘴里抠故事，而当年的大鼓书，却像一件被闲置、遗忘、废弃的农具，少人问津了。

2006年5月，河洛大鼓被列入第一批国家级非物质文化遗产名录。

鼓点起处，琴声悠扬，孩子们听来仿若隔世的古董，老人呢，会怅叹一声，韵还是那个韵，只是当年那听书的场景、氛围、心情，再也不复有了。

莺啼一声春去远，今宵酒醒又何处？

茫茫江浸月，莫问奴归处。

胡琴幽怨的音色，落满月冷千山的凄迷……

滑国烟尘

烟雨滑城

春秋时期，周朝一个姬姓的封国，先是建都于滑（今河南睢县西北），因地而名，曰滑国。后不知何故，用了十三年时间，从一马平川的豫东平原，徙都到豫西嵩山北麓、万安山尽头一个叫费的地方，故又称费滑。

洛阳的缑山东南，有个深沟环绕的长靴形"半岛"，这便是滑国故城。

滑城很小，让滑城闻名的，是这里的烟雨。

一条小河，源于嵩山，绕过缑山，穿流滑城，故名滑城河。

滑城河东岸，突兀矗立着一座孤岛般的高崖台地，人称烟雨台。晨曦或晚暮，那里常常烟雾缭绕，仔细聆听，依稀有落雨之声。站在远处回望滑城，烟雨迷蒙中，绿野田畴，林木房舍，山峦沟壑，牧童樵夫，若有若无，亦真亦幻，缥缈迷离，恍若仙境。

丘陵沟壑，草树藤蔓，小国寡民，岁月悠然，让滑城烟雨蒙上一层悲情色彩的，是那场"顺道灭滑"的灾难。

"公元前627年，秦军拥兵，偷袭郑国，郑商人弦高遇秦师于滑，以郑使者名义犒师，并派人告郑。秦师知郑有备，灭滑而还"。这是《中国历史大事年表》的记载，惜墨如金的笔墨，素描出一幅跌宕起伏的历史风烟。

秦军千里袭郑，却被郑国那个贩牛的商人弦高识破了，只好悻悻而返。弦高以其非凡的胆识和智慧挽救了郑国，为后世留下一个"弦高犒师"的成语，可怜无辜的滑国做了替罪羊。有道是贼不走空，秦军无处撒气，恼羞成怒中顺手把这个弹丸小国给灭了。滑王逃进山里，滑国的玉帛、粮食和男女人口被抢掠一空，装满几百辆大车。

历史，没有固定的河道，有时，一个偶然的突发事件，就能改变和影响河流的走向。那个徙都费地仅五十年小国寡民水波不兴的古滑国，就这样消亡了，消亡在那个让后世缅怀的春秋，再无复国。

"殄灭我费滑，散离我兄弟，挠乱我同盟，倾覆我国家。"（《吕相绝秦》）这场众寡悬殊的碾压和劫掠激怒了晋国，回师途中，秦军在崤山遭到了晋军的伏击，三万秦兵片甲未还。

只是，史籍中没有记载，流血漂橹的崤之战，被秦军掳走的滑国民众怎样。

恐怕，覆巢之下，难有完卵。

顺道灭滑，亡国。崤山之战，伤民。原本夹在秦、晋、郑、韩等几个大国间的滑国，经受了一场灭顶之灾。

国破山河在，那座滑城依旧，滑城的烟雨依旧，只是，细雨如烟，缠绵不散，那是民众亡国的血泪与缅怀亲人的追思吧。

那场劫难后，滑国的土地被并入晋国，滑国子孙遂以"滑"为姓，这也是滑姓源流之一。

今天，仍有个叫滑城河的村子建在古滑国遗址附近。村子不大，只有500多口人，打问了几位村民，村里近一半姓陈，说是玄奘后裔（费滑亡国1200年后，这个叫滑城河的村子诞生了一位名高千古的佛学大师：玄奘），没有滑姓人家。问他们可否是古滑国遗民？村民大都一脸茫然。

滑城河、烟雨台，离他们很近，近到抬腿即到，那段历史却离他们很远，远到沧桑邈邈。

也许，只有多情的滑城河，只有伤感的滑城烟雨，从岁月深处流过、漫来，留存并绵延着历史的凝重与苦涩。

"草树绕野意，山川多古情。"（宋之问过缑氏所作）西汉那位颇具争议的理财专家桑弘羊，唐初"一人灭一国"的传奇英雄王玄策，因力主削藩而被刺身亡的诗人宰相武元衡，帝制时代最后一批翰林学士，"除死无大难，到乞不在贫"，年仅二十七岁即英年早逝的"中州才子"杨源懋，都是从古滑国的烟雨中走出，在波谲云诡的历史舞台上纵横捭阖，凌波微步，为滑城河为缑氏山续写着精彩。

清顺治年间，偃师知县艾元复将"滑城烟雨"列入"偃师八景"，并题诗曰："荒闉草木苍狐卧，野寺楼台白雉飞。洞水不知留往事，林花空自作芳菲……"

今滑城遗址尚存，城门上清道光年间刻立的"古滑城"砖雕，及城门上的裂缝，苍然勾画着古城的沧桑与疼痛。

滑城烟雨，你是用霏霏细雨稀释着历史的伤痛？还是涤去岁月的尘埃让后人铭记那久远的过去？

烟雨台细雨如烟，缑氏山静默不语，滑城河悄然北去……

缑山夜月

月亮是写在夜幕上的诗，月色是她的韵。

城市的月色被现代文明驱赶了、淡忘了、污染了，纯正的月色是天然的、野生的，只在山野水湄的自然，只在唐诗宋词的悠悠古韵里。

水逝云飞，物换星移，但缑山的夜，一如古时的静谧，缑山的月色，依旧是古时的柔美。

洛阳最东南，气势磅礴的嵩山停住了它的龙骧虎步，伏牛山的余脉万安山也不再向东蔓延。南眺，崇山峻岭，苍山如海；北望，广袤的原野平缓起伏，时有沟壑蜿蜒，那是向伊洛川过度的地带。

仿佛飞鸟掉下的一粒种子，滑国故城正南两公里的绿野阡陌间，一座小山无端地突兀而出。说是小山,其实只是一座斜坡土丘,倘置身群山,其 308 米的海拔只能是滴水入海,连滴水花都没有。然而,它却被嵩山、万安山环拱着,孤悬海外,遗世独立,独享一个名字:缑山。

缑山,历史上却极富盛名。《山海经》载:"缑山之山,无草木,多金玉泉水出焉,上有饮鹤池。"《四渎记》将其列为排名六十位的道教七十二福地之一。

何以如此?

因了两位神仙。

一位是大名鼎鼎的西王母,她给了缑山一个名字。据说她曾在此修道,因她姓缑,故名缑氏山,后简称缑山。

另一位呢?

是一位王子,他给了缑山一段凄美的传说。从那时起,缑山,便和他的名字"王子晋"连在一起。

王子晋乃周灵王太子(约生于公元前 565 年,卒于前 549 年),本名姬晋,字子乔,世称王子晋或王子乔。

史载,太子晋"幼有成德,聪明博达,温恭敦敏",十五岁便以太子身份辅佐朝政,灵王重之,诸侯从之。

乳虎啸谷,百兽震惶。王子晋年少才高,晋平公心里不踏实,再次派叔向出使周朝。几年前,便是这个叔向用计谋冤杀了周大夫苌弘(当年,孔子入周问礼,就曾"问乐于苌弘"。苌弘之死为后世留下"苌弘化碧"的成语),又强占了周王朝两块田地,立下奇功。

朝见了天子之后,叔向特意去拜会太子晋。谈了五个问题,三个被太子晋问得无言以对。

回国后,叔向向晋平公汇报:"太子晋行年十五,而臣弗能与言。""君请归声就复与田,若不反,及有天下,将以为诛。"

晋平公有些为难，默然犹豫。

素以博学多才著称的大臣师旷不以为然：请派瞎子老臣我见识一下这个神童，如果我也不是他的对手，再还田也不迟。

师旷见太子晋，问以君子之德，太子晋侃侃而答，师旷大惊其才。稍后二人的鼓瑟唱和，又让这位名满天下的盲人乐师称善不已。

师旷归国，立将周地奉还。

由是太子晋名震诸侯。

只是，世事难料，造化弄人，如此一个旷世奇才，居然被灵王废为庶人。

灵王二十一年（前551年），谷、洛二水泛滥，将毁及王宫，灵王决定以壅堵洪。太子晋谏曰："不可。曾听自古为民之长者，不堕高山，不填湖泽，不泄水源。天地自然有其生生制约之道。"并以鲧"壅堵治水"失败的教训，批评灵王所为"皆亡王之为也"，提出聚土、疏川、障泽、陂塘等方法，来疏导洪水。

灵王怒，子晋被废为庶人，由是郁郁不乐，未及三年而薨。

其时，周室衰微，干弱枝强，子晋的天纵奇才应验了"五百年必有王者兴"的预言，周人把中兴的希望寄托在子晋身上。谁料，17岁，花一样的年龄，未及绽放便已然零落成泥。孔子删批诗书至此，投笔浩叹："惜夫，杀吾君也！"

"奇士不可杀，杀之成天神。"时人不忍其死，于是就有了刘向《列仙传》的神话。

太子晋饱读诗书，尤好音律。灵王命巧匠琢碧玉为笙，太子晋吹之，声如凤鸣。那时的伊洛二水，碧水轻霞，远山平芜，鸥鹭栖止，景色幽美，他常常独自沉醉，流连忘返。有个叫浮丘公的道士，见王子晋仙风道骨，就带他到嵩山修炼，一去三十余年。

一次，王子晋在山上遇见了一个名叫柏良的老朋友，对他说："告我家人，七月七日，候我于缑山之巅。"那天，子晋吹笙乘鹤，翱翔山头，与家人挥别。

那萦绕云端的鹤影笙曲，成为子晋人生的绝唱。

子晋亡故震惊列国。

其实，子晋的早夭是有征兆的。

师旷回到晋国，向晋平公报告说：太子晋果然聪慧无比，可惜我和他谈话时，听到他的声音清亮中带点痰喘，他的脸色白里透红，像火烤一样。这种人无疑是个痨病鬼，不出三年，就会呜呼哀哉。临归，他曾向我问起寿命之事，我实言相告。他自己也说：我再三年之后，将上天到玉帝之所。请主上不必担心。

果然，不到三年，太子晋逝世。

民间流传有多个版本的传说。

仙人浮丘公为了鉴验子晋的学道决心，遂递与子晋一口宝剑，点化他连夜回宫杀掉宫妃（一说王后），以绝尘念，并嘱其事后将宝剑悬挂宫门。王子晋学道心切，一一照办。次日早朝，得报太子弑母，自缢宫门，灵王悲痛万分。

我总觉得这事有些波谲云诡。

不管怎样，子晋终归是死了，并葬在缑山。

"嵩高之下，曰缑氏山，周灵王太子晋吹笙之地也。距山不远，遗冢俱存，民俗传为浮丘公葬剑之所。"（北宋·张挺《浮丘公灵泉记碑》）

唐刘威《题子晋》诗云："巍巍缑岭头，旧时埋剑处。至今几千年，遗冢尚如故。"

原来，葬在缑山的只是他的宝剑，难怪当地百姓俗称葬剑冢。

那么，太子的尸身呢？

不得而知。

宫门一把宝剑。墓葬一把宝剑。

"鹤驾千年去，昆吾葬此丘。……可怜仙迹远，云水自悠悠。"（清·王德显《葬剑冢》诗）

一代天骄就这么流星般倏然而逝，让历代名人雅士、帝王将相惋惜不已。

"缑氏周邑，或子晋死所耳，后人哀之，谬云仙也。"（清·王昶《金石萃编》）后人出于对太子早夭的惋惜哀怜与缅怀祝福，子晋的亡故被演绎成"驾鹤升仙"的神话。

洛阳市古墓博物馆西汉卜千米壁画墓的外山墙内侧，绘一人头鸟身像，面目姣好似美男，两翼上举欲高飞，专家考证即为太子晋升仙图。

屈原、汉武帝、阮籍、谢灵运、沈佺期、宋之问、李白、杜甫、岑参、王昌龄、李商隐、苏轼、欧阳修、梅尧臣、元好问、关汉卿、陈独秀等或凭吊嗟叹，或吟咏刻石，由是缑山一度庙观巍峨，碑刻林立。

东汉，一代大儒蔡邕亲撰并书丹《王子乔碑》。

高宗咸亨二年（公元671年），武则天伴驾高宗封禅嵩山，夜宿缑氏永庆寺。是夜，月朗风清，南边不远，是子晋升仙的缑山，北边数里的景山之原，乃太子李弘的恭陵（百姓俗称太子冢），女皇忧伤不已，挥笔题诗："秋风寂寞秋云轻，缑氏山头月正明。帝子西飞仙驭远，不知何处夜吹笙。"

二十八年后（699年），定神都于洛阳的则天女皇再祭子晋，用草书和她独创的飘逸圆润意态豪纵的飞白体，洋洋洒洒亲书2000余言的《升仙太子之碑》。

山上原有升仙太子庙，早已无存，亦有泉池，人称饮马池或饮鹤池，也已干涸，唯余这块高大的"草书第一碑"依然挺立，成为那段历史的见证。

"缑岭茏葱嵩岳连，传闻子晋此升仙；割来太室三分秀，望去清伊一带绵。"（乾隆《登缑山》）当初，西王母的缑山，月色是野生的，仿佛天上的白云研成的粉末，新鲜而皎洁。王子升仙之后，楚楚动人的"缑山夜月"，便透着子晋哀怨千年的目光。

"午夜月明仙迹杳，一湾溪水送桃花"（明·张济奇《浮丘洞》诗）的春宵，"笙音缥缈凌秋月，鹤羽翔迥驻岭云"（乾隆题子晋祠楹联）的秋夜，溶溶月色里，隐隐似有仙乐袅袅如缕，烟尘往事便从月色深处翩然而至。

何处无夜？何夜无月？缑山夜月，总让你梦回千年。

曾有名为《缑山月》的元小令，可否跟缑山、子晋有关？

缑山月，是子晋凝眸尘世悲悯苍生的明眸吧……

补缀一笔：子晋英年早逝，幸有子嗣赓续。子晋本姓姬，因其为王族，子孙以王为姓，太原、琅邪王姓，皆尊其为始祖。"战国四大名将"之一的王翦，为子晋二十八代孙。

玄奘故里

玄奘故里何处寻？洛州缑氏陈河村。

缑氏，历史悠久的古邑，坐落在洛阳东南嵩山向伊洛河过渡的丘陵地带，西眺伊阙洛阳，东望虎牢雄关，"困阳城（登封）、趋东都（洛阳）之必扼"。马涧河与刘河蜿蜒而北，使得这片土地沟壑纵横，流水潺潺，草木森森。

"野水苍烟起，平林夕鸟还。嵩岚久不见，寒碧更屡颜。"（《缑氏县两首》）这是欧阳修笔下的古缑氏。"草树饶野意，山川多古情。"这是宋之问途经缑氏时的感慨。星罗棋布的古迹，俯拾皆是的传说，使得这块土地处处氤氲着悠悠古韵。

陈河是一座普通的村庄，村头一碑，刻有佛学大师赵朴初的题字"玄奘故里"。登高而望，小村高高低低错落有致，或安卧在起伏的丘陵上，或隐身于草木葳蕤曲径通幽的深沟浅壑中。村西，清清的造纸河（蔡伦在流经缑氏的马涧河造纸故名）不忍打扰这里的安谧，悄无声息绕村而过，绘就一幅"水深水浅东西涧，云去云来远近山"的山水画。让人悠然想起"渡头余落日，墟里上孤烟"的唐诗，和"斜阳外，寒鸦万点，流水绕孤村"的宋词。

村西一浅沟，名曰凤凰谷。谷中，一处绿树掩映的幽静院落，树丛间隐现的飞檐、青烟中轻响的风铃，大门上"玄奘故居"的牌匾（国学大师季羡林题写），无不氤氲着一缕佛风梵韵。

故居不大，只有一处大户人家的宅院大小，暮春时节的古木老藤间，静幽着"禅房花木深"的禅意。

庭院西侧，两棵树让人称奇。一棵皂角树和一棵槐树贴在一起，缠绕而生。据说，原先只有一棵皂角树，玄奘圆寂后，树顶被雷击倒，树干日渐腐蚀，成为空洞。但后来根部发出新枝，居然长出一株形似凤凰的槐树，乡人奇之，名曰"皂抱凤凰槐"。

再看皂角树，有一枝很奇特，横着往东伸，那枝粗大且伸得太远，真担心它会坠下来，以致被人用粗铁丝牵着，固定在树干上。相传，皂角树乃大师亲手所栽，大师西去谓之曰：吾往西，尔往西长，吾东归，尔往东长。17 年后，村人见树东长，喜曰：玄奘回矣。果不其然。

和皂抱凤凰槐相伴的有口老井，名曰"慧泉"，开凿于北齐年间，大旱之年依然清冽甘甜，乃当年大师取水之处。皂抱凤凰槐和慧泉挨得很近，上面，井台被树荫遮掩着，下面，若稍稍使点劲，树根就会扎破井壁。

岁月邈邈，陵谷沧桑，1300 余年的风剥雨蚀，玄奘的遗迹已依稀难觅，只留下佛光寺（皇家寺院）、陈家花园、凤凰台、马蹄泉、晾经台、西原墓地这些遗迹和传说。然而，嵩岳苍苍，伊洛泱泱，大师之风，山高水长，根植这片土地，融入华夏子民血脉的，是大师百折不挠、追求真理的精神。

——13 岁，洛阳净土寺出家；

——27 岁，西出长安，踏上取经的漫漫征途；

——从中土到天竺，跋涉 5 万余里，途经 110 个国家；

——笃学 17 载，名震佛国；

——得道归国，带回佛典 657 部，佛像 7 尊，佛舍利 150 粒；

——大雁塔下，皓首穷经 19 载，译经 75 部，计 1335 卷；

——著述《大唐西域记》12 卷；

……

大师是一个行者，他乘危远迈，杖策孤征，走出故乡洛阳，走出国都长安，穿越凶险四伏的千里大漠，走进佛国天竺。千秋独步，万里投荒，玄奘，大约是陆地上走得最远最艰苦卓绝的人，但必定也是走得最虔诚、最坚定、最自信、最从容的人。他走进了佛教的博大精深，走通了黄河、恒河儒佛文化的碰撞交融，走出了前无古人后无来者的玄奘之路。

几千年来，对中国社会影响最为深远的文化思潮主要有两种：以儒、道为代表的根深蒂固的本土文化和佛教等外来文明。玄奘把儒学的"仁"和佛教的"善"糅合统一起来，使佛教在儒学先入为主、渗透千年的泱泱大国大为盛行，对后世芸芸众生的思想教化，以及社会的稳定产生了不可估量的作用。

"半世取经，半世译经，功勋无量称高德；一生研法，一生弘法，桑梓有缘敬大师。"（玄奘故里东厢房楹联）

大师是追求真理独步天下千古一人的历史传奇！

大师是佛界不可复制历久弥新的绝版经典！

大师是中国乃至世界文化史上的一个时代的坐标和高峰！

玄奘，生在陈河，长在缑氏，学在洛阳，但他属于全世界。他的凤凰谷故居，不过是一个鸟巢，悠久沧桑的历史，厚重灿烂的文化，九死无悔的信念，孕育了一个由追日的夸父和填海的精卫合二为一的千古圣僧！

萋萋苌弘墓

洛邑，应该是东周文化昌盛藏龙卧虎的所在，要不，被后世誉为"至圣先师"的孔子也不会专程自曲阜出发，走了整整一条洛河从源头滥觞到汇入黄河的距离，"访礼于老聃，学乐于苌弘"（《大戴礼记》）。

"访弘问乐"的第二年，孔子前往齐国聆听韶乐，竟然乐得手舞足蹈，如醉如痴，"三月不知肉味"。

苌弘（约公元前582年—公元前492年），是蜀地资州人（今内江市资中县），博学多才，志在天下，在东周为官，为周景王、周敬王的大臣刘文公所属大夫，是那个乱世的风云人物。

东周后期，是一个孔子称为"礼崩乐坏"的时代。周景王死后，王族内乱，敬王与王子朝争夺王位。苌弘与卿士刘文公联手，借晋国平乱，扶立敬王即位。后来，苌弘插手晋国事务，加之他施展"设射狸首"的巫术结怨甚或激怒诸侯，晋国正卿赵鞅便导演了一出经典的离间大戏。

《韩非子》载："叔向之谗苌弘也，为苌弘谓叔向曰：'子为我谓晋君，所与君期者，时可也，何不极以兵来？'因佯遗其书周君之庭，而急去行，周以苌弘为卖周也，乃诛苌弘而杀之。"

叔向演技一流，且效果奇佳。

历史上，许多绝顶聪明之人总是医不自治，死在自己的能耐上。公元前

492 年 7 月 9 日，约 90 岁的苌弘，这位智谋深远纵横捭阖玩诸侯于股掌力图复兴周室的苌弘，最终却遭人暗算，惨死于成周。

《淮南子》叹曰："昔者苌弘，周时之执数者也，天地之气，日月之行，风雨之变，律历之数，无所不通，然而不能自知，车裂而死。"

那一刻，苌弘可否想起同在洛邑的老子？当年，如龙在渊深不可测的老子骑着青牛西出函谷，在为后世留下了一部五千余言的《道德经》后，飘然出世，不知所终。而著有《苌弘》15 篇（两汉之后就湮灭无闻了）的他，却终究是选择了从政，力图在乱世的旋涡里建功立业。

从政也罢，倘若，苌弘不是刘文公的大夫，而是力挺王子朝，历史又会是一番怎样的模样？

史载，王子朝智勇双全有王者风范，足以撑起一代王朝，只是庶出的身份和"王位传嫡不传贤"的成规拖累了他。骨肉相残的结果是王子朝立五年而败，携周室典籍奔楚（老子大约就是这个时候西出的函谷）。至今，王子朝那篇讨晋檄文《王子朝告诸侯书》，依旧让人唏嘘动容。

苌弘的死法史书记载不一。一说他因范氏、中行氏之乱放逐归蜀，自恨回天无力，"胯腹而死"；一说是被周人"车裂而死"；还有一说是赵简子派兵入蜀（周时小邑，在今河南省禹州市西北）将他"脯刑而死"。反正，总归是死了，而且是冤死。

时人怜之，以匮（玉匣）盛血，立碑纪念。三年后迁葬，启匮而观，其血已化为晶莹剔透的碧玉。

苌弘死后，葬在洛邑东部的古邑偃师（《后汉书·郡国志》中，洛阳下注引《皇览》说，偃师东北山（邙山）有苌弘墓。《偃师县志》亦有记载），从此，邙山脚下那个村子，就叫化碧村（当地人简称化村）。

这里是邙山的东段，皆为土岭，故不甚高峻。山上岭下，绿绣成堆，几段羊肠小道在灌木草丛中蜿蜒隐现，初秋的蝉声中，几只散放的山羊在悠然食草。

村民指点，依山而建的苌弘墓冢就隐在期间。

环顾四周，崖边沟沿，葳蕤着尚有几颗红果的枸树和开始泛红的野酸枣，高高低低纷杂苍翠的灌木杂草间，牵牛花随意攀爬，鲜艳得让人想起当年那片让人心悸的殷红血迹。

忽然想起，巧了，当年，苌弘就是在这样的季节死难的。而今，2448年的风剥雨蚀，你已看不出人工封土的痕迹，因为它已完全与周围的景色融为一体，成为山野的一部分。

墓冢的右侧，一处土坯瓦房坍塌废弃的旧时院落，院内一棵枣树，挂满了红红绿绿的枣子。

绕道而上，崖顶，是一片不大的平地，荆棘丛生的沟沿一处小小的缺口，有生活垃圾从这儿倾倒而下，这应该是右边几户农家的杰作。

山下村边，陇海铁路横贯东西，再往南不远，是未出黑石关就已然交汇的伊洛二河。

坟前原有碑碣三幢，其一刻"大夫以范中行氏之难被杀葬此"，有柳宗元撰文。另一墓碑正面刻"周贤大夫苌弘之墓"，背面是清人吕谦恒的一首诗。两碑皆立于清乾隆年间。还有一幢，"文革"中不知所终。2003年8月，村民又发现了一幢明万历四十三年(1615年)所立的周大夫苌弘墓碑。

我不解，苌弘的葬地何以如此偏远？这儿，距离王子朝盘踞的巩地比都城洛邑还要近些。

邙山至此，已基本是山随平野尽了，苌弘和那位天纵奇才然流星一瞬的王子晋双星陨落之后，东周的气数，已然跟这段邙山一样，渐渐消尽。

不由想起碑上那首凄怆的《苌弘墓》："河桥冰泮石磷磷，冷日荒豪感路人。此地几年埋碧盟，至今杨柳不成春"。

真有"苌弘化碧""碧血丹心"的神奇之事？真的是"至今杨柳不成春"？这种带有神话传奇色彩的文学演绎，无非在夸张地渲染苌弘的冤屈而已。

古往今来，蒙冤受屈之人多矣，我对此有着别样的看法。

窃以为，时人皆知其冤者，如商之比干、楚之屈原、宋之岳飞，天日昭昭，公道自在人心，天下皆知其冤，便不为冤矣；

当世皆以为奸，唾其面，磔其身，啖其肉，后世其冤昭然于天下者，如袁崇焕，历史已为其昭雪，亦不为冤；

以社稷苍生为重，思虑深远，死且不避宁避怨谤，独撑危局促成合议，力保东南半壁江山，迎来120年稳定发展与繁荣，后世却背负千古骂名，至今仍跪在西子湖畔，跪在世人误解中，那才是千古奇冤！

伫立苌弘墓冢，但我凭吊的不只是苌弘，也不单是东周那段波谲云诡的风云，而是漫漫历史长河中无数冤魂演绎的跌宕起伏变幻无常的沧桑与无奈！

苌弘，你冤则冤矣，但这背山面水的帝都一隅，毕竟还有你一方坟丘、几幢碑碣，供后人凭吊，并且你注定要在"苌弘化碧""碧血丹心""恨血凝碧"的成语故事中流芳千古，而那些仍被世人误读的蒙冤之人呢？恨血千年何时碧？他们可有一抔荒坟半截残碑存世？春浓如酒的清明，秋风渐凉的寒衣节，可有谁为那些至今杨柳不成春的冤魂燃一炷清香，洒两行清泪？

薇绿首阳岑

北边，黄河奔腾；南边，洛水流淌。一山连绵百里，逶迤其间，成为天然的分水岭，这便是邙山。

邙山，西来至此，已成强弩之末，名曰山，实为岭，土多石少，多为丘陵沟壑，极少高峰，只有首阳山，有几分“岩嵱危岑”的气象。

首阳山的名扬古今，不在它“日出之初，光先必及”这邙山第一峰的高度，也不在“晴晓先瞻海日红”的首阳晴晓的美景，而在于两位古人。

伯夷、叔齐者，商末孤竹君之长子、三子也。

孤竹君遗命立叔齐。及父卒，叔齐让伯夷，曰“长幼有序”。伯夷曰：“父命也，不可违”！遂逃去。叔齐不肯立，亦逃之。后遇于首阳山，相拥而泣。

时，武王伐纣，载西伯昌木主以行。伯夷叔齐叩马谏曰：“父死不葬，爰及干戈，可谓孝乎？以臣弑君，可谓忠乎 ?”以臣弑君，可谓忠乎 ?”左右怒目、欲兵之。太公曰：“此义士也。”扶而去之。

牧野之战，纣王大败，登台自焚，殷亡。

伯夷叔齐耻食周粟，隐于首阳山，采薇而食。待秋风四起，薇采渐少，夷齐饥饿且死，怅然而歌：“登彼西山兮，采其薇矣，以暴易暴兮，不知其非矣，神农、虞、夏忽焉没兮，我安适归矣。吁嗟徂兮，命之衰矣。”

时有王糜子往难之曰：“虽不食我周粟，而食我周木，何也 ?”夷齐兄弟遂绝食而死。

"……世浊不可处，冰清首阳岑。采薇咏羲农，高义越古今。"（唐·吴筠）

商末以降，伯夷叔齐成为儒家推崇备至的道德楷模，孔孟赞之，《史记》列传记之，韩愈、柳宗元作文颂之，骚客写诗叹之。后世为了褒其义节，在山上修了夷齐庙。

采薇首阳，夷齐一定很孤闷纠结吧，没有人理解他们，甚至没有人听他们倾诉，兄弟俩只好把这首歌唱给山野，唱给野薇，唱给残阳，唱给晚风。从采薇首阳到江山易主，这首歌一定唱了很多天，要不，那些不识字的村夫野氓就不会耳熟能详，传唱开来，传之后世。

偌大的邙山，哪里没有野豌豆？为什么非要采薇首阳呢？首阳南眺，山下不远处的洛浦，夏都斟鄩遗址尚存，顺流而下六公里，是洛河北岸的西亳，那是商汤灭夏后所建商朝最早的都城。而今，邙山之阳洛水之北，武王的得胜之师，正在旧都那片水草丰美的地方息偃戎师呢。北望，是黄河，是孟津渡，是太行山，是几百里外那看不到的业已沦陷的朝歌城。

采薇，是夷齐的绝唱；夷齐，是殷商的绝唱；首阳采薇，是一个时代的挽歌。

其实，首阳山并不甚高，海拔只有 359.1 米，但过去三千年，因了夷齐的风骨，首阳山才一直高耸云天。

也有人不以为然，比如东方朔，就鄙夷夷齐为"古之愚夫"，认为"贤者居世，与之推移，不凝滞于物"。固守灭亡的事物而不变，算什么贤人？

江南靖士也说："当仁不让最周全，离却人民挽局难。世界从来无定主，何须饿死首阳山。"（《首阳山怀古》）

历史上，周武王不是第一个变革天命的人，但夷齐，大约是中国历史上最早一批"反革命"。

千秋功罪，如何评说？

也许，永无答案。

其实，史书上还有段记载，应是因有损夷齐形象，而国人又大都有为尊者讳的陋习，加之明显带有神话色彩，不足为信，故少有提及。"七日，天遣白鹿乳之。逐由数日，叔齐腹中私曰：'得此鹿完啖之，岂不快哉！'于是鹿知其心，不复来下。伯夷兄弟，俱饿死也。"

夷齐饿死后，谁收的尸骨？史书无载。又葬在哪里？我想应该是就地葬在哪个山包或山坳吧。

首阳最高峰，不是我们想象中的陡峭壁立，而是一座圆形的山头，几分因山为陵的自然风貌，几分人工的痕迹，人说这就是夷齐的葬处。我上去看过，坟顶居然还有个不知什么时候留下的盗洞。

坟峰一体，世人眼里，首阳山峰，便是夷齐的坟冢。

地壳的一次变动，都可能使首阳山有沧桑陵谷之变，但只要有人类存在，那么作为一段荡气回肠的历史，作为一段沉郁悲壮的挽歌，伯夷叔齐礼让为国、叩马而谏、采薇首阳的故事就会永远流传。

如夷齐傲岸的风骨，首阳山依旧高耸，夷齐庙却难觅踪影，暮春时节，唯有漫山星星点点的野薇花年复一年，寂寞开放。

"薇"为何物？"薇，巢菜，又名野豌豆。"《诗经·小雅·采薇》曰："采薇采薇，薇亦作止，曰归曰归，岁亦莫止。靡室靡家，玁狁之故。"

先前，薇，只是一种普通的野菜，夷齐采食后，它便是开在夷齐风骨上的气节之花，在世代相传的故事中灿烂着、忧伤着。

豌豆花，你痴痴为谁而开？为时光深处那位坚守自己内心，不惜为信念殉葬的高洁之士吗？缅怀？伤感？惋惜？

首阳山，是夷齐抑或那段历史的一座纪念碑，豌豆花，是刻在碑上的文字。

写的什么？谁还来读？谁能读懂？

一阵山风吹过，红艳的野薇花晨星般闪烁摇曳在野草丛中，像点点化不开的惆怅……

无处吊田横

古来征战几人还？何处黄土不埋人？风云激荡的乱世，志在四方呼啸沙场的英雄是不会也不屑考虑命丧何处的。但田横想不到的是，他的一腔鲜血没有洒在他征战多年的齐地，却浸染在洛都在望的郊野。

田横倒下的那个地方，从此有了个流传至今的名字：嚇田寨。

嚇田寨，田横埋骨之地也，有齐王冢一座，碑碣几幢。

西去三十里，邙山洛水之间那片狭长的冲积平原上，便是从东周开始先后做了540年国都，被司马光称为"春风不识兴亡意，草色年年满故城"的汉魏故城。

慕名拜谒，但见烟尘滚滚的烟囱，但见机声隆隆的厂房，冢碑何在？

知情人讲，几十年前，因建首阳山电厂，那座齐王冢被铲平了，位置就在厂区一角。

当年，在远离齐鲁的帝都洛阳，田横用那片殷红的血泊与悲壮的浩气，把汉初那段历史浸染成一段荡气回肠的传奇和不可复制的绝唱。而今，你近在咫尺，而我，却无处凭吊。

秦朝末年，趁着楚汉相争，无暇东顾，田横与其兄荡平齐地。刘邦遣郦食其赴齐联合，齐王应允，兵备稍懈。不意韩信争功，大举攻齐。田横大怒，以汉王相欺，烹郦。

烽火狼烟，无可避免。结果，田广被韩信虏获，田横乃自立为王，率残部五百人困守孤岛（在山东，名田横岛）。

史载：高祖忧之，遣使召横。横曰：昔者，吾杀郦食其，其弟郦商为大王宠臣，恐有后患。高祖乃召郦商曰："横将来，如伤之，灭九族！"再派使召横曰："赦其罪。横来，大者王，小者侯。不来，且举兵加诛。"

田横，你只有两条路：归顺；抵抗。

天心属汉，无可更改，五百残部已是强弩之末，寸地尺天既有主，倘若再起刀兵，以卵击石，涂炭苍生，何苦徒为天下怨？罢、罢、罢，为天下计，为苍生计，为部下计，归顺也罢。

五味杂陈中，田横与门客二人，迈着犹豫沉重的步履，踏上洛阳之路。

这天，来到一个名叫尸乡（在今洛阳偃师区）的地方，这里距都城仅半日之程，田横仿佛看到，那片连云的宫阙中，隐约浮现出刘邦睥睨四海"嗟，来食"的蔑笑。你突然明白：还有第三条路——也只有第三条路！

田横乃驻足与门客曰："横始与汉王俱南面称孤，今汉王为天子，而横为亡虏，其耻固已甚矣！尔奉吾头，以见汉王。"言罢，长啸一声，拔剑自刎。

尸乡是一道门槛，跨过去，是吉凶莫测的富贵，是壮志难酬的隐痛，是苟且偷生的耻辱。嗟夫，英雄末路，夫复何言！尸乡，就是你不能渡过的乌江！

英雄不怕死，但英雄注重死的方式。

田横自刎的地方附近有个村子，以前叫什么不得而知，此后就叫嚇田寨。

嚇田寨，又名吓田寨，"嚇田""吓田"，难道田横在这里受到了什么恐吓？第三条路，其实是另一种形式的抵抗，当然，也可以说是另一种形式的归顺。一旦抱定必死的信念，再无纠结，还有谁能威吓到你？

二客含泪奉其头，从使者驰奏。

高帝流涕叹惜，下令发卒二千人，以王者礼葬之，封二随从为都尉。

戎马一生铁石心肠曾视群雄轻若无的一代枭雄，刘邦恐怕一生也没哭过几次。还定三秦，东出函谷时，刘邦曾"袒臂"哭过许下"怀王之约"的义帝。楚汉鏖战，于乌江逼杀项羽，刘邦又哭祭过对垒多年将他揍得狼狈不堪的西楚霸王。这次的"流涕"应该是动了真情，因为，他已没有必要像以前那样演戏。

"六国苗裔同死亡，至今荡然无一墓"。"以王者礼葬之"，世人眼里，应该是一种不可多得的殊荣。而对于随从，都尉，也算是不小的官职吧，不过，对两位已然心若止水的随从来说，已经掀不起任何波澜了。

"既葬，二客穿冢旁孔，亦自刭。"

惊雷之后的余响，想必再次震撼朝野，高祖使人赴岛招安。

在那个孤岛，你凛然就义的一声霹雳，引发了空前的海啸。五百壮士焚香祭拜，且哭且歌。"拔剑自刭五百人，一时俱化苌弘血！"

英雄之所以是英雄，是你可以打败他，但无法战胜他！

想起一句诗：你的死，让你永远不死！

从司马迁的"田横之高节，宾客慕义而从横死，岂非至圣？"到韩愈的《祭田横墓文》，再到郑成功的"田横尚有三千客，茹苦间关不忍离"，和龚自珍的"田横五百人安在，难道归来尽列侯？"田横五百士，震撼两千年。

最后一次镌碑刻石是清道光年间，最近一次吟咏是抗战时徐悲鸿的《五百壮士图》，而我，也决不应是最后一个来拜谒你的人。

乱云飞渡，残阳如血，风过北邙，啸然有声，似你当年的征战，又似你壮志未酬的喟叹。

悠悠往事垂千年，再拜田横思凄然。只是冢碑无踪，身死异乡的你魂归何处？

魂归洛河吧，洛河汇入黄河，黄河流向你的故乡，尔后注入大海，亲吻你的田横岛——那里有你五百义士驱之不散的魂魄。

永宁寺佛塔

北邙如卧，洛水东流。

首阳山与洛水间的开阔地带，今洛阳、孟津、偃师三地交界处，背山面水，龙盘虎踞着一座偌大的汉魏故城。

北魏时，故城内曾有一座皇家佛院永宁寺，那是皇帝、太后礼佛的场所。

永宁寺的中心，曾矗立着一座"九层浮屠，去地千尺"，"去京师百里，已遥见之"（《洛阳伽蓝记》）的绝世奇迹——永宁寺佛塔。

北魏是个尊崇佛教的朝代，在平城时，献文帝拓跋弘就兴建永宁寺，"构七级浮屠，高三百余尺，基架博敞，为天下第一。"迁都洛阳后，孝文帝就规划在都城再建永宁寺，"城内唯拟一永宁寺地，郭内唯拟尼寺一所，余悉在城郭之外。"

当时的洛阳城，已经形成王公贵族竞相礼佛的狂潮。胡太后（也称灵太后）执政之初，就不顾大臣反对，决意不惜财力、物力、人力，兴建永宁寺。

永宁寺佛塔，位于宫前阊阖门南边里许的御道西，周围星聚着太尉府、御史台、国子学等众多的重要建筑。开工之日，胡太后亲率文武大臣来到现场奠基。开挖地基时，居然挖出了三十尊铜佛像。胡太后大喜过望，认为是吉兆。于是，她再次下令修改蓝图，要让永宁寺蔚为大观，惊世骇俗。

据《周书·寇隽传》记载："时灵太后临朝，减食禄官十分之一，造永宁佛寺，令隽典之。资费巨万，主吏不能欺隐。寺成，又极壮丽。"宫外仅数里之遥的"天下第一古刹"白马寺，山门以内的面积不过四十亩，而永宁寺的面积九十八亩，还不包括四个寺门之外的广场。寺院的东南西北四面各建寺门一座，其中南面的正门最为雄伟。《洛阳伽蓝记》载："门楼三重，通三道，去地二十丈。"这个高度，几乎比现今少林寺的山门高出十倍。

北魏杨炫之的《洛阳伽蓝记》这样描述永宁寺塔的辉煌："（永宁寺）中有九层浮屠一所，架木为之，举高九十丈。有刹复高十丈，合去地一千尺余，去京师百里已遥见之。……浮屠有九级，角角悬金铎，合上下有一百二十铎。浮屠有四面，面有三户六窗，户皆朱漆，扉上有五行金钉，合有五千四百枚。复有金环铺首。殚土木之功，穷造形之巧，佛事精妙，不可思议。绣柱金铺，骇人心目。至于高风永夜，宝铎和鸣，铿锵之声，闻及十余里。"

从上面的记述可以看出，永宁寺塔有两绝：一是其令人惊叹的高度，再就是它雕梁画栋的精致华美。华美无须赘述，至于高度，还真有点匪夷所思。

永宁寺塔究竟有多高？

北魏郦道元《水经注》载："浮屠下基方一十四丈，自露盘下至地四十九丈。"

《魏书·释老传》载："永宁寺浮屠九层，高四十余丈。"

以此计算，应为 136 米——这是个不可思议的高度！

也有专家深入研究得出结论：总高约为 81.66 米——即便如此，也已经是前所未有的了不起的高度了。

来自西域、游历万方的高僧大德菩提达摩见到永宁寺的金盘炫日、光照云表，宝铎含风、响出天外，都不由得衷心赞叹："我活了一百五十岁，游历诸国，而此寺的精致美丽，是世间无有，哪怕在所有佛光照耀的地方，也无与伦比！"

永宁寺落成，太后率领王公夫妇等，自往拈香，凡京内外僧尼士女，俱得入寺瞻仰，络绎奔赴，不下十万人。可以想象，当时万人空巷观者如潮的轰动应不亚于如今上海外滩的东方明珠。人们看见高大的院墙恍如天上宫阙，南面寺门高耸起三层城楼，与三条阁道相连，楼顶离地面达二十余丈，门上装饰着玉石金环，华美无比。

寺院的正殿规格如同太极殿，其中供着丈八铜佛一尊，中等铜佛十尊，珍珠绣佛像三尊，金丝织佛像五尊，玉佛像二尊，其庄严法相，栩栩如生。又有僧房一千余间，雕梁粉壁，极尽精美。

太后不顾众臣谏阻，携小皇帝登上高塔，"视宫中如掌内，临京师若家庭"。

塔最初起源于印度，是为存放或纪念佛祖舍利而造，后来成了佛的象征。当时的北魏，国力强大，疆域广阔，仓廪充实，大量的金银玉帛被施舍给寺院。鼎盛时期，洛都伽蓝遍布，参差林立着一千三百余座高高低低形态各异的佛塔！

北魏一千三百寺，都在佛风禅韵中。

"永宁"一词，似源自《尚书》"其宁唯永"之句，表达祈愿长久、安宁之意。然而令人痛惜的是，永宁寺却并未"永宁"。

18年后的永熙三年(534年)，即"河阴之变"（528年）后的第六年，春寒料峭的二月，一道闪电击中了永宁寺塔，火焰腾空而起，霎时，风助火势，浓烟弥漫塔身，连皇帝派遣前来救火的一千名禁卫军都无法接近，可叹帝都这座"损费金碧、不恤众庶"的木质佛塔，顷刻化为一支燃烧的通天炬烛。

史载：当时雷雨晦暝，杂下霰雪，百姓道俗，咸来观火。悲哀之声，振动京邑。时有三比丘，赴火而死。

火经三月不灭，周年犹有烟气。

也许，你原本可以屹立1800年（比你小四岁的登封嵩岳寺塔不就屹立至今吗），你原本会使杭州六和塔、苏州虎丘塔、大理千寻塔、应县释迦塔等望峰息心的，但那场罪恶的孽火却让你永远定格在了18岁！

此后几十年，崇佛的北魏也消亡在乱世尘烟中。

阿弥陀佛！一座为佛而建的绝世高塔不为佛佑反被火所焚，成为世人心中永远的痛。深深惋惜中，世人用一个动人的传说来抚慰心中的感伤。《洛阳伽蓝记》载：其年五月中，有人从东郡来云："见浮屠于海中，光明照耀，俨然如新，海上之民，咸皆见之。俄然雾起，浮屠遂隐。"哦，原来中原佛塔未真灭，是东移教化另一方人民去了。

那场大火，让后人灼痛了近1500年，洛阳历史学家徐金星先生扼腕长叹：以今天的眼光来看，那场大火等于烧掉了一个龙门石窟，烧掉了一处世界文化遗产，烧掉了洛阳最为丰富的旅游资源。

我从不怀疑佛塔的存在，有历史记载为证，有至今尚存的塔基为证，我更不怀疑它"庄严焕炳，世所未闻"的华丽奇巧，我只是难以置信，500多年后的辽代，山西朔州的应县木塔，高度也不过67.13米，而距今近1500年的北魏，是如何建起这也许是金字塔之后最高的人类建筑？

20世纪60年代，考古发现永宁寺的规模是惊人的。它南北长301米，东西宽210米，而位于寺院中心的木塔基础修筑在东西长101米，南北宽98米，厚达6米的夯土基础之上。木塔基座以青石包镶，边长38.2米，这恰恰符合了郦道元所说的下基方一十四丈。矗立在中华文明和佛教历史深处，矗立在后人无尽的追忆惋惜想象中的永宁寺佛塔，高擎着一个亘古未有奇迹，但我认为：它只是一个技术和艺术层面的建筑奇迹，而我深层关注的是对它历史意义的探究。

高矗云天的永宁寺佛塔在北魏的天空高耸了18年，何以很少有吟咏的诗文流传？可否是以儒学为正统的士子对朝廷弘扬佛教大兴土木的一种不满和抵制？当初，扬州刺史李崇就一再上表，谓宜裁省寺塔靡费，移葺明堂太学。

谁能告诉我，那高耸入云的巍峨，那雕梁画栋的华丽，那不可思议的精巧，是教化世人劝导人心的治国安邦之策？还是走火入魔误入歧途的劳民伤财之举？

1500年叹息着过去了，斗转星移，汉魏故城在岁月的沧桑中老去，老成了东西两侧时断时续风剥雨蚀雄风犹存的古城墙，老成了青青稼穑离离荒草无法遮掩的一片废墟。而今，那丘朝代更迭中沧桑的废墟，那处盛衰兴亡里岑寂的遗址，留给后人的该是怎样的启迪了悟呢？

洛河汤汤，如泣如诉……

乡关何处

免贵姓逯

中国的姓氏很多，《中国姓氏大辞典》里居然收录了 23800 多种。在这林林总总的"万"家姓里，我的姓氏绝对属"少数民族"。

鄙人"贵"姓？

免贵姓逯。

"逯"字何意？《现代汉语词典》的解释简单得让你失望——"逯，lù，姓。"仅此而已。再查别的资料，还好，居然还有一个语出《淮南子》的成语：浑然而往，逯然而来。意为既无目的也无目标地随意行走往来。

当年洪洞大迁移，有逯氏三兄弟分别被分往陕西、巩义、偃师。三兄弟天各一方，艰难谋生，六百年后繁衍成今天的三个村落，大约有三千口人吧。逯姓生僻，出门办事，陌生人总把我的姓氏错成鲁迅的鲁、陆游的陆、卢照邻的卢，抑或路遥的路。逯姓的"养在深闺人未识"，使世人难识我的"逯"山真面目。

一次，拙作被一家报纸刊出，题目下赫然印着"逮玉克"三字。初看吃了一惊：鄙人一介良民，安于清贫，耐得寂寞，本本分分，逮俺何来？继而拍案：逮玉克这厮何许人也！贼胆包天，公然在光天化日之下全文剽窃我的作品，是可忍孰不可忍！"叔"可忍"婶"不可忍！

十年寒窗无人问，一"逮"成名天下知，仿佛伊战期间美军通缉的恐怖分子，所到之处，逮声四起。"逮哥"亦挺身而出，慨然以逮名之，注册网名"逯逮逮"，并拟打造成诸如天津"狗不理"北京"臭豆腐""中央一套""大个核桃"之类的"驰名商标"。

每遇聚会、赴宴，朋友总这样介绍我：此乃江湖传说之"逮哥"！客人不解：哪个 dai？朋友俨然一副外交部新闻发言人的做派，端足了架子，凛然正色曰：既非歹徒的歹，亦非痴呆的呆，逮捕的逮是也！然后细说缘由，如数家珍，满座皆笑。逸闻趣事，老少皆宜，如是者三，"逮哥"之名遂名扬江湖。

有道是三人成虎，众口铄金，假作真时真亦假，曾几何时，这个让我望而生畏闻之心惊的逮字，便名正言顺堂而皇之地篡夺了我的原姓而潜越为正统，我也黄袍加身成为华夏逮姓之鼻祖。

四面"逮"歌中，忽忆当年汪兆铭刺杀摄政王未遂，慷慨入狱后曾作《被逮口占》一首，今东施效颦狗尾续貂：逯姓源自秦，悠悠两千秋。缘何而被逮？皆因逯出头。

后来在报上看到几篇文章，说是因张、王、李、赵这些"名门望族"的重名率太高，致使邮局张冠李戴之事时有发生，就连公安局按"名"索骥去抓人也阴差阳错。于是有人提倡：采用废弃的古姓、复姓，或像日本人那样起个四字五字名。看到这些，我不禁暗自庆幸：物以稀为贵，莽莽苍苍的姓氏大森林中，我的逯姓可谓稀有珍品，当在"重点保护"之列。

后来又得知，秦汉之际，"逯""逮"二字就通义通假，逯氏亦称逮氏。我愕然、释然，终至哑然失笑。这么说来，逯然被逮已是历史悠久，还真被那些不明就里的人歪打正着了。呵呵，忽如一夜春风来，天下逯姓都姓逮。姓逯，幸也；姓"逮"，趣也；逯而"逮"，"逮"而逯，逯逮一家，"幸"趣盎然，不亦乐乎？

逯姓单门小户，名人不多，最著名的要数春秋时期的"楚狂接舆"了。当年，孔子入周，问礼于老子，访乐于苌弘。老子、苌弘，还都接见了。但后来，孔子适楚，拜谒隐士接舆（接舆，原名陆接舆，姓陆名通，逯陆通假，又名逯通），我们这位先祖，居然避而不见，只回敬了一首讽刺孔子的《凤兮歌》。

宋版《百家姓》中，逯姓生僻，仅排404位，但再小的小溪也有源头，那么，单门小户的逯姓郡望何处？

乡关何处

历史上，以农为业聚族而居的汉民族有一种很深的故乡情结。

籍贯一栏不知多少次这样填写：河南省偃师市高龙镇五岔沟村。后来从家谱中得知，这个名叫五岔沟的故乡其实只有六百余年。明朝洪武年间，刘季作乱，先祖拖家带口，风餐露宿，来到洛阳东部伊河岸边这块五沟聚拢之地。那么，六百年前呢？在山西洪洞县焦贝村。焦贝村之前呢？那就无从知晓了。

乡关何处？

山长水阔。

有了故乡的概念，就会激发寻根问祖的本能。那么，就从我逯姓的来源探寻一二吧。

逯（lù）姓源出有三：

源于嬴姓，以邑名为氏。《风俗通》载，"逯"是春秋战国时期秦国的一个古邑名（今陕西咸阳旬邑），后来一秦国的大夫被封于该邑，其后裔子孙便有以先祖封邑名称为姓氏者，称逯氏。

源于芈姓，亦以邑名为氏。《路史》载，春秋时期，楚国王族后代中也有以邑名为姓者，称逯氏。上文提到佯狂行歌的那位隐士——"楚狂接舆"——逯通，就属于芈姓逯氏。

出自他族改姓，属于汉化改姓为氏。《魏书·官氏志》载，代北鲜卑族原有三字姓步六孤氏，孝文帝迁都洛阳，大力推行汉化改革，将步六孤氏改为汉字单姓逯氏，后逐渐融入汉族。

按前两种说法，我的故乡非秦即楚，只是这第三种来源让我震惊：天哪，我竟然可能来自鲜卑族？我的故乡在风吹草低见牛羊的茫茫北国草原？

想一想，却一点也不奇怪。很长一段历史时期，中原汉族的四周全是少数民族，所谓东夷、西戎、南蛮、北狄，其间发生过多次民族大融合，一些或很多少数民族被汉族同化了，但同时，纯正的汉族也逐渐变化乃至消失了。

那么也就是说，随着战乱、统一、迁徙等带来的民族大融合，咱们许多人的故乡其实是漂泊不定的，我们通常所谓的籍贯也都是相对的。

只是，逯氏望出广平郡（河北省鸡泽县东），秦地楚地抑或迁徙洛阳的鲜卑祖先，哪一支、什么时间、又是怎样到的晋地洪洞的呢？

"失我焉支山，令我妇女无颜色。失我祁连山，使我六畜不蕃息。"匈奴被汉族打败，过焉支山无不流涕，为什么？他们失去了水草丰美的故乡。

可见，故乡情结不只汉民族有，居无定所的游牧民族也同样浓烈。

羁鸟恋旧林，池鱼思故渊。18 世纪，在伏尔加流域流浪了 140 年的 17 万土尔扈特人历尽艰辛，完成了东归的壮举。

当初，犹太人流浪在世界各地，耶路撒冷的那面哭墙，承载着他们颠沛流离的苦难，也寄托着他们对故国的怀念和复国的愿望。曾经，以色列在埃及旅居 430 年之久，但最终还是迁回迦南。以色列人可以很长时间没有国家，但他们心里一刻也没有忘记故乡。

故乡，是我们人生坐标的原点。故乡情结，是人类共有且根深蒂固的。

回不去故乡和没有故乡是不一样的。回不去，你可以思念，可以咀嚼思念那酸酸甜甜苦苦涩涩的滋味。"独上高楼望帝京，鸟飞犹是半年程。青山似欲留人住，百匝千遭绕郡城。"李白，一生浪迹天涯，却再也无缘重回他的出生地，但"举头望明月，低头思故乡"，那个回不去的碎叶城，一直都藏在他内心深处。

没有故乡，和不知道自己的身世家世一样，让人迷惘、失落、压抑、纠结，那种欲说还休的痛苦，是一种无解的折磨。

故乡是什么？

是旧时的明月，倾洒着乡情的醇浓；是清明的祭奠，抚慰着祖辈的魂灵；是母亲的心田，亲吻着游子的相思；是祠堂的家谱，勾画着根叶的脉络。

其实嘛，故乡就是村外石桥边那棵不知岁数的老槐树抑或皂角树，群鸟出没的枝枝杈杈间，一个个看得见或看不见的鸟巢……

我们是谁

故乡，是我们的根，但这个"根"却是可以随着飘移而落地而生的。它无法解答我们的身世之谜。

我们的祖先是谁？或者说，我们是谁的后代？

笼统地讲，我们都是羲皇子孙。具体说呢？恐怕没有人能说得清。因为，历史上，发生过很多次战乱、迁徙、民族大融合。

以我为例。1500 年前，北魏孝文帝迁都洛阳，实行汉化，与汉族通婚。从姓氏来源看，我可是鲜卑人的后裔？

一部分原本的羲皇子孙、炎黄子孙，到北魏时，纯正的汉族血管里开始融合进草原民族的马背雄风。这是民族融合自然而然的结果之一，贵为太宗的李世民也不例外。

孝文帝的民族融合是和平进行的，所以"胡人"的身份我能够接受。而蒙元灭宋，以及之后的清廷入关、剃发易服，则充满了暴力与血腥。那时，汉人几被杀绝，汉人新婚，但初夜权却属于蒙古人，说句你我无法接受的疑惑：在汉人被血腥屠戮时，我们祖先幸存的概率有多大？他们逃过初夜之劫的概率又有多大？崖山之后，还有纯正的先秦华夏血统吗？

天哪，倘果真如此，则会出现这样的尴尬：羲皇是我们的祖先，但我们却不幸又成了蒙古人的后代。那么，我们该为"汉人"身份的中道崩殂而扼腕、纠结、无奈？还是该为我们是成吉思汗或努尔哈赤的后代而自豪？

我们身上到底流着谁的血？

这个问题，也许永远无解。

据说，偌大的中国，只有山东曲阜的孔氏家谱两千年来从未间断，其他芸芸众生的身世，则真的是一笔算不清的账、理不清的麻。

我们的身世之谜真的解开了，会不会是一场你我无法承受的心理灾难呢？

民族之间，看似泾渭分明，但实际上，几千年的相互渗透，盘根错节，很可能你中有我，我中有你。

我有个不切实际却自觉有趣的假想。谁都有亲戚，亲戚也有亲戚，这样一生二、二生三、滚雪球似的串下来，可否把一个民族甚或天南海北普天下的黎民都一网打尽？

真是这样，一个有趣的现象就会出现。几千年来，没有哪个雄才大略的帝王能实现天下大同的理想，倒是这样绵绵不绝的顺藤摸瓜，却星火燎原出一个"天下一家"的惊喜。

"君家何处住？妾住在横塘。停船暂借问，或恐是同乡。"

文化乡愁

民族之间，地域不同，语言不同，历史不同，民俗不同，但有一样是相同的：无不生活在文化里。

文化是我们与生俱来的胎衣、胎记，它渗透进我们生活的方方面面，无时无刻不在左右着我们的思想和行为。

麦加大清真寺，是伊斯兰人的圣地，斋戒月，全球数百万穆斯林到麦加朝觐礼拜。祖祖辈辈，他们就生活在那样的文化里，所以，麦加，成了他们灵魂的故乡。

土尔扈特人的东归，除了对故乡的找寻依附外，也是对文化和信仰的追寻。尽管，他们未必知晓他所依附的这种文化的优劣。

过去两千年的中国，占主导地位的一直是以儒学为主流的传统文化。所以儒家学说被尊为经典，孔丘被尊为圣人。

儒家学说的本质是什么？

儒家学说是为统治者服务的，它维护并加剧了中国的专制体制，像人生的第一口奶那样，在中国人的意识形态里，植入了尊卑的等级观念和忠孝的奴性基因。

很遗憾，在那个大师辈出的"轴心时代"，我们孔圣人的一些观念一开始就背离了人文精神，输给了同时代古希腊的苏格拉底、柏拉图、亚里士多德。怪不得孔子适楚，"佯狂不仕"的先祖逐通，迎门而歌："凤兮凤兮，何如德之衰也！""孔子欲与之言，通趋而避之"呢。

为尊者讳，绝不是一种美德，相反是传统文化的一种陋习、恶习。

黑格尔说：中国没有历史，没有精神进步，只有灾难循环。

朝代如此，文化亦然。

日本从派遣遣唐使的"慕夏"，到"脱亚入欧"，完成了化茧成蝶的蜕变。我们呢？

我们的文化，正如我们的故乡，有很强的地域性，不知道连绵的耕地之外，还有浩瀚的海洋和辽阔的草原，还有无尽的深邃与缤纷。于是，因大山、沙漠、大海的地理阻隔而相对封闭的东亚大陆，一位被后世奉为"至圣先师"的圣人，在漫长的农耕历史里，种下了一地疯长蔓延的儒家文化。

"祖宗不足法！"北宋，王安石的呐喊凛然悲壮，但时人听来，也许不是振聋发聩，而是离经叛道。

"康乾盛世"，那个自诩为"十全老人"的乾隆，以其傲慢和无知，错失了与世界接轨的机会。

　　文化需要碰撞、交流、过滤、升华。当年，北方游牧民族几次为中原王朝注入新鲜血液，今天，能让我们清醒的，不是传统文化，而只能是现代文明。

　　乡关何处？可以烟水茫茫；身世之谜，也可以月迷津渡；但我们必须清醒路在何方。

　　乡关的迷失，身世的模糊，只是一种乡愁，而没有了价值的认同，没有了信仰的支撑，会是一个民族的灾难。

　　我心安处即为家，既如此，埋骨何须桑梓地？

　　祖籍安徽，研究成果享誉世界的史学大师、汉学家余英时先生久居美国，安徽政府派团赴美，希望他回国走走（也只是走走），但余老决绝地说：我没有乡愁！

　　"将军百战身名裂。向河梁、回头万里，故人长绝。"

　　你相信李陵没有乡愁？

　　但李陵的乡愁绝不单单是一地月明的思念。

　　故国不堪回首月明中……

　　也许，故乡，只保鲜童年的记忆，贮存旧时的风俗，承载家族的血缘，容纳祖辈的坟茔。对于余老，大洋彼岸，可以放飞心灵与精神的自由，才是他熨帖的归宿和永恒的归依。

第二辑

千古三川

一条河，两座城

洛阳与扬州，原本是两座风马牛不相及的城市。

年龄上，它们差了不少。公元前319年，楚国筑建广陵城时，洛阳盆地的夏都斟鄩已被伊洛河的泥沙掩埋了1380多年，仍然居住着周天子的东周洛邑也巍然矗立了450余年。

地理上，一在河之南，一在江之北，中间隔着广袤的淮北平原、江淮丘陵和皖南山区，江流几湾，云山几盘，山长水阔。

风格上，洛阳（古称京洛、雒阳、洛州）是千年帝都，朝代更迭，乱石穿空，沧桑厚重，惊涛拍岸。扬州（旧称广陵、江都、维扬），只是一座吴侬软语中杨柳岸、晓风残月的旖旎小城。

让扬州一跃成为"淮左名都，竹西佳处"，成为佳丽如织、水月柔情、山色婉曼的温柔之乡、富贵之地、风骚之城，成为李白的"烟花三月"，姜夔的"波心荡、冷月无声"，杜牧的"二十四桥明月夜"，曹寅的"吴楚风烟画不成"，皆因了一个人、一条河。

受地理大势的影响，自古以来，天下无水不朝东的流向，极大阻隔了中国的南北交通。1400年前，一位雄才大略的皇帝，以洛阳为中心，用一条"北接涿郡（今北京），南连扬州、余杭（今杭州）"的运河，把洛阳和扬州连通起来。从此，运河的涟漪中荡漾着洛水的清波；从此，扬州吸吮着运河的乳汁春笋般长大；从此，腰缠十万贯，骑鹤下扬州，成为时人的梦想。

炀帝极为看重洛阳，大业元年（605年）登基之初，就下令将作大匠宇文恺营建东都，并在都城之西建造名曰"西苑"的皇家园林（唐初，改名芳华苑；武则天时，定为神都苑。周围二百余里，苑内有湖，湖上建有方丈、蓬莱、瀛洲三座仙山）。其诏书曰："洛邑自古之都，王畿之内，天地之所合，阴阳之所和。控以三河，固以四塞，水陆通，贡赋等。故汉祖曰：吾行天下之多矣，唯见洛阳。"于是"发大江以南五岭以北奇材异石，输之洛阳，又求海内嘉木异草，珍禽奇兽，以实园苑"。

一年后，一座由宫城、皇城和70里长的外郭城组成的宫殿巍峨、苑囿壮丽的都城，巍然矗立在邙山与龙门之间的伊洛平原上。这是继周公营洛之后又一次具有里程碑意义的都城建设，其规模之宏大，在洛阳1500年的建都史上无与伦比。隋炀帝自此"自伊阙，陈法驾，备千乘万骑，入于东京"。运河的中枢洛阳，自然也成为隋朝政治、经济、文化的中心，和之后大兴土木的扬州一起，成为大隋王朝实际的北南二京。

大运河的开凿，神奇地沟通了海河、黄河、淮河、长江、钱塘江五大水系，绸带般飘逸在辽阔的华北平原和富饶的东南沿海，成为南北经济的大动脉，将富庶的长江流域同政治中心的北方连接起来，并基本框定了自隋以降中国千年的政治、经济格局，为中国后世的繁荣富强打下了牢固坚实的基础，堪称人类历史上前所未有的伟大壮举。

历史长河中，隋朝38年的存在有些昙花一现，但短暂的隋朝却有三样遗产传之后世，影响深远。它们是：科举制、三省六部制和大运河（漕运），它们在朝代更迭此起彼伏的历史莽原上流淌了约1400年，一直延续到清末封建王朝的终结。因而，我们不能因其流星一瞬而忽略或削弱它的伟大。"尽道隋亡为此河，至今千里赖通波。若无水殿龙舟事，共禹论功不较多。"当一些人人云亦云继续着对隋炀帝的妖魔化时，诗人皮日休的见地可谓中肯公允。

就洛阳的悠久厚重而言，大运河的开凿，只是帝都历史上浓墨重彩锦上添花一笔，而扬州，则完全是一座被运河催生的城市。运河的千里清波，带给扬州"江淮之间，广陵大镇，富甲天下"的富庶繁华，也滋养了妖艳妩媚的琼花，和琼花一般的刘采春、毛惜惜，滋生了扬州"天下三分明月夜，二分无赖是扬州"那无边的风情、风骚与风雅，滋生了隋炀帝"暮江平不动，春花满正开。流波将月去，潮水带星来"这江南柔情文化之滥觞的曼妙诗情，也滋长了隋炀帝三巡江南的威武、奢华、盛大、排场。

人生只合扬州死，烟花三月下扬州。

是相约，还是邂逅？ 826 年，刘禹锡罢和州刺史返回洛阳，与从苏州返回洛阳的白居易相遇了。刘禹锡人称"诗豪"，祖籍中州洛阳，白居易人称"诗王"，住在关中渭南，并称"刘白"的两大才子，初逢在美丽风雅的扬州，于是"沉舟侧畔千帆过，病树前头万木春"的名句就在二人的唱和中诞生了。

和刘白扬州初逢的欣喜不同，一位长安京兆万年的大诗人，因赴任洛阳而不得不离开扬州，怅别老友。在离情杨柳如烟别绪清波漫流的运河，离别的船只渐行渐远，忽然，似有一缕钟声从朦胧烟树中隐隐传来。噢，这不是广陵寺的钟声吗？殷殷赶来，相送还是挽留？叹息还是祝福？于是，那联"归棹洛阳人，残钟广陵树"，成为韦应物传诵千古的名句。古往今来，描写洛阳的诗歌灿若繁星，吟咏扬州的诗词也是琳琅满目，却难得这么一句，把洛阳与广陵，把离情与别绪，把意境与内涵，把含蓄与余韵，嵌进同一联诗，凝在同一条河。

唐代，洛阳和扬州也不知是商量好了还是暗中较劲，各自出了两位高僧。玄奘跋涉漠漠流沙，西行求法；鉴真越过茫茫大海，东渡传经。玄奘西行前，在洛阳净土寺出家，归来后将佛经汉译藏于白马寺；鉴真东渡前，就在洛阳白马寺研修佛学，此后数年，来往于洛阳长安，潜心经、律、论三藏。

其实，洛阳与扬州历史上还是有些渊源的——《说文解字》是东汉的许慎在洛阳著述的，而最终的版本校订、流传，却得益于扬州的徐铉、许锴兄弟。三国，据说神医华佗因曹操而死在洛阳，而最后得其真传的，是广陵子弟吴普。

"建安七子"中，《饮马长城窟行》的作者陈琳是广陵人。"竹林七贤"的领袖嵇康喋血洛阳时，行刑前弹奏的那首曲子居然叫《广陵散》——只是，大运河的开通，极大便捷密切了两地的往来。

这不，隋炀帝又乘着龙舟沿着运河巡幸江都了。

大业十四年（618年）4月，雪白火红的琼花和往年一样绮丽，然而，百紫千红花正乱，已失春风一半，江都兵变，50岁的炀帝被叛军司马德勘等生生勒死。那个"春花满正开"的销魂季节，成了炀帝最后一个春天。

嗟乎，扬州美则美矣，但扬州的山水吴侬软语般太过柔弱，承载不起帝都的铁血厚重。

炀帝死后被有唐君臣谥号"炀帝"。"炀"什么意思？《谥法》曰："好内远礼曰炀；去礼远众曰炀；逆天虐民曰炀。"这真是一个吊诡的讽刺，因为，这个"炀"，最初是杨广给被俘的陈后主的谥号，现在却被别有用心的大唐君臣拿来，反扣在他自己头上。于是，一个20岁就督军统一大江南北，其后开通大运河、实行科举制，西征北进，威加四海，被西域各族称为"圣人可汗"的一代帝王，就这样被贴上"昏君""暴君"的标签，遗臭万年。

历史上与洛阳渊源最深的城市有两个：长安和扬州。长安是洛阳的兄弟，作为河山拱戴的帝王之都，它们承载的繁华苦难、沧桑兴亡太过厚重。而扬州，应是洛阳的阿妹吧。生于繁华，长于富贵，闺中风暖，陌上草熏，隋堤杨柳是她弯弯的娥眉，千里碧波是她清纯的明眸，春花秋月，朝朝暮暮，惯看船来舟往，千帆过尽。

苏轼做过扬州太守，扬州的山水、园林、寺院之美，有幸化为他笔下的诗句，遗憾的是，苏轼却没有机会到洛阳。但他一定知道洛阳的佳处，要不，"兹游奇绝冠平生"的苏轼咋会吟出"洛阳初夏广陵春"的词句呢？

"洛阳初夏""广陵春"，两朵风华绝代的并蒂莲美在何处呢？

美在两种花。

炀帝去了，但他钟爱的两种花依旧灿烂在运河的藤上。

　　"洛阳地脉花最宜，牡丹尤为天下奇。"（欧阳修《洛阳牡丹图》）"唯有牡丹真国色，花开时节动京城。"（刘禹锡《赏牡丹》）"若教解语应倾国，任是无情亦动人。"（罗隐《牡丹花》）一年一度的洛阳牡丹花会，总是花开洛阳、香飘世界，然而很少有人知道，这其实应是炀帝的首功。《海山记》载："隋帝辟地二百为西苑，诏天下进花卉。易州进二十箱牡丹，有赤页红、革呈红、飞来红、袁家红、醉颜红、云红、天外红、一拂黄、延安黄、先春红、颤凤矫等名贵品种。"

　　洛阳牡丹花开时节动京城的同时，千里之外的扬州也如火如荼。你猜当红花冠是谁？琼花吗？琼也者，其洁如玉，其灿如仙也。"千点真珠擎素蕊，一环明月破仙葩。"（韩琦《望江南》）"梨蕊三分饰玉体，桂香一缕裹娇魂。"琼花风姿淡雅，且乃扬州独有，但遗憾的是，和蔡京创办的扬州万花会一样，却是北宋以后的事——宋代文人王禹偁是向世人推介赞美扬州琼花的第一人。陶渊明独爱菊，林和靖痴于梅，其文其诗，风雅千古，而后世所谓隋炀帝扬州看琼花"花死隋官灭"，却只是后代小说家带有贬义的演绎。

　　不是琼花会是谁呢？

　　"开时不解比色相，落后始知如幻身。"猜猜是谁的诗？吟的是哪种花？呵呵，再给你说一句经典到耳熟能详的名句吧："维士与女，伊其相谑，赠之以芍药。"

　　对，是芍药。

　　芍药的第一次惊艳亮相，便有幸登上了中国诗歌源头那座仰之弥高的经典舞台——《诗经》。陈淏子《花镜》云："芍药唯广陵天下最。"陈师道《后山丛话》也说："花之名天下者，洛阳牡丹，广陵芍药耳。"所以刘克庄《昭君怨·牡丹》有"曾看洛阳旧谱，只许姚黄独步；若比广陵花，太亏他"之句，姜白石《扬州慢》也云："念桥边红药，年年知为谁生？"

　　牡丹是花王，芍药为花后，暮春时节，两种花一北一南，一前一后，次第盛开，遥相呼应，它们是在回味那个恢宏的时代、追忆那惊世的繁华吗？

风雅洛水

清波漫流的洛水，蜿蜒着历史与文化，也荡漾着无边的风雅。

"黄帝祭洛水，沉璧于洛。"

伏羲时，"龟书出洛。"

这大概是洛水最初的风雅。

远古，在竹管上钻孔制笛，吹奏出美妙的音符，这绝对是一项风雅千古的奇妙而伟大的发明。伶伦，这位黄帝的乐官，用洛水畔的青青翠竹，吹出上古的风雅曼妙之声。

宓妃，伏羲氏的女儿，一个聪慧美丽的少女，沉醉于洛水的美丽，便融进了这段河水，成为洛水之神。

东汉末年，一个多情而又忧伤失意的天才诗人路经此河，感"悼良会之永绝兮，哀一逝而异乡"的神女之事，"浮长川而忘返，思绵绵而增慕"，遂写下千古名篇《洛神赋》。

洛神把她的风雅意态留在这里，曹植把他的珠玉文字留在这里，从此，那篇凄美忧伤的《洛神赋》，承载起洛神的风雅，也承载起洛水的风雅。

"关关雎鸠，在河之洲。窈窕淑女，君子好逑。"一朵开放在洛水之畔的爱情之花，风雅成《诗经》的开篇之作，风雅成传唱千古的经典情诗。而那部孔子于洛水之畔编纂而成的《诗经》，更是风雅成中国诗歌源头的涓涓清泉和淙淙小溪。

秦始皇巡幸洛阳时，亲自祭祀洛水，这位崇尚铁血杀人如麻的千古一帝，居然也唱出"洛阳之水，其色苍苍。祭祀大泽，倏忽南临。洛滨缀祷，色连三光"这风雅的《祠洛水歌》。

"一种风流吾最爱，魏晋人物晚唐诗。"魏晋，一个风雅的朝代，洛水，一条风雅的河流，当魏晋与洛水时空交汇，历史便跌宕出高山峡谷、飞瀑流泉、潭瀑相连的绝世景观。那时的洛水，叠涌着无边的风雅。

"诸名士共至洛水戏。还，乐令问王夷甫曰：'今日戏乐乎？'王曰：'裴仆射善谈名理，混混有雅致；张茂先论《史》《汉》，靡靡可听；我与王安丰（王戎）说延陵（季札）、子房（张良），亦超超玄著。'"（《世说新语·言语》）

汤汤清流，悠悠远山，芳草白沙，杨柳如烟，名士荟萃，宴饮清谈，真真羡煞人也。

洛水的风雅，也吸引着江南才子。

西晋中期，江东名士贺循北赴洛阳任职，途径吴阊门，于船上抚琴。吴郡人张翰（字季鹰），被悠扬清远的琴声吸引，登船与贺循交谈，一见如故。得知贺循"入洛赴命"，便欣然相从，来到洛阳。

几年后，一个秋风乍起的日子，张季鹰因思吴中菰菜羹、鲈鱼脍，曰："人生贵得适意尔，何能羁宦数千里以要名爵！"遂命驾便归。于是，风雅的洛水，演绎了一则"莼鲈之思"的风雅佳话。

永嘉之乱，衣冠南渡，于是，他们把风雅也带了去。永和九年，王羲之和谢安、孙绰等四十二人在兰亭修禊，然后曲水流觞，饮酒赋诗。王羲之乘兴挥洒出"天下第一行书"《兰亭集序》，可谓极尽风雅。不过，这次曲水流觞，只是西周洛邑流杯习俗的重新演绎而已。西周初年，周公建洛邑、制礼乐告成后为示庆祝，曾率群臣摆曲水之宴于洛浦，在洛水上泛起带羽翼（不下沉）的酒杯，这就是曲水流觞的起源。

公元之初，一匹白马带着普度众生的善念，跨越千山万水，将佛教经典驮进东汉帝国，从此，洛水之阳的白马寺成为佛教的释源祖庭。晨钟暮鼓，木鱼声声，袈裟飘飘，檀香袅娜，氤氲成"中华第一刹"特有的风雅。

北魏，一位坐镇洛水之阳崇尚佛教的女子，唱着"拾得杨花泪沾臆"的怅然，在洛水之畔白马寺东，建起了"九层浮屠，去地千尺""去京师百里，已遥见之"的绝世高塔——永宁寺塔。

武周，一位当初唱着"开箱验取石榴裙"的幽怨、后来贵为女皇、把洛阳定为神都的风雅奇女，也在洛水之畔建起了天堂、明堂，并在龙门西山开窟造像。

永宁寺塔，天堂、明堂、卢舍那大佛，那让人震撼的高度，其实就是那个时代风雅的高度。

1300年前，高僧玄奘怀着凛然壮志，作别故乡的伊洛河，跋山涉水历尽艰辛，到"西天"沐浴恒河圣水，取来天竺真经。

盛唐，一位穷困潦倒而心怀天下的诗圣在洛河的涛声中诞生，在颠沛流离一生之后叶落归根，"即从巴峡穿巫峡，便下襄阳向洛阳"，最终枕着洛河的涛声，长眠在故土那个叫杜楼的村子。

"夹水苍山路向东，东南山豁大河通。寒树依微远天外，夕阳明灭乱流中。孤村几岁临伊岸，一雁初晴下朔风。"韦应物出为滁州刺史时，走的是洛河水路。你看，他笔下洛河下游的地理风貌和自然风光都如此风雅迷人。

流星一瞬的隋代，以洛阳为中心沟通南北的大运河，东都洛阳的大规模兴建，洛阳牡丹的广泛栽培，成就了隋炀帝的风雅，更传承延续了洛阳的风雅。

至唐，洛水春潮带雨，云山千叠，澎湃着唐诗波澜壮阔气象万千的风雅。

两宋，洛水两岸的园林，和宋词一起瑰丽绽放，豪放婉约着西京的风雅。

……

洛水，就这样一路风雅着，风雅成二里头的绿松石，风雅成尸乡沟的青铜器，风雅成蔡邕的《熹平石经》，风雅成嵇康的《广陵散》，风雅成丝路起点的汉唐雄风，风雅成客家南迁的根在河洛。

河图洛书，一画开天，洛水，风雅着一些传说；定鼎之地，制礼作乐，洛水，风雅着一段历史；千年帝都，牡丹花城，洛水，风雅着一座城市；多种学说，辐辏八方，洛水，风雅着一种文化。

十里秦淮是风雅的，只是有着太浓的脂粉味；苏州、杭州、扬州是风雅的，但佳丽之地，太过娇媚，吴侬软语柔若无骨；唯有洛水的风雅悠远大气，因为，厚重的历史文化，做了她宠辱不惊气定神闲的底蕴。

洛水万古流。那不尽的波涛，在伏羲，是图；在始皇，是歌；在曹植，是赋；在杜甫，是诗；在玄奘，是经；在后人，是无尽的幽思……

洛阳桥

古代的洛阳盆地，河流多得像根须，伊河、洛河、瀍河、涧河等众多水系毛细血管般蜿蜒虬曲。

有河就有桥，桥是河上的路，是别在河流这绺长发上的簪子。

洛阳最早的桥出现在哪个朝代？《河南府志》及《水经注》载，洛阳七里涧桥也称旅人桥，大约建成于 282 年，是目前已知的中国最早的石拱桥了。

岁月苍茫，桥上走过多少南来北往的人？桥下的流水又流走多少岁月和往事？没人说得清。也没人想到，这座桥会和一位魏晋名士的名字连在一起。

旅人桥建成 20 年后，竹林七贤的领袖，那位龙章凤姿"越名教而任自然"的嵇康，在三千太学生锥心的恸哭中血洒桥畔。

后来，旅人桥不知何时塌毁了，但《广陵散》的绝唱却在岁月深处萦绕不散。

旅人桥镌刻了嵇康和那个乱世的故事，而之后的天津桥却是一座诗歌砌成的长廊。

天津桥始建于隋，是一座浮桥，隋唐时，为连接洛河两岸的交通要道，十分繁华。

古人把洛水誉为"天汉"，即天河、银河，而帝都洛阳就是天帝的居所"紫微宫"，天河的渡口即天津，那么这座桥自然是"天津桥"了。隋末，天津桥被李密起义军焚毁。唐初在原址上重建，并改为石桥，仍称天津桥，又称洛阳桥。

天津桥北与皇城正门——端门相应，南与隋唐洛阳城南北主干道——定鼎门大街相接，桥上原有四角亭、栏杆、表柱，两端有酒楼、市集，行人车马熙熙攘攘，络绎不绝。

拂晓，漫步桥上，可见一轮弯月垂挂天幕，河岸杨柳如烟，河面波光粼粼，偶尔钟声悠扬，这就是"洛阳八景"之一的"天津晓月"。

洛阳城十万人家，天津桥长虹卧波，多少紫衣绿袍的骚客走过，人迹板桥霜，诗歌是他们留下的脚印。

在洛阳做官的孟郊走过。"天津桥下冰初结，洛阳陌上人行绝；榆柳萧疏楼阁闲，月明直见嵩山雪。"

从长安来的李白走过，在桥头董家酒楼饮酒作诗："忆昔洛阳董糟丘，天津桥南造酒楼。黄金白璧买歌笑，一醉累月轻王侯。"

在香山隐居的白居易走过。"莫悲金谷园中月，莫叹天津桥上春。若学多情寻往事，人间何处不伤神。"

洛阳才子刘希夷走过。"天津桥下阳春水，天津桥上繁华子，马声回合青云外，人影动摇绿波中。"

大历才子李益走过。"何堪好风景，独上洛阳桥。"

晚唐诗人雍陶走过。"津桥春水浸红霞，烟柳风丝拂岸斜。翠辇不来金殿闭，宫莺衔出上阳花。"

祸乱大唐的黄巢走过。"天津桥上无人识，独倚栏杆看落晖。"

住在洛阳的理学家邵雍走过。"春看洛城花，秋玩天津月；夏披嵩岭风，冬赏龙山雪。"

这些诗，成为天津桥时尚、隽永、风雅、奇绝的装饰，也把天津桥濡染成一座诗意氤氲的文化之桥。

可惜的是，金代，洛阳桥毁于大火，断桥残础，也渐渐湮没在河床之下。吴佩孚驻洛阳时，才在原桥址旁修桥一座，仍称天津桥，接续起千年的风雅。

隋唐宋元，天津桥，一座历史的 T 型台，记录着多少隋唐风月、宋元烟尘。历经千年风雨，天津桥悲情谢幕了，午桥悄然现身，并永恒在一首词里。

"忆昔午桥桥上饮，坐中多是豪英。长沟流月去无声。杏花疏影里，吹笛到天明。二十余年如一梦，此身虽在堪惊。闲登小阁看新晴。古今多少事，渔唱起三更。"午桥，在宋代西京洛阳的东南，也许它并不奇伟，但与张继夜泊的枫桥一样，因了洛阳诗人陈与义的这首词，千百年来傲然横卧在中国古典诗词的河流上。

旅人桥、天津桥、午桥，都在洛阳，统称洛阳桥，但有趣的是，千里之外的福建泉州，居然也有一座"洛阳桥"。

它位于泉州东郊的洛阳江上，原名"万安桥"，何以取名洛阳桥呢？

隋末唐初，社会动荡不安，大量中原人南迁闽南一带，看到泉州的山川地势很像故都洛阳，就以洛阳名之。于是，江为洛阳江，桥为洛阳桥，这座不在洛阳的洛阳桥，寄托着客家河洛郎对故土的思念。

2011 年，台湾诗人余光中回到阔别多年的故乡泉州，当走过洛阳桥，乡愁如洛阳江上的晨雾漫上心头，于是他在那首著名的《乡愁》一诗后面，又补写了第五段："而未来，乡愁是一道长长的桥梁，你来这头，我去那头！"

洛阳桥，沟通着两岸，连接着古今，承载着乡愁。

旅人桥、天津桥、午桥、泉州洛阳桥，是横在洛水和洛阳江上的一支支横笛，流水样的岁月是它吹奏的曲子，那些让人慨叹千古的尘烟往事，沧桑跌宕成后人心头一唱三叹的旋律。

都城个性

一

中国古代有很多朝代，很多国家，自然也就有很多都城，从古到今，就有"四大古都""七大古都"甚或"十大古都"等说法。不同的都城，因其地域、历史、文化、民族、习俗等差异，而有着不同的个性与内涵。

先放眼锦绣江南。

南京，古称金陵、建康、江宁、石头城、天京、应天，龙盘虎踞，山川灵秀，气象宏伟，素来文学昌盛，人物俊彦。最让这座江南名都引以为豪的是，四大古都中，洛阳、长安、北京，都地处北方，都曾有过被外族攻陷的屈辱经历，唯有金陵，凭借着长江天险，成为北方政权的避难所，数次庇佑华夏之正朔，所以被视为汉族的复兴之地。只是这座建康城太过浮华香艳，风雅的秦淮河漂满六朝的脂粉。"门外韩擒虎，楼头张丽华"，"商女不知亡国恨，隔江犹唱后庭花"，不知这可否是建都天京的朝代大都短命的原因之一呢？烟花一瞬的"六朝古都""十朝都会"，既是江宁煌煌帝都的荣耀，也是应天落花流水的无奈。

山外青山楼外楼，暖风熏得游人醉。烟柳画桥，风帘翠幕，参差十万人家，氤氲着龙井的茶香，柔滑着丝绸的柔顺，闪烁着运河的波光，欸乃着西湖的画舫，杭州真个是人间天堂啊。然美则美矣，富则富矣，却缺少钱塘潮那样荡涤寰宇的胸襟和吞天沃日的霸气，历史上在此建都的朝代大都偏安一隅。荷花十里桂三秋，牵动长江万里愁。

姑苏城外寒山寺，夜半钟声到客船。水巷小桥多，人家皆枕河。吴侬软语的苏州，也曾是五代都城，但其实它和从不曾做过都城的扬州一样，烟花之地，温柔之乡，小鸟依人，风情万种，只合做三千宠爱在一身的贵妃，只合唱"春水碧于天，画船听雨眠。垆边人似月，皓腕凝霜雪"的江南小曲，做不得金戈铁马开疆拓土的大将军，更难以成就睥睨天下万国来朝的皇皇帝业。

江南的都城，像吟诗作赋的儒雅书生，风花雪月的翩翩公子，只合委婉细腻咿咿呀呀吟唱着《牡丹亭》《长生殿》之类的昆剧，越剧，黄梅戏，只合在雨巷断桥生发些"伤心桥下春波绿，曾是惊鸿照影来"的凄美故事，但玩不得刀枪，上不得战场。

从烟雨杏花中走出，随大运河北上，我们再看茫茫北国。

得中原者得天下，中原历来都是天下枭雄的逐鹿之地。地处伏牛山向黄淮平原的过渡地带，郑州乃中华人文始祖轩辕黄帝的故里，登封的中岳嵩山，藏有禹都王城。古都安阳是历史文化极其厚重的地方，三皇五帝的颛顼、帝喾先后在此建都，甲骨文、《周易》在此发现，盘庚迁殷、武丁中兴、傅说拜相、妇好请缨、窃符救赵、破釜沉舟、精忠报国等故事都发生在这里。然郑州、殷墟，四战之地，无险可守，"五朝古都"也罢，"七朝古都"也罢，跟"梁园日暮乱飞鸦"的古城商丘一样，好像只是过渡而已。

"夷门自古帝王州"的开封算是八朝古都了。当初，半壁江山的"大宋"在那里建都，但开国皇帝赵匡胤非常清楚，大梁一马平川，易攻难守，打算西迁洛阳，但遭到晋王赵光义和大臣的反对。太祖很无奈，像是预言，叹了句："不出百年，天下民力殚矣！"果然，百年不到，"八荒争凑，万国咸通"的汴京就被金兵的铁蹄蹂躏，太祖子孙横遭靖康之难的奇耻大辱，清明上河图里繁华绚丽的东京梦华倏然破碎，二帝被掳，宋室南渡，国富民足的北宋悲惨覆亡。

元、明、清三代及民国，古幽州之地的燕都北京成了中国的政治中心，紫禁城的壮丽举世无双，只可惜作为大国都城稍晚了些，和那些须髯飘飘仙风道骨动辄千年的帝都比起来，只能算是青年才俊了。

南北巡遍，让我们逆河而上，西望长安。

以山为城，以河为池，峰峦如聚，波涛如怒，控百二秦关之险，兼八百里秦川之富，进可顺流而下，席卷关东；退可出剑阁，到成都，地处关中平原中部，北濒渭河，南依秦岭的长安，真是龙兴霸业的王者之地。和江南那些仙袂飘飘笙歌入云的都城相比，长安城气吞山河不怒自威，大有关西大汉拔山扛鼎的英武气概。

但铁打的汉子也有时乖命蹇的时候，撑不住了咋办？那就只能迁都了。往哪迁？洛阳既是首选也是唯一，因为三代之居的洛阳原本就是中国最早的都城。于是中国历史上出现了一个有趣的现象：西周镐京，东周洛邑；西汉长安，东汉雒阳；唐都长安，神都洛阳。

洛阳，初名洛邑，北可抵燕赵，东南可达吴会，南到荆襄，西通三辅、巴蜀，古代被认为是"天下之中"。夏代，太康、仲康、夏桀，皆以邙山之南、洛水之阳的斟鄩为都，故斟鄩有"华夏第一王都"及"最早的中国"之称。之后的商、周也相继定鼎于此，由是，洛阳成为13个王朝、1500余年的"王者之里"，建都朝代之多、时间之久，均为诸都之冠。所以司马光诗云："若问古今兴废事，请君只看洛阳城。"李格非也说："洛阳之盛衰，天下治乱之候也。"

其实，跟洛阳的地理、丰饶相近的，还有一个城市，那就是：成都。洛阳和成都都是盆地，洛阳有"三川"（黄河、洛河、伊河）之富，成都乃"天府之国""扬一益二"，俱为富甲天下的通都大邑，但洛阳久为帝王之宅，成都何以只是七个割据政权的都城？究其原因，大概是地理上偏居一隅了吧。

洛阳和长安，自古就是中国政治经济军事文化的"双核"，那些并吞八荒一统天下的朝代，全部定都于东西二都。何也？战略位置、山川大势、物产地利、文明开化等使然。当然，其他都城，也都在各自的地方，发挥着不可替代的作用，丰富着中华历史，创造着灿烂文明。

古代，国都的选定，是一件极其重大神圣之事，因为它体现着"天子狩边"等治国理念，而国都的迁移同样关乎国运。周平王东迁洛邑，北魏孝文帝南迁洛阳，明成祖迁都北京，清世祖迁都关内，于统治者，俱为居功至伟的不世之功。

二

天下都城，千差万别，但有一点是相同的：都城的安危，事关政权的存废，而政权，无不是统治者意志的体现。

都城再怎么雄伟壮丽，黎民百姓都没有资格自豪，因为那不是你的，那只是当权者骄奢淫逸的巢穴。同样，皇宫再怎么金碧辉煌，你也只是太监奴才而已。李世民不是得意地说：东西二京，吾家两宅耳。

东汉末年，军阀混战，人口锐减，竟至于"白骨露于野，千里无鸡鸣"，但各方势力仍厮杀不止，在对至高无上的权力的角逐面前，天下苍生是无暇顾及的。

安史之乱，李隆基逃往四川，太子李亨趁机于灵武登基，想收复长安洛阳，但兵力不够，就向回纥可汗求兵，许诺："克城之日，土地士庶归唐，金帛子女皆归回纥。"于是，"光复"的洛阳惨遭蹂躏。

草民是什么？和平年代，是牛是马；战乱年间，是冲锋陷阵的刀枪，是舍生取义的盾牌，是死得其所的陪葬。一句话：兴亡皆苦的一地蝼蚁而已。你活着，那是皇恩浩荡；你死了，命该如此，活该。

都城，护卫的是皇帝、皇权，而一旦天下有变，都城往往是旋涡的中心，生灵涂炭的程度也更惨烈。"城中户不盈百，墙宇颓毁，蒿棘成林"（长安）；"万室焚烧，百物荡尽""秦淮长河，尸骨如麻"（南京）；"县邑荒废，悉为榛莽，白骨蔽野，外绝居人。洛城之中，悉遭焚毁"（洛阳）；史不绝书。

皇帝，君临天下，生杀予夺，一言九鼎，呼风唤雨，为所欲为，但其实，皇帝的风险还是挺高的。且不说为争皇位杀兄弑父的宫廷喋血，只说王朝末期，世上未有不亡之朝，可怕的那天终会来临。末代皇帝及其家族有几个善终的？马上打江山的开国皇帝大多神武英明，但他们的基因无法保证后代子孙都雄才大略，也无法保证江山永固。须知天下之大，江山代有雄才出。当初自以为建立了不世功勋志得意满风光无限的荣登大宝，实际上，是把他们的后代放在了砧板上。"愿生生世世，再不生帝王家！"南朝刘宋年仅13岁的末代皇帝刘淮那撕心裂肺的哭声犹在耳畔。

一茬儿改朝换代，一茬儿山河破碎，一茬儿悲剧重演，一茬儿血雨腥风。

古往今来，多少都城固若金汤，多少关塞万夫莫开，万里长城一修再修劳民伤财，却都未能阻挡一代代王朝的覆灭。

秦、汉、隋、唐怎样？"犯强汉者，虽远必诛！"赫赫帝国气魄吧，而载舟覆舟，一旦失了人心，任你怎样铜墙铁壁的万世基业，也都在民心向背中"金陵王气黯然收"，"宫阙万间都做了土"。

贴着"康乾盛世"标签的大清怎样？"天朝物产丰盈，无所不有，原不藉外夷货物以通有无"的无知与傲慢，让爱新觉罗西跨葱岭、东北至外兴安岭和库页岛的辽阔疆域和皇皇王朝，闭关锁国成一个"翻来覆去只是一个雄伟的废墟而已"的笑料。

当坐井观天妄自尊大的乾隆根本意识不到这是与世界接轨的机遇时，地球的那边，同时代的华盛顿（两人同年去世）却开创了"古今未有之局"，缔造了全新的美利坚合众国，且连任两届总统后毅然放弃最高权力，回归一介平民。如此匪夷所思之举，让多少"替天行道""救民水火"的"真龙天子""大救星"，现出"打江山坐江山"的土匪本质与丑陋原形。

从"慕夏"到"脱亚入欧"，从"大化改新"到"明治维新"，日本天皇何以万世一系？与时俱进，顺应世界文明而已。

苏联够强大吧？然一夜之间，冰消瓦解。而欧洲一些国家，国防薄弱到连像样的军队都很少，更没有核弹之类的大杀器来"保卫祖国和人民"，却真正的岁月静好。何也？公平、正义、自由的现代文明，取代了先前弱肉强食的丛林法则。

主张"民贵君轻"的孟老夫子说过一句极有见地的话："固国不以山溪之险，域民不以封疆之界，威天下不以兵革之利。"

都城亦然，再怎么巍巍赫赫，也不过是外在的坚固罢了……

天下洛阳

天下洛阳，这四个字颇有些气吞山河唯我独尊的雄霸之气。然细数历史，能当得起"天下"二字的，恐怕也只有嵩邙之间洛水之阳这座恢宏壮丽的千年帝都了。

洛阳古为天下之中。

《史记·周本纪》载："成王在丰，使召公复营洛邑，如武王意。周公复卜申视，卒营筑，居九鼎焉。曰：此天下之中，四方入贡道里均。"公元前770年，周平王东迁洛邑，周公也开始制礼作乐。

其实，这个天下之中不单是地理意义的，很长一段历史时期，洛阳都是华夏神州政治、经济、文化的中心，而且，作为世界四大圣城之一，这座东方大都会还曾有过世界级的影响。

洛阳也是定鼎之地。

《左传》载："成王定鼎于郏鄏（洛阳古称）。卜世三十。卜年七百。天所命也。"

司马迁曰：昔三代之居，皆在河洛之间。左思《三都赋》云：崤函有帝皇之宅，河洛为王者之里。

天下之中，洛阳得天独厚之幸也；定鼎之地，洛阳天命所归之尊也。上下几千年，唯有洛阳享此殊荣，知恩图报的洛阳，也给了这个泱泱古国一个名字：

中国。

"中国"一词，最早见于西周初年的何尊铭文，本意是指中央的城郭、都邑，因夏商周三代洛阳一直是中央之城，所以"中国"这一名称最早便特指河洛这片土地。

传统意义上的古代中国，就是以农立国的汉民族建立的以洛阳为中心、以中原大地及周边地区为主要活动区域的政权。

得中原者得天下，得洛阳者得中原。然福兮祸兮，正因如此，洛阳，这座黄河流域最为重要的都城，才历来成为风云际会的政治中心和问鼎中原的逐鹿之地。

北宋太学博士李格非在《书〈洛阳名园记〉后》中说：洛阳处天下之中，挟殽渑之阻，当秦陇之襟喉，而赵魏之走集，盖四方必争之地也。天下常无事则已，有事，则洛阳必先受兵。予故尝曰："洛阳之盛衰，天下治乱之候也。"

洛阳的称谓很多：斟鄩、西亳、洛邑、三川、神都等，但洛阳是唯一的，这个特定的称谓有着厚重的历史文化内涵，然而，冠以"洛阳"之名的，譬如洛阳县、洛阳镇、洛阳江、洛阳桥、洛阳渡、洛阳关、洛阳观、洛阳庙、洛阳寺等，居然遍布全国 15 个省市自治区。

"洛阳"何以遍天下？这就是洛阳所独有的一种文化现象，这与洛阳的历史有关，这与"河洛郎"的故乡情结有关。

永嘉南渡、安史之乱与黄巢起义、建炎南渡，是西晋、中唐、南宋以来，河洛地区因战乱而引发的几次大规模人口迁徙。汉魏洛阳故城，成为客家先民南迁的始发地。

湖北、江苏、福建、广东、广西，无论浪迹天涯到何处，他们都不忘自己是河洛郎；无论开花散叶衍生出多少个"洛阳"，他们都明白：天下"洛阳"，根在河洛。

遍地"洛阳"，是"三川北虏乱如麻"的战乱逼迫的，是"南人至今能晋语"

的河洛郎造就的，是"不似湘江水北流"的思乡梦编织的。

你相信吗？东瀛日本，居然也有个洛阳。

京都，旧称平安京，受唐文化影响，又称京洛。平安京的建设仿照长安和洛阳，城北为皇城和宫城，城南为外郭城。外郭城又分东西两部分：西侧称长安（右京），东侧称洛阳（左京），右京低洼潮湿，后被废弃，左京洛阳逐渐壮大，故京都又别称"洛阳"。至今还能在京都的唐风余韵中找到一些洛阳元素。

京都是日本历史上唯一一座保存完好的千年古都，也一直是日本文化的象征，因此，惨烈的第二次世界大战中，这座本已列入轰炸名单的历史名城，才有幸死里逃生躲过被原子弹毁灭的厄运。

"日本晁卿辞帝都，征帆一片绕蓬壶。明月不归沉碧海，白云愁色满苍梧。"日本的洛阳，是遣唐使带回的，是汉唐文化辐射的，是中日文化交流融汇共生的。

洛阳是唯一的，"洛阳"遍天下这绝无仅有的奇迹也是唯一的。

洛阳的唯一还有很多：河图洛书是唯一的，一画开天是唯一的，夏都斟鄩是唯一的，商都西亳是唯一的，东周王城是唯一的，神都称谓是唯一的，1500多年的建都史是唯一的；释源祖庭白马寺是唯一的，永宁寺塔是唯一的，运河中枢是唯一的，卢舍那大佛是唯一的，高僧玄奘是唯一的，诗圣杜甫是唯一的……

千年帝都不是唯一的，长安庶几亦可当之；丝路起点也不是唯一的，长安洛阳共之矣。但天下之中、定鼎之地、根在河洛，这些令天下古都望峰息心的唯一，是天下洛阳不可复制的千古绝唱。

开在牡丹里的洛阳

洛阳山河形胜，宋人李格非云："处天下之中，挟崤渑之阻，当秦陇之襟喉，而赵魏之走集也。"洛阳又物阜民丰，《战国策》曰："三川周室，天下之朝市也。"故洛阳自古帝王都。

洛阳这个名字源于周平王时。为实现先王"我南望三涂，北望岳鄙，顾瞻有河，粤瞻伊洛、毋远天室"的宏愿，周召二公实地择度，在"黄河之南、三涂之北、伊洛之阳"的地方营建城堡，并于公元前 770 年迁都于此，初名洛邑。但洛邑还不是最早的洛阳，由此上溯，可到商都西亳，夏都斟鄩。

牡丹最初只是一种普通的花卉，洛阳也不是它的原产地，但洛阳山水风土的灵性和悠远厚重的文化却成就了牡丹，是牡丹的福地。欧阳修诗云："洛阳地脉花最宜，牡丹尤为天下奇。"当然，洛阳人对牡丹也是钟爱有加，邵雍诗云："洛阳人惯见奇葩，桃李花开未当花。须是牡丹花盛发，满城方始乐无涯。"

牡丹与洛阳的千古情缘始于大唐。当年，独具慧眼的女皇把牡丹从秦岭、大巴山移植到洛阳，她要让牡丹为这个圣城开放；她又把洛阳定为神都，让古老的洛阳为大唐、为新生的武周开放。于是，贞观之治和开元盛世之间，气象万千的皇皇武周，开成一片锦天绣地的灿烂。

从牡丹的雍容华贵中，读得出女皇母仪天下的轩昂气宇；从明堂的雄伟巍峨中，读得出女皇经天纬地的雄才大略；从卢舍那大佛典雅恬淡的微笑里，读得出女皇心念苍生的悲悯情怀与国泰民安的殷殷祈福。

李濬的《松窗杂录》记载了一个故事：上（唐文宗李昂）颇好诗，因问脩己曰"今京邑传唱牡丹花诗，谁为首出？"脩己对曰"臣尝闻公卿间多吟赏中书舍人李正封诗曰'天香夜染衣，国色朝酣酒。'"上闻之，嗟赏移时。

从此，牡丹便有"国色天香"之誉。

牡丹植根于洛阳，洛阳植根于悠远厚重的中国文化，那么，牡丹绣口一开，该是半部唐宋史吧。

一个是千年帝都，承载着悠久的历史厚重的文化，一个是花中之王，展现着仪态万方的王者气度，琴瑟和鸣会奏出怎样的华彩乐章呢？

一年一度的中国洛阳牡丹文化节便是二者珠联璧合的结晶！始于1983年具有独特丰厚人文历史文化内涵的牡丹花会，已蔚然成为洛阳极富特色的民俗盛事。从此，这座岁月风尘中沧桑的帝都，成为开在牡丹里的锦绣洛阳。

若待四月花似锦，出门俱是看花人。四月的洛阳，牡丹花繁茂得游人样摩肩接踵，游人呢？喧闹中个个悠然惬意，花样的光彩照人。可谓四月花开如云，洛阳人流似潮，潮涨人涌千叠山，一片太平盛世万民同乐的升平景象。千年帝都，既是洛阳的荣耀，又是洛阳的劫难，天下之中的历史的舞台上，多少惊心动魄的兴衰存亡。

嗟夫，洛阳在其作为国都时怎样的繁华啊！宫阙金碧辉煌连云起，深宫佳丽如云笙歌飘，帝王将相达官贵人在此纸醉金迷，荣华不尽。东汉梁鸿《五噫歌》云："陟彼北邙兮，噫！瞻顾帝京兮，噫！宫阙崔嵬兮，噫！民之劬劳兮，噫！辽辽未央兮，噫！"

但它蒙尘罹难惨遭蹂躏的时候呢？残垣断壁，荒烟野草，屡成废墟。"伤心秦汉经行处，宫阙万间都做了土。兴，百姓苦！亡，百姓苦！""一自胡尘入汉关，十年伊洛路漫漫。青墩溪畔龙钟客，独立东风看牡丹。"洛阳诗人陈与义这首诗，道出了南迁宋人国破家亡颠沛流离的苍凉沉郁忧愤和对故乡痛彻心扉的思念。

花开花落几千载，沧海桑田洛阳城。如今，水逝云飞旧踪难觅，只有东流的洛水仿佛在吟唱着洛阳才子刘希夷的千古慨叹："年年岁岁花相似，岁岁年年人不同。"

"若问古今兴废事，请君只看洛阳城。"洛阳，这座中原大地黄河岸边史诗般的古都！你是茫茫神州沧桑历史的纪念碑吗？你是中华民族血泪历史的活化石吗？

"巴山秦岭山野花，女皇怜之入唐家。神都皇苑处处栽，春来烂烂似云霞。

牡丹独钟洛阳城，时人昵称洛阳红。洛阳牡丹甲天下，帝都遂名牡丹城。

风姿绰约似媚娘，神韵天成冠群芳。国色天香谁得似？牡丹尊为花中王。

袅娜东风送春还，花开烂漫春去半。把烛夜看人犹怜，牡丹开罢春色残。

河山拱戴帝王都，天街踏尽公卿骨。历尽劫难花犹在，焦枝牡丹群芳妒。

洛水清波流复流，北邙山上云悠悠。洛城几度兴与废，花露如泪凝哀愁。

洛城四月草木深，牡丹开浓古都春。轻云蔽月凌波日，一年一度一销魂。"

又是一年芳草绿，春城无处不飞花。洛阳呵护了牡丹，牡丹妖娆了洛阳，根植于洛阳的血脉，牡丹已开成一种文化。我这首浅白的《洛阳牡丹谣》，不过是花瓣上一滴露珠，枝叶间一丝微风，又何曾道尽千年帝都和倾国名花的千古情缘？

鼎盛洛阳

　　绿莹莹的铜锈是漫漫岁月的斑痕，那是青铜器一种特有的沧桑之美，解读它你会发现，世界上许多文明的深处，都有一段漫长的青铜时代。在中国，公元前的两千年，其实是华夏青铜文化熠熠生辉铮铮作响的两千年。

　　在旧石器、新石器时代之后，在铁器的发现使用之前的漫长岁月，那些造型优美奇特、纹饰精美、工艺精湛的青铜器往往彰显并代表着一个地方的文明。青铜，是凝固的时光，是历史的载体。而鼎，作为青铜家族中最古朴、典雅、庄重、神圣的礼器，又被赋予了特殊的意义。

　　一言九鼎、三足鼎立、革故鼎新、春秋鼎盛、鼎力相助、鼎食钟鸣等许多与鼎有关的成语，以及楚庄王问鼎、齐宣王求鼎、秦武王举鼎、秦昭王迁鼎等故事，都是青铜时代铭刻给后世的印记。

　　鼎，是岁月浇筑的历史，历史浇筑的文明，所以许多文明都与鼎有着不解之缘。夏都斟鄩之乳钉纹平底爵，商都安阳之后母戊方鼎、后母辛方鼎，河南新郑之莲鹤方壶，湖南宁乡之四羊方尊，宝鸡陈仓之何尊，等等。两千年的青铜舞台上，精美绝伦的青铜鼎时有惊艳登场，然而鼎的开山鼻祖却神龙在天，不见首尾，那就是：名高天下的禹制九鼎。

　　大禹治水以后把天下分为九州，广聚天下之铜，熔铸九鼎，每鼎刻有各州地理情况、贡赋定数、江山风物等，以象征天下九州。从此，鼎成了中国古代社会国家及王权的象征。

　　商灭夏后，九鼎先后被迁到了商都朝歌和殷。

　　商末，武王伐纣，灭商立周。周武王的头一件事就是把九鼎搬运到周都镐京。九鼎很重，好不容易拉到洛阳，九鼎像生了根，死活拉不动。武王闻知感叹地说：九鼎是镇国之宝，到了洛阳不往西走，定有缘故。夏朝国都在洛阳，洛阳又位于天下之中，上天莫不是要我把国都迁到洛阳？如果这样，就把九鼎安放在洛阳吧！

鼎成龙去，武王殁后，成王大规模营建洛邑，及成，又举行开国大典和定鼎仪式，于是，洛阳，这历史上最早的"中国"，幸运地成为九州大地上下数千年唯一的定鼎之地。

定鼎之后，洛阳先后发生了楚子问鼎、武王举鼎两件事。

前606年，楚庄王伐陆浑之戎，遂至于洛，观兵于周疆。定王使王孙满劳楚子。楚子问鼎之大小轻重焉。王孙满看出庄王觊觎周室的野心，正色对曰："在德不在鼎。"庄王很不服气：你不要依仗九鼎，我楚国有的是铜，我们只要折断戈戟的刃尖，就足够做九鼎了（"子无九鼎，楚国折钩之喙，足以为九鼎"）。王孙满不亢不卑从容言道：大王您别忘了，当初夏禹是因为有德，天下诸侯都拥戴他，各地才贡献铜材，启才能铸成九鼎以象万物。后来夏桀昏乱，鼎就转移给了商；商纣暴虐，鼎又转移给了周。如果天子有德，鼎虽小却重得难以转移；如果天子无德，鼎虽大却是轻而易动。"周德虽衰，天命未改，鼎之轻重，未可问也。"

秦武王四年（前307年），秦武王攻占韩国重镇宜阳，然后直入洛阳，未敢见周天子，于太庙观九鼎，指雍字一鼎叹道："此雍州之鼎，乃秦鼎也，寡人当携归咸阳。"天生神力的秦武王嬴荡逞强赌气不听劝阻，用尽洪荒之力，结果还真的把鼎给举了起来，怎奈秦鼎过重，秦武王趔趄几步，秦鼎重重地砸在腿上，后来绝膑而亡。

力能扛鼎的，恐怕只有秦末力能拔山的西楚霸王了，但神勇无二的项羽举得起鼎，却不曾端得起一枚小小的玉玺。

定鼎之后三百多年，战乱频仍，王室内讧，苟延残喘的东周为秦所灭。改朝换代不足奇，所奇者，煌煌赫赫的国之瑰宝——天子九鼎竟神秘地不知所终！

　　禹制九鼎，堪称华夏文明史上一件扑朔迷离的事件。说它是传说，但《左传》等多种史籍言之凿凿；说它是真实的历史，然几千年来不见其踪。历史上很多云山雾罩的事件都留下些蛛丝马迹，九鼎的线索却随着周祚的结束戛然而止，和河图、洛书的神秘出现一样，成为中国历史上最为诡异和不可思议的千古之谜。

　　可否，秦人还都于他们的龙兴之地，或者，之前王子朝争夺周天子失败携大量典籍逃奔楚国时，遗憾这些国之重器无法迁移，把它们就地秘密封存了？而封存的最佳方式无过于是掩埋。果真如此，那么，九鼎就在我们脚下的这片土地，就在伊洛河的泥沙中。

　　九鼎何时面世？这和预测一座火山下次爆发的时间一样没谱，也许，我们永远也等不到那一天，但我们却不会因此而否认它的存在。

　　倘有一天，终有一天，九鼎会重见天日，那必是比秦始皇兵马俑更轰动世界的惊天喜讯，它会进一步佐证那个古老朝代的真实存在，它会让相关的历史一下子鲜活得血肉丰满起来，它会让那些流传了几千年的传说成为让人惊讶的事实。退一步说，即使我们永远无缘得见九鼎实物，但附着在它身上的故事、传说，就已经是一笔极为丰富珍贵的历史文化遗产了。

　　在定鼎之地的洛阳，在出土铜爵酒器、绿松石龙和天子驾六的夏都、商城、周室，你触摸到绿锈斑驳的久远历史。尽管，你无缘得见九鼎的真容，但你知道，你已经真切地站在埋有九鼎的土地上，你会惊讶，群山环抱，伊洛中流，矗立在苍茫河洛大地的古都洛阳，不就是一个巨大的青铜鼎吗？

　　是啊，那是一座三川周室天下朝市的山水富饶之鼎！那是一座河山拱戴天成帝居的千年帝都之鼎！那是一座四方入贡道里均的天下之中之鼎！那是一座堆积着历史覆盖着文明的文化璀璨之鼎！

　　根在河洛，鼎定洛阳，洛阳之幸也，它让洛阳的历史更加悠远厚重；鼎隐洛阳，亦洛阳之幸也，这应是继河图、洛书、一画开天之后，华夏故居的洛阳用这种含蓄蕴藉内敛的方式，又一次为华夏文明的源远流长奠基，为羲皇子孙的万世祥和祈福吧！

千秋魏碑

《禅学书法专刊》总编辑郜泽松先生送我一幅字，展开来，枯藤挂树，古意苍苍。

我知道，这是我要的魏碑。

文字，是人类文明的重要载体，5000 多种也好，7000 多种也罢，都应讲究书写之美吧。但真正把书写、书法蝶变成一门独立的艺术且博大精深的，只有东亚大陆那笔画繁复氤氲着东方审美的汉字了。

汉字书法产生于何时？大约仓颉造字的同时，象形会意之间，就糅进了一些审美的因素吧，只是由于书写工具的原始笨拙，以及书写载体的粗糙艰涩，字体显得古拙单一。让书法鲜活灵动成一种艺术一种生命的，缘于中国文化史上两项伟大的发明。

一撮精致的或柔软或柔韧的羊毫、狼毫、鼠须，仿佛被仙人点化，拥有了神奇的魔力，或浓墨，或枯笔，点横撇捺抑扬顿挫间，浣纱越溪的贫贱女，蝶变成倾国倾城的绝色西施，方块汉字从此千姿百态，风情万种。而纸的应运而生，推波助澜，又给毛笔的行云流水凌波微步铺展了笔走龙蛇兔起鹘落的舞台。

从此，书法成为一门独立的艺术，它以百炼钢化为绕指柔的万千气象，伴随并滋养着汉字历经演变却一脉相承的时空传承，让古老的方块字摇曳着一种"美色不同面，皆佳于目"的独特美感和魅力。

一个字，究竟有多少种写法？没有人知道。"楷如坐、行如走、草如飞。"在运用之妙存乎一心的书家笔下，每个字都是魅力四射的百变女皇。"如高峰之坠石，如长空之新月，如千里之阵云，如万岁之枯藤，如劲松之倒折，如落挂之石崖，如万钧之弩发，如利剑断犀角，如一波之过笔。"（欧阳询语）情感与笔墨的灵肉交融，让每一幅作品，甚至每一个字，都拥有自己的神态和气韵。

汉隶与唐楷之间，有一种书体，从北国草原斜刺里杀出，越过长城，立马洛阳，铁画银钩，英武盖世，我们叫它：魏碑。

魏碑，是北魏钤在中国文化史上的一枚特立独行的印章。

北魏（386 年—534 年），是鲜卑族拓跋珪建立的政权，"魏"，寓意"神州上国"。北朝这第一个王朝，大败夏国、大破柔然、攻克北燕、降服北凉，挟着草原马背的雄风，鲜卑人纵马南下，入主中原，将都城由平城（今大同）南迁洛阳。历史上，中原汉族王朝多次被北方游牧民族所灭，但这次，大概是最好的结局，汉人没有因此而"亡天下"。"雅好读书，手不释卷"的孝文帝，既没有后世蒙元灭宋的野蛮杀戮，也没有满清入关血腥的剃发易服，而是发展教育，崇尚佛教，禁北语，禁胡服，改姓氏，通婚姻，实行汉化。所以元好问说，"中州万古英雄气，也到阴山敕勒川。"

迁都洛阳，佛教的兴盛前所未有。在平城，鲜卑人开凿了云冈石窟，伊水之滨的龙门石窟，是鲜卑人崇佛的延续。

一个半世纪，北魏在中原的历史舞台上演绎了风云跌宕的大风歌，龙门石窟林林总总的造像及题记，是它留给后世的一个背影，一种让人耳目一新的书体自此横空出世，那就是：魏碑。

魏碑，滥觞于北朝，四世纪末，随着鲜卑拓跋氏的烈烈战马，这位异域风情的北魏公主，从逐水草而居的北国草原，沿着当年昭君出塞的长路，嫁到了稼穑五谷春种秋收的农耕之地，在"河图""洛书"的故乡，这些碑版、摩崖、造像、墓志，不施粉黛，素面朝天，展现她"千岩竞秀，万壑争流"的风姿神韵。

从那时起，这种"深得北方之气，兼呈山石之力"（余秋雨语）的魏碑体，带着塞外天苍野茫的浑朴苍莽和长河落日的粗犷苍凉，在洛阳这片儒佛浸淫的文化沃土开枝散叶，在隋唐牡丹之前，在卢舍那大佛之前，在隋炀帝大运河之前，在胡太后永宁寺佛塔之前，便在伊阙的洞窟中赫然问世。

只可惜，大展宏图的孝文帝英年早逝。北邙山上，他定格在 33 岁壮志未酬的长陵，巍峨成一座别样的"魏碑"。

上承汉隶，下启唐楷，魏碑兼有隶楷两体之神韵，从而形成端庄大方刚健质朴的独特风格。唐初几位楷书大家，如欧阳询，虞世南，褚遂良等，皆取法魏碑。

这样一种别开生面的书体，何以诞生在秦关汉月之外的塞外阴山？诞生在天似穹庐笼盖四野的敕勒川？也许，如同程邈在狱中发明了蚕头燕尾的秦隶，草原大漠，一位不知名但一定是独具个性的文人亦或将军首创了魏碑或魏碑的雏形。浸淫着独特的地域文化，这种书体葳蕤成那片土地独有的物种。当王羲之落笔惊风雨的南派书法在锦绣江南潇洒起一座前无古人的高峰时，长城内外，黄河两岸，魏碑那特色独具的异域风情，风靡成"南帖北碑"的局面（后世董其昌的"笔法南北宗"论即由此而来）。

2017 年夏，我陪散文作家曹文生先生拜谒了龙门石窟。

山脚下，伊水粼粼，石径上，游客如缕，高高下下错错落落遍布山崖的绝壁洞窟间，北魏的碑版、摩崖、造像等遗留，构成了北魏的世界北魏的时光，仿若 1600 年前的北魏不曾走远，余温犹在。古阳洞内，《杨大眼造像记》不知出自何人之手，用笔方峻，提按顿挫明显，笔势雄奇，结体庄重稳健，名列"龙门四品"。北魏，以这种特殊的方式，鲜活在龙门西山的石窟中。突然想起八个字：昭君出塞，魏碑入洛。

文生惊慨，少顷笑问：你这个"逯"姓如此生僻，你的前世，是束发博带的汉人，还是贴身短衣长裤革靴的胡人？我答：逯姓的来源还真跟鲜卑族有关。

《魏书·官氏志》记载：代北鲜卑族原有三字姓"步六孤"氏，孝文帝迁都洛阳，将其改为汉字单姓"逯"氏，后逐渐融入汉族。文生又惊：哇，跟唐太宗一样，你真有鲜卑血统啊！我摇摇头：不好考证啊，逯姓的来源有多种呢。文生调笑，倘你生在北魏，你是寺院里撰文的秀才，还是石窟间书丹的书家？我随手一指：看，这块碑刻就是我的作品。

《东坡全集》记载了一个故事："欧阳询尝行，见古碑，晋索靖所书。驻马观之，良久而去。数百步复反，下马伫立，及疲，乃布裘坐观，因宿其旁，三日方去。"我不知道欧阳询痴迷的是哪种字体，可能不是魏碑吧，因为索靖是以章草名世的，这又何妨？正是书家这种孜孜以求的精神，才成就了他们书法的高度，也成就了那个时代的高度。

一个半世纪里，洛阳真真切切经历了那个名叫北魏的朝代，并将那个时代的辉煌，以寺庙、洞窟、造像、题记的形式，留在了那里，依依收藏。毛笔在石上的笔走龙蛇，錾子在石上的铿锵弹奏，成为那个时代的图腾。

只是，历经北朝百年风云，一度风靡的魏碑，此后却于荒野残窟中沉寂千载。

中国古代书法崇尚"中和"之美，而鲜卑人从马背上驮来的魏碑，一笔一划中都带着游牧民族的雄强泼辣、雄浑朴拙，有着马蹄铁般的硬实，用笔大胆露锋，棱角分明，结构多斜画紧结，体势欹侧，而"北狄""北胡"的蔑称，又荒草般遮掩了魏碑的波澜壮阔与恢弘鲜活。

暖流与寒流的交汇，往往能带来更多的养分与生机。当年，若非张骞的凿空西域，核桃、葡萄、石榴、蚕豆、苜蓿、芝麻、黄瓜、大蒜、茄子、胡萝卜等这些今日习以为常不可或缺的美味，中原汉人就无缘得享，龟兹的乐曲、胡琴等，也无缘得赏。没有周边少数民族的八面来风，中原的文化、生活就会干瘪逊色很多。

清代中期，随着金石学的发展，碑学勃兴。阮元首倡"碑学"，包世臣的《艺舟双楫》，将碑刻书法树为正宗，以"峻劲"为书法最高审美，尘封已久的魏碑终得以再放异彩。

"魏碑无不佳者，虽穷乡儿女造像，而骨肉峻宕，拙厚中皆有异态。"康有为对魏碑极为推崇，赞誉魏碑有"十美"：魄力雄强、气象浑穆、笔法跳跃、点画峻厚、意态奇逸、精神飞动、兴趣酣足、骨法洞达、结构天成、血肉丰美。

龙门石窟的北魏碑刻约有一千方，其中，古阳洞、慈香窟中的二十块石刻造像题记，被康有为盛赞"雄峻伟茂，极意发宕，方笔之极轨也。"这就是日后享誉四海的魏碑书法的代表：龙门二十品。

曾两次荣获中国书法兰亭奖的洛阳市书协副主席刘伊明先生这样阐释他对魏碑的感受：乍看仿若孩童所作，天真烂漫，稚态可掬，它通过点画与结构的夸张，使个性得到充分发挥，在欹欹侧侧、长长短短、歪歪斜斜的自然书写中，一种原始的本真与质朴扑面而来，甚至，连刻工的一些粗率的"误读""误刻"，也呈现出几分无拘无束的拙扑天趣。

千年帝都洛阳与书法有着很深的渊源，金文、八分书、章草、今草、真书等书体，无不诞生于这座文化名城。哪一种书体最能代表洛阳？金文吗？它繁复虬曲的笔画庶几可代表洛阳历史之悠久；颜体吗（颜真卿有幸埋骨洛阳）？雄浑遒劲的笔画彰显着洛阳的厚重；行草吗？行云流水的笔画中流畅着洛阳人文昌盛文化灿烂的千古风流。

魏碑呢？

雄峻伟茂，高浑简穆，诞生并成熟于洛阳的魏碑，散发着草原游牧民族血脉贲张筋骨毕现的栗悍豪气、糅合着中原汉族耕读传家的温雅传统，以龙门山石的凝重，以松柏挺立的多姿，深刻在伊阙的山岩上，峻拔在中国文化的册页里。

在北朝民歌《敕勒歌》《折杨柳歌》《木兰诗》的背景音乐中，北魏，用无数造像题记留下了它的背影。这个雄健的背影，连同那个时代的气息，被刻进了洛阳。从此，书法圣城的洛阳，也慢慢长成魏碑的模样，一撇一捺一笔一画铁画银钩的沉稳厚重中，透着千秋魏碑的旷达神采与雄俊风骨。

开满诗歌的土地

蒹葭、荻花、萱草、荇菜、芦蒿、白蘋、卷耳、桑葚……这些三千年前的植物长在什么地方？长在黄河洛河流经的广袤平原，长在嵩山邙山矗立的苍茫大地，长在周朝的俚俗民谣里，长在《诗经》的悠悠诗韵中。

中国古典文学源远流长，而诗歌便是那清冽的源头。诗歌是生活开出的花，文字是她美丽的花瓣，感情是她芬芳的花香，思想是她绚丽的色彩，她描摹着自然的风花雪月，吟咏着人世的悲欢离合，浓缩和升华了世间的美。

嵩邙河洛，那是一片开满诗歌的土地，而诗都洛阳则挂满了诗歌的流苏。

"关关雎鸠，在河之洲。窈窕淑女，君子好逑。"《诗经》开篇之作这首千年传唱的恋曲，就发生在洛阳东北的黄河边。周代的官员到各地采风，把那些山野河浦、村庄里巷传唱的或清新朴实或优美动人的歌谣采集来，种在《诗经·国风》这个花园里。从此，这些花再不会凋谢，从此，《诗经》那馥郁的花香芬芳了中国几千年。

汉朝，邙山洛水间的汉魏故城，盛开了一簇被后世称为"五言之祖"的花——《古诗十九首》。"河汉清且浅，相去复几许？盈盈一水间，脉脉不得语。"漫漫两千年的岁月，仍无法剥蚀风化她凄婉的幽怨与哀伤。

魏晋更迭山河破，夕阳明灭乱流中。国家不幸诗家幸，战乱频仍的乱世，诗歌却疯长着。建安七子、竹林七贤、金谷二十四友，他们长歌当哭，用诗歌描绘着那个时代，呻吟着民不聊生的苦痛。

公元 6—8 世纪，这个诗歌的国度，迎来了她最为鼎盛的辉煌，那些光耀千古的奇葩在诗歌的圣城次第开放。李白、杜甫洛阳相会，诗仙、诗圣并蒂璀璨，并和长期住在洛阳的高适一起相伴东游赋诗。那个念叨着"忆江南"的诗王白居易，放却江南烟花地，先后在洛阳待了 24 年，吟诗 800 余首。至今，伊河之畔龙门香山上的白园、琵琶峰，仍静默着对诗人的怀念。

其实，早在诗仙诗圣双星辉映之前，洛阳就已经有了二圣会洛的传奇与荣幸。公元前 518 年，孔子入周，访乐于苌弘，问礼于老子。当然，老子、孔子都不是诗人，但有谁敢说，那洋洋五千言的《道德经》，那充满智慧的《论语》不是诗呢？何况，《诗经》305 首，还是经孔子他老人家删定的呢。

这一时期，诗都洛阳花开如云，妙笔生花的诗人们用异彩纷呈的诗歌瑰丽着那个恢宏博大的时代。

看一下以洛阳为中心的中州才子的诗。

"北邙山上列坟茔，万古千秋对洛城。城中日夕歌钟起，山上唯闻松柏声。"沈佺期（内黄人）对人世繁华和殁后沉寂的形象描写耐人寻味。

"楼观沧海日，门对浙江潮。" 宋之问（灵宝人，一说汾阳人）的佳句开人心胸，壮人豪情，怡人心境。

"年年岁岁花相似，岁岁年年人不同。"刘希夷（汝州人）的诗凄美中透着伤感哀婉。

"石脉水流泉滴沙，鬼灯如漆点松花。"李贺（宜阳人）的诗幽寒凄冷，如谷底鸣咽的流水和石缝间一朵蓝色的花。

"曾经沧海难为水，除却巫山不是云。"元稹（洛阳人）深沉绵邈的悼亡之情让人感动千年。

"乡书何处达？归雁洛阳边。"羁旅在外的王湾（洛阳人）吟唱着游子对故乡的眷恋。

"春风一夜吹乡梦，又逐春风到洛城。"质朴的诗句勾画出宰相武元衡（偃师缑氏人）那缠绵的乡愁。

"天街小雨润如酥，草色遥看近却无。"韩愈（孟县人）细腻传神的描写已是妙绝千古。

"旧时王谢堂前燕，飞入寻常百姓家。"刘禹锡（洛阳人）笔力扛鼎，一句写尽人间沧桑。

"春蚕到死丝方尽，蜡炬成灰泪始干。"李商隐（祖籍沁阳，生于荥阳，曾住洛阳）对爱的痴绝缠绵痛彻心扉。

在这片诗歌的沃土上，来自四川的陈子昂推动着对齐梁诗风的改新；风流才子杜牧幸运着他在洛阳的一举成名和晚年与张好好的艳遇；花间派词人韦庄做着前蜀宰相却怅然着"洛阳城里春光好，洛阳才子他乡老。"

"看朱成碧思纷纷，憔悴支离为忆君。不信比来常下泪，开箱验取石榴裙。"你相信吗？这深情幽怨文采斐然的《如意娘》，居然出自一位把洛阳定为神都并在此铁腕主政的一代女皇之手。

武则天及后来的李隆基，均有着诗人的气质。则天女皇曾在洛阳香山演绎了一出龙门赋诗夺锦袍的文坛佳话，而张九龄、贺知章、张悦、武元衡等，则都是大唐笔走龙蛇的诗人宰相。

唐朝，那是一个诗歌的王朝，才华横溢的唐人用神奇的方块字筑起了一座高耸入云的诗歌丰碑。

到了宋朝，崇尚文学的风气使诗歌之花依旧在京华烟云中摇曳着她迷人的风姿。

"月上柳梢头，人约黄昏后。"清丽婉约的诗句流淌着"曾是洛阳花下客"的欧阳修在洛阳做官、恋爱的甜蜜温馨。

"春风不识兴亡意，草色年年满故城。"在洛阳居住了15年的司马光不仅在这座沧桑厚重的诗都完成了其不朽名著《资治通鉴》，还写下了这样沧桑厚重的诗句。

"洛阳城里又东风，未必桃花得似旧时红。""长沟流月去无声。杏花疏影里，吹笛到天明。""洛中八俊"中的"诗俊"陈与义南渡的伤感中含着无尽的悲愤与落寞。

朱敦儒是"洛中八俊"中的"词俊"，"玉楼金阙慵归去，且插梅花醉洛阳。"这种傲视侯门、纵情山水的高情雅致颇有几分"天子呼来不上船，自称臣是酒中仙"的旷达洒脱。

金代的元好问也许是历史上最后一位与洛阳有着极深渊源的知名诗人吧，他在李贺的故里宜阳三乡，完成了著名的文学理论著作《锦机》和《论诗绝句》三十首。

明清民国，随着政治中心的迁移日久，这片开满诗歌的土地有了一段漫长的落寞，曾经璀璨繁盛的诗歌冬眠一般沉寂着。

一部人类史，其实也是一部诗歌史。而今，"千年帝都、河洛之根、牡丹花城、丝路起点"已成为洛阳经典亮丽的名片。岁月邈邈，山河依旧，诗歌的基因还在吗？曾经，洛阳因诗歌而韵致，诗歌因洛阳而繁盛。谁还记得，那片古韵悠悠的山川间矗立着一座举世风流的诗歌圣城？谁在怀念，黄河洛水的藤蔓上，曾开出过诗经、汉赋、律诗、宋词那么瑰丽的花朵？谁还怜惜，抚慰心灵的诗歌已像丝绸之路的驼铃，隋唐大运河的帆影，悄然远去了呢？

杳杳广陵音

《广陵散》是一首神秘传奇的古琴曲，据说源自秦汉，咏的是战国时期聂政为父报仇刺杀韩相侠累然后毁容自杀的故事，情节很是惨烈悲壮。那么琴曲呢？该是怎样的"纷披灿烂，戈矛纵横"呢？诡谲的是，自诞生以来，这首琴曲就一直像一条时隐时现的地下暗河，在民间神秘流传，海市蜃楼一般难得一见。几百年后，这首神秘的《广陵散》因和一位魏晋名士的名字与命运连在一起，又多了几分荡气回肠的传奇与内涵。

那位名士叫：嵇康。

当初，此曲乃嵇康游玩洛阳（汉魏洛阳城，在今洛阳市东十五公里处）西边时，为一古人所赠。待后来嵇康被戮，此曲便成绝响。不过，失传之前，嵇康用一种旷古未有的方式，让这首神秘的古琴曲由地下暗河豁然喷珠泻玉奔涌在天地之间。

嵇康不是洛阳人，却隐居在洛阳城西，生活困窘时，曾和向秀在一棵大树下锻铁。嵇康，天下名士，洛阳，魏晋都城，但嵇康从没有把隐居洛阳当成垂钓渭水的终南捷径。

"非汤武而薄周孔""越名教而任自然"，广博的学识、超凡的见识和傲世不羁的性格成就了嵇康文坛领袖的盛名，但最终，他的性格和做派也为他招致了杀身之祸。

颍川钟会，贵公子也，精练有才辩。撰写了一本《四本论》，想请嵇康一阅。"龙章凤姿，天质自然……学不师受，博览无不该通"的嵇康，是那个时代天下士人仰之弥高的"男神"，钟会心怯，竟"于户外遥掷，便回急走。"

显赫后，"乘肥衣轻，宾从如云"的钟会感觉有了些底气，率时贤名流往寻嵇康，不料却受到嵇康"不为之礼，而锻不辍"的难堪。

"何所闻而来，何所见而去？"

钟会窘迫良久转身离去时，嵇康语带讥讽突然发问。

"闻所闻而来，见所见而去！"

钟会的回答迅捷机敏，不卑不亢，深得玄妙。

一问一答，高手过招，电光火石。

一问一答，妙语奇辩，堪称经典。

嵇康之所以是嵇康，是因为他不屑按世俗的观念去待人接物为人处世，而世俗之人无法理解也不去原谅雅士率然玄远的高情远趣，由是怨恨陡生。"敏慧夙成，少有才气"的钟会，这位对嵇康敬佩有加的铁杆粉丝，深憾之余，由崇拜变成了忌恨。

几年之后，嵇康被卷入吕安事件，钟会趁势借力，加之嵇康在《与山巨源绝交书》中流露的对权贵的蔑视，对官场的厌恶，一句"言论放荡，非毁典谟"，一剑封喉，于是嵇康喋血洛阳，为他当初的箕踞付出了生命的代价。

刑场就设在洛阳东市，北边，首阳巍巍，南边，洛水汤汤。

行刑当日，三千名太学生集体请愿，请求赦免嵇康，并请以为师，朝廷不允。嵇康神色如常，他顾看日影，离行刑尚有一段时间，居然向兄长嵇喜要来他那架平时爱用的琴。

他要干什么？

天哪，真是不可思议，后世小说中都不敢有这样的情节——嵇康竟然在刑场上抚琴！

身后，是几个冷血刽子手，周围是三千太学生，无数怜惜绝望的目光连同历史的追光灯一并聚焦在他身上，嵇康用一架琴、一首曲，把森冷的刑场变成他人生谢幕的宏大演出。

那时的刑场一定很静，静得每个人都能听到嵇康的琴声，只是，没有人听得出他弹奏的是什么曲子，也没人知晓，此时此刻，嵇康可否想起山阳隐士孙登的提醒。

嵇康曾经游于山泽采药，兴致浓时忘了回家，砍柴的人遇到他，都认为是神仙。这个神仙一般的嵇康，到汲郡山中见到隐士孙登，孙登却不说什么话。嵇康离开时，孙登开口了："你性情刚烈而才气俊杰，怎么能免除灾祸啊？"

孙登的担忧可怕的应验了。

曲毕，嵇康叹息道："袁孝尼尝请学此散，吾靳固不与，《广陵散》于今绝矣！"

天哪，竟是那首只闻其名不闻其声的《广陵散》！

广陵是扬州的旧称，而嵇康原籍浙江上虞，想必这首曲子带着江南的韵味吧。用烟雨江南吴侬软语的曲子，去讲述一个发生在中原的惨烈故事，表达一种愤慨不屈的浩然之气，那会是怎样一种曲调啊。

待《广陵散》余音散尽，那个时代最优秀的人，那个"萧萧肃肃，爽朗清举"，"岩岩若孤松之独立"的嵇康，终于巍峨若玉山之骤崩，同那曲《广陵散》一起，成了千古绝唱。

王夫之叹曰："孔融死而士气灰，嵇康死而清议绝。"

嵇康之死，让后世为之扼腕叹息。

嗟乎！嵇康何罪！无非是不设防，不掩饰，恃才傲物，放旷不羁，本色示人，如是而已。

以儒立国的中国传统文化是一种中庸文化，这种文化以官为本，维护一种尊卑制度和社会秩序。极权专制的体制只盛产摇尾乞怜的奴才犬儒，偶尔也会蹦出个所谓的圣人，但就是不适合天才特立独行的生存，个性自由和人格独立往往被视为异端而遭扼杀。尽管，魏晋是春秋之后又一个思想活跃文化璀璨的黄金时代。

装疯卖傻，嵇康不屑也；韬光养晦，嵇康不为也；棱角磨尽，精神自宫，唯唯诺诺，苟且偷生，岂是嵇康之性格！于是乎，一代卓尔不群的奇士才俊被强权碾为齑粉。

当时人及后世都在为嵇康惋惜时，我想嵇康是绝不后悔的，毕竟，"高亮任性"也好，"放诞鸣高"也罢，至少，他没有被驯服和奴役，而是活出了真实的自己。千载而下，有几个仁人志士能有如此的风骨？

昔时，阮籍尝登广武山，观楚汉战处，有"时无英雄，使竖子成名"之叹，嵇康之殁，后人又会叹声什么呢？

那首《广陵散》消尽了，消尽在风华绝代的魏晋，消尽在千年帝都的洛阳，消尽在"旷迈不群"的嵇康。

有种说法，后人在明代宫廷的《神奇秘谱》中发现了失传已久的《广陵散》，重新整理后，至今传世。

我不以为然。我宁愿相信：嵇康之后再无"广陵"。

《广陵散》已成为永远的绝响，但它留在世间的余韵却悠长不绝。

《晋书》载："初，康尝游乎洛西，暮宿华阳亭，引琴而弹。夜分，忽有客诣之，称是古人，与康共谈音律，辞致清辩，因索琴弹之，而为广陵散。声调绝伦，遂以授康，仍誓不传人，亦不言其姓字。"

韩皋以为，"扬州者，广陵故地，魏氏之季，毋丘俭辈皆都督扬州，为司马懿父子所杀。叔夜悲愤之怀，写之于琴，以名其曲、言魏之忠臣散殄于广陵也。盖避当时之祸，乃托于鬼神耳。"

两则资料都挺有意思，放在一块问题就凸显了。如韩皋所说，《广陵散》倒是嵇康的原创了？那魏应璩《与刘孔才书》"听广陵之清散"又当作何解释？

《广陵散》的琴曲未必出自嵇康，很可能断在嵇康，但嵇康却用一种从容的风度和绝世的风骨，把这首琴曲弹出了更深的内涵。

生于谯国铚县（今安徽省濉溪县），隐居在山阳，锻铁洛阳西，魂断洛阳东，嵇康星光灿烂的生命戛然终止在 39 岁。

"铜驼荆棘夜深深，尚想清谈撼竹林。南渡百年无雅乐，当年犹惜广陵音。"

39 岁，嵇康把那首《广陵散》带走了，却和竹林七贤等魏晋名士一起，把一种高爽魁奇风神超妙的风致与品格留下了，后人称之为"魏晋风骨"或"魏晋风流"。

汤汤洛河水，巍巍首阳山，猎猎魏晋风，铮铮《广陵散》。

似有泠泠琴声从历史深处幽幽飘来，如泣如诉，如怨如怒，乱石穿空，惊涛拍岸。

那是唱给嵇康的挽歌吧。

日暮秋风起，萧萧枫树林。

我的这些文字，俗了。

洛阳老城

大凡被称为老城的地方，都会承载一段久远的岁月，沉淀着历史的沧桑。

比如洛阳老城，就像一位重情念旧的故人，依依收藏着遥远的过去，以古旧、破败、废墟，甚至荡然无存，抑或修葺、重建、方言、传说、故事等方式，留住了那些已然走远的岁月，留住了这片土地特有的古韵、内涵和灵魂。

老城人家

老城，是古都洛阳的一处旧宅，虽是旧宅，却不曾废弃，纵横交错的九街十八巷七十二胡同里，明清风格的古旧破败中，挤挤挨挨，错错落落，满是老洛阳的烟火人家。

顺着铺地的青石路，我们来到老城的十字大街，两边老宅大门挑着的喜庆灯笼和红底黄字杏黄边的幌子，渲染成冬日的一抹暖色。

进了几家老宅，墙壁大多风化，有的已经开裂，镂空雕花的门窗漆色已旧，斑驳处露出木纹，房梁上落满灰尘和烟火色，房顶上瓦松瑟瑟，坍塌废弃的破房蛛网遍布，院落幽寂，偶尔传来几声犬吠，恍如隔世。

老宅里多有槐树、枸树、皂角树、花椒树等，年深岁久，这些年轮里记载着世间风云的老树仿佛修禅悟道的高僧深邃地静默着。也有一些枯草样的藤蔓，在黑瓦灰墙的院落间攀爬附着，卷枯萎缩的叶子间，水落石出地裸露着吊挂的橙红色瓜蒌。

街道纷乱的电线，门口停放的摩托，院落晾晒的衣服，屋内播放的电视，远处林立的高楼，蚕食进来的现代文明，给人一种古今交错，文白夹杂的别扭和忧虑。在这样一个溢满古旧气息的老城，现代元素不合时宜的出现，其实是对历史、对文物的亵渎、嘲弄，甚或摧残。老城，被古旧的时光悄然风化着，也被现代文明蚕食侵蚀着。而老宅的主人，见惯了寻幽访古的游客，对我们的来访不喜不愠，不迎不送，春去花还在，人来鸟不惊，一边从容回答我们的询问，一边忙着手里的活计。

老城的民居中夹杂着许多保留至今的明清或民国时的深宅大院，如庄家大院、马家大院等，规模最大的要数鼎新街的武家大院，那是国民党 15 军中将军长武庭麟的住宅。

这个武庭麟，是个性格多重颇具争议的人物，戎马一生，残忍暴虐杀人成性却又附庸风雅，曾参加过北伐、忻口会战等多次战役。1944 年，日军以 5 万兵力进攻国民政府行都洛阳，他率 1.8 万人孤军奋战，坚守 21 天，以仅余 2000 人的代价，打死打伤日军 2 万人。1947 年 11 月，他被陈谢兵团俘虏，四年后，当这位跛脚将军被处决时，可否有恨不沙场死，留作今日羞之憾？

院中一棵硕大的花椒树，满身裸露的黝黑老刺，凛然着一种暴戾和威严，是否附有将军的魂魄？如今，武家大院里住有外姓人，让人陡生旧时王谢堂前燕，飞入寻常百姓家的苍凉。多少故宅旧事，成为老城人茶余饭后"白头宫女在，犹坐说玄宗"的谈资。

也有几家没人居住的空宅，干枯如柴的树枝上疏落挂着一些无人采摘因失去水分而干瘪灰暗的石榴，瓦楞墙角的荒草摇曳着庭草无人随意黄，落叶满地不开门的破败与伤感，老式大门上，一把斑斑锈迹的铁锁，锁着满院的落叶和经年的寂寞。

老城，不像平遥古城那样，官衙民居，鳞次栉比，且保存完好，但它的破败、废墟里，隐隐可以看到当年参差十万人家的影子。心上忽然爬满了思绪的藤蔓。现今住在这老街小巷的土著居民，他们的先祖是谁？又来自哪里？是否还有当初商朝的遗民？北魏孝文帝迁都洛阳，又有多少人和鲜卑族通婚？永嘉之乱、少数民族南下战乱频仍中，又有多少人流离南迁？明朝前期，又有多少人从山西洪洞县迁来？

许多事却像石碑上漫漶不清的字迹一样，难以辨认和厘清了。

一茬儿一茬的人故去了，一批一批的人迁徙了，而河洛文化却在这片土地和这些人身上生生不息地传承着。至今，岭南、沿海以及海外那些自称"河洛郎"的客家人，依旧世代沿袭着"南人至今能晋语"的客家话与古老的中原习俗。

许多地方，那些包含着丰富历史人文信息的珍贵遗存，往往在陵谷变迁中消亡殆尽，而方圆五平方公里的洛阳老城，居然能在烽火连天的乱世幸存得古色古香，能在盛世的诱惑中心如止水荆钗布衣依稀保持着旧时风貌，真是难得和幸运。

一城巷陌一城人，一城往事如烟云。这些留存着老洛阳记忆的街巷、人家、寺庙、古木、小吃、方言、民俗、传说等，让你感慨，千年帝都的一些悠悠过往，就悄然藏在老城沧桑古朴的幽深小巷里，藏在老城人平淡庸常的尘世烟火中。

老城街巷

丽景门是老城的西大门，始建于隋代，也算有点年头了。重建的丽景门没有修旧如旧的"复原"，它的雄伟壮观再现着它曾经的大气，但它的光鲜亮丽洗涤了岁月的痕迹，像一位早年未知世事艰却为赋新词强说愁的少年。

丽景门内，是琳琅满目的书画古玩一条街，倒也古风古韵。走进去，仿佛不是走进历史，而是走进艺术。在这里，历史退潮了，只留下那些美好的经典的艺术，粉饰或慰藉着历史原本的残酷与伤痛，让人们忘却曾经的惊涛骇浪。

洛阳，曾是道教和佛教的祖庭、释源，自然城内少不了道观寺庙。东和巷那座重建于清初的九层文峰塔英俊挺拔，是否就是宋朝始建时的样子？再看始建于金元时期的河南府文庙、用来安放关公首级的妥灵宫、奉化街上的石牌坊，一些后世的修葺或重建让你觉得，老城其实也不甚老，老城只老在典籍中。

"不甚老"的还有东街董家祠堂边那棵直径盈米的古槐。树身疤痕遍布，扭曲倾斜，虬枝苍劲，老城人叫它"董宣槐"。董宣是东汉的洛阳令，因清廉公正不畏强权，被光武帝称为"强项令"。董宣病逝，家贫，以白布裹尸下葬，后人建祠栽树予以纪念。今天，祠堂无存，古槐苍然。这棵树，挺立着董宣的风骨，这个风骨，是那个还算开明的时代塑造的。这棵古槐只有600岁，却承载着1900多年的历史，那么，最初的那棵应该屹立了1300年之久吧？最后老死了，才有了这棵槐二代。这棵之后呢？想必三代、四代的董宣槐还会这么一直苍翠苍劲下去的。

跟"董宣槐"同岁的是东大街那座鼓楼。鼓楼好多地方都有，不足为奇，和北京、西安比起来，尽管洛阳老城的鼓楼刻有"就日""瞻云"的石匾，但算不得巍峨，却很有说道——名为鼓楼，却没鼓只有钟。明福王到洛阳后，听信延福宫道士之言，暮鼓设在大门东不吉，对后人仕途不利，就将大门东鼓楼上的大鼓撤去。大鼓倒是撤去了，但福王的厄运却并未得免。1641年，李自成攻克洛阳，福王被杀。此后，鼓楼之上再无大鼓，鼓楼，只能叫"钟楼"了。那钟倒是挺神奇的，站在钟下，居然会隐隐听到城外13里处千年古刹白马寺钟鸣的回音。在过去，这自然是无法解释的灵异之事了。

鼓楼东去约五里，是老城东关的东通巷，这就是古时著名的铜驼陌。隋唐时期，这里的黄瓦红墙掩映在如烟的杨柳中，每当暮色降临，袅娜在高低杨柳中的户户炊烟如蒙蒙烟雨，这便是洛阳八大景之一——"铜驼暮雨"的由来。在东关，比铜驼暮雨更能体现老城文化内涵的，是巷中文庙旧址前清雍正六年所立的孔子入周问礼碑。

当年，老子在周室做"守藏室之史"，孔子千里迢迢跑来，"观先王之制"，考察"礼乐之源"和"道德之归"，问礼于老子，访乐于苌弘。儒道两家开山鼻祖相会洛阳，辉映千古，这是老城人多大的荣耀啊！直到千余年之后的盛唐，两位顶尖的大诗人李白与杜甫，才重续了双星会洛的佳话。

孔子入周问礼，是中国文化史上一件大事，更是洛阳引以为傲的一件盛事、雅事，所以有碑刻载此事。"孔子入周问礼乐至此""入周"，只是进入周境，而非都城。这儿距东周都城还有十多里。"问礼乐"，问礼于老子，访乐于苌弘。礼乐一块问的？那应是"三星会"。分开进行的？拜老子，访苌弘，都在这一个地方？"至此"，意为到过这里，只到过这里。这里是哪里？在当时是个怎样的所在？驿站吗？孔子为什么没进王城？老子为什么在城郊接见了孔子？

没有人去留意考究这些细节，对洛阳来说，孔子能"入周问礼乐"，发出"吾今乃知周公之圣与周所以王也！""郁郁乎文哉！吾从周。"和"吾今见老子，其犹龙耶！"的感慨，足矣。

孔子入周问礼时，还发生了一件有趣的事情。一个七八岁的小男孩，用泥巴在路上筑起一座城，挡住了孔子的车，是该让小孩"挪城让车"？还是孔子该"车绕城走"？呵呵，未至洛邑，先遇周礼，这就是"孔子师项橐"的故事。这件事看似只是个"小插曲"，但分量足够重，重到名载史册，千古流传。而这个"昔仲尼，师项橐，古圣贤，尚勤学"的故事，就发生在洛邑东城门。

让老城人荣耀的，还有洛阳的缔造者周公。老城西面，就座落着一座周公庙。周公庙始建于隋末唐初，有定鼎堂等著名建筑，清代又几次大修，那可是洛阳城的圣地。洛阳人过年，总喜欢把写有"梦见周公"的红纸，贴在挨床的墙上，算是对周公营建洛邑的纪念。其实，周公对中国社会最深远的影响，是制礼作乐。孔子是儒家学说的集大成者，而儒学的源头则上溯至周公，故周公被后世称为"元圣"。从传说中的黄帝到周公和孔子，滥觞于洛阳的儒学成了羲皇子孙千秋传承的母体文化。

周公，营造了一座都城之外，还在这里缔造完善了一套封建礼教，对后世的社会制度、历史、文化、意识形态等产生了巨大而深远的影响。"郁郁乎文哉，我从周。"孔子的儒学，继承和发扬了这种意在维护等级森严的王权统治秩序的思想。东方文化里，哪位先贤一旦成圣，后人便只能遵循膜拜，如周公、老子、孔子等。于是乎，在秦大一统之后儒道并行的两千年间，在封建礼教的禁锢中，这片曾经文化灿烂的土地，几乎再无深邃的哲学与思想诞生。一代代受着儒学熏陶或毒害的受虐者，却人云亦云地赞美和自豪着规则的制定者。这种巨大的讽刺和悲哀延续了几千年，成为这片土地这个国度根深蒂固的"文化"与"国粹"。

老城的街巷，是个没有围墙的博物馆，陈列着周公的礼乐、孔子的儒学、董宣的耿介、关羽的忠义、福王的迷信等，也展示着王朝的兴衰更迭、历史的杂芜与沧桑。

有风从幽深的陋巷吹来，带着一种陈腐的气味，穿庭过院，簌簌有声，像历史深长的叹息……

老城不老

老城，可否是洛阳最古老的都城？

很多人都这么顾名思义或者望文生义上了当。

也难怪，在三代定鼎的帝都洛阳，不是谁就敢随意妄自称老的。

那么，老城到底有多老？

其实，老城不老。金元时期，中原沦陷，洛阳自北宋"西京"之后的千年帝都已风光不再，覆巢之下，老城只是元代的中京、金昌府，明清两代的河南府、洛阳县，很长时间，只保留着府县建制，从来没有哪个朝代在此建都，当然更不在 13 朝古都之列。"老城"，是 1948 年时冲着 1217 年金在洛阳设"金昌府"时的建筑格局称呼的，其实准确地讲应该叫：明清洛阳城。

噢，如此说来，老城真的算不得老，既如此，老城的名气何来？价值何在？

洛阳号称千年帝都，沿洛河一线龙盘虎踞着五大古城址：夏都斟鄩、商都西亳、东周王城、汉魏洛阳城、隋唐洛阳城，那都是做过国都名载史册赫赫有名的，但由于朝代更迭，战乱频仍，当五大古城址相继在漫漫岁月中湮灭，地面建筑荡然无存，连遗址也大都被伊洛河的泥沙掩埋千年的时候，赖以留存到现在，保留了很多明清风格的民居、名门望族的深宅大院、街巷及寺庙、道观、官衙等建筑的金元明清的府县治所，才成了所谓的"老城"。

老城不老，但摇曳在洛阳这棵古木参天的大树上，老城又很老。倘若不说城外的夏都斟鄩、商都西亳，不说大禹开凿的伊阙，不说黄帝密都青要山，似乎老城也就老到孔子时代，老到老子时代，老到周公时代。真是这样吗？伙计，没事搬个凳子，和咱老城人一起晒晒日头，喝点茶水，喷会闲话吧，你会惊讶：老城，明清的叶子，金元的枝权，隋唐的枝干，三代的根须。那根须，穿过河图洛书，穿过一画开天，扎在河洛文化的深处。

它没有丽江古城的典雅精致，没有凤凰古城的秀丽独特，也没有平遥古城的古衙之最，更没有周庄古镇的小桥流水，但老城家常、古朴。游客去丽江，去凤凰，去平遥，去周庄，是寻找唯美的浪漫和诗意，品味悠悠古韵的，那么，洛阳老城呢？

从考古上说，也许，偌大的老城甚至真的不如一片稀有的秦砖汉瓦有价值，但它有着素面朝天的真实与直观——品相不佳但富含历史信息的真品，和外表光鲜亮丽的赝品、复制品，哪个更有价值呢？这些由破旧、残缺、斑驳，甚至倾斜、倒塌、废墟所构成的真实，这些原汁原味的古建筑及其承载的历史、文化、民俗，及其氤氲出的洛阳这个没落贵族的苍苍古意，才正是老城最大的价值和魅力所在。

当下，政府正在推进老城的改造，这在老城历史上，必定是浓重的一笔。明天，风风雨雨中已然承载了历史沧桑厚重的老城，又会是怎样的呢？

老城不语，依旧在烙印着岁月痕迹的古旧残破中，弥漫着纯正的老洛阳的民俗风情和千年帝都沧桑厚重的悠悠过往。

洛阳水席

就像两个板块的碰撞、挤压、隆起，历史上，洛阳曾是中原农耕民族和北方游牧民族几度战乱、迁徙、融合的地方，体现在饮食上，便是食物的丰富、繁杂、独特。

洛阳有个老城，老城有条十字街，街面青石铺地，两边多是清朝遗留的古旧老宅，大门上镶嵌着古色古香的牌匾，挑着红底黄字杏黄边的幌子，一看就知道是洛阳各色小吃的荟萃之地。2015 年，曾入选全国十大美食街呢。不翻汤、浆面条等林林总总的各色风味小吃，无不活色生香地诱惑着你的味蕾。

小吃，似乎唱不得主角，那么，最具帝都特色的传统风味是什么？

水席。

水席是一道大餐，始于大唐，初名武后宴席，是迄今为止我国保留下来最古老最完整最有特色的传统宴席，乃洛阳独有，为国家级非物质文化遗产，庶几就是洛阳的味道吧，与龙门石窟、洛阳牡丹，并称"洛阳三绝"。

老城繁华商业区，坐落着一家久负盛名的中华老字号：真不同饭店。这家真不同饭店，还真的与众不同呢。首先，它是一家始创于光绪年间（1895 年）的百年老店；再者，它只以一种宴席为主，那就是：洛阳水席。"真不同"之于水席，就如"全聚德"之于烤鸭，故民间有"不进真不同，未到洛阳城"之说。

真有意思，一座千年帝都，一个沧桑老城，一家百年老店，一套传统名菜，这是一道怎样醇厚绵长的文化大餐啊。

何以叫"水席"？

有两层含义：一是以汤取胜，全部热菜皆有汤，汤汤水水；二是不像"八碗四""十三花"等宴席，盘盘碟碟一下子摆满一桌，看看都饱了，而是有别于南北各路菜系，一道一道上，风卷残云吃一道，细流潺潺换一道，行云流水，不断不乱，故民间俗称"滴溜水儿席"。

水席何以要汤汤水水？

洛阳地处盆地，三面环山，雨量较少，民间饮食多喜汤类，以酸辣抵燥御寒。杂肝汤、豆腐汤、骨头汤、粉条汤、鸡蛋汤、丸子汤、牛肉汤、羊肉汤、驴肉汤、不翻汤，是妇孺皆知的"洛阳十大汤"。喝汤了没？是洛阳人最常见的问候语。

喝汤，应是一种合理的饮食方式吧，连女皇也不能免俗呢。本来，大唐的国度在长安，但武则天对洛阳情有独钟，将其定为"神都"，好多年都在这儿处理朝政。不知是否是受了洛阳人的影响，据说则天女皇也很爱喝汤，连宫廷宴会都被她办成了"喝汤大会"，并且还让礼部把它定为国宴。

"唱戏的腔，厨师的汤"，不要小看了这汤汤水水，内行都知道，大凡名菜，在汤上最为讲究。"不怕烹熘万变，就怕汤水重现"，能否把汤做好，是衡量厨师手艺的主要标准。

可洛阳水席偏偏就敢刀尖起舞，在汤上大作文章，每道菜都有一道汤，汤随菜走，干稀有致。

水席菜序是：前八品(冷盘)、四镇桌、八大件、四扫尾，共二十四道菜。也叫"三八场"：八个凉菜、八个热菜、八道汤水菜。这可是大有说道的。相传，早年袁天罡夜观天象，知道武则天将来要"女主武王"，但天机又不可泄露，就设计了这个大宴，预示从永隆元年总揽朝政，到神龙元年病逝洛阳，武则天主政的二十四年。

想不到吧？诞生在大唐盛世，飘香于千年帝都的一道独特美食，竟然深藏着关于女皇的玄机，承载着一段传奇历史，并验证着一个神奇预言呢。

洛阳就是这样厚重。

今天，真不同全套的洛阳水席，就是承袭当年武则天享用的宴席规格。每一道菜，都有寓意或典故出处。

最先上席的，是八个凉菜，叫前八品，也叫前八礼。八个拼盘象征着武则天的八大喜好，亦为八大善（膳）绩：“服”“礼”“韬”“欲”“艺”“文”“禅”“政”。

从永隆元年，到逼退睿宗荣登大宝，武则天用了整整四年，于是便有了这“四镇桌”；“八大件”又分前五后三；“四扫尾”则喻指武则天登基后给自己的四次加封。

徜徉在大街小巷，小憩于汤馆饭店，点几样风味美食，倘不经意间吃出了历史掌故、故事传说，请不要惊讶。在洛阳，要是品咂不出古都悠长厚重的况味，那才是意外。夜市，饭馆，酒楼，你支付的只是小吃或水席的钱，美食里的各色文化是免费的，但这免费的，可远比美食本身更为隽永呢。

你猜，洛阳水席最先登台亮相是哪个？

燕菜。

燕菜，初名“义菜”。传说，当年武媚躲在长安感业寺削发为尼，虽晨钟暮鼓、青灯古佛，却仍挡不住皇后的毒酒赐死。武媚一时悲愤交加，万念俱灰，接过毒酒一饮而尽。之后，她被抛于寺外荒野。夜里，武媚居然被露水打醒，只觉腹痛难忍，一阵呕吐，腹内空空，四顾茫茫，忽见冷月下隐隐一片萝卜地，一棵棵大萝卜肥肥嫩嫩，她饥不择食，拔出一个就吃，无意中，被这生津解毒的萝卜救了一命。

言归正传。燕菜，本是一种以燕窝为原料的名贵菜肴，而洛阳燕菜用的却是萝卜，所以被称为“假燕菜”。何以如此？

武周时期，武则天为视察龙门卢舍那大佛（传说是以女皇的容貌为样本）的凿刻，而驾临洛阳仙居宫，适逢城东关下园村长出一棵特大白萝卜，长有三尺，重30多斤，菜农视为奇物，百姓视为祥瑞，就敬献进宫。女皇吩咐御厨把它做成晚宴。

一个萝卜能做出什么好菜？御厨们直挠头皮，经过反复琢磨，一道传世名菜诞生了。

将萝卜切成细丝、拌粉、加料、烹炸六次，再配以山珍海味。萝卜细如粉丝，根根透明，不碎不断，夹一筷子，顿觉满口清香，还有那汤，酸辣鲜香。

女皇品尝后，清醇爽口，即赐名"义菜"，观其形品其味，颇有燕窝风味，又名"假燕菜"。

从此，假燕菜被皇家贵族视为上品，风靡大唐。百姓本来是吃不起燕窝的，这下好了，可以用萝卜代替了，于是纷纷效仿。久之，假燕菜就直接称作"燕菜"，随着历代的日臻完善，成为洛阳传统名菜。

"义菜"的名字一直叫到五代，至宋，程朱理学在洛阳形成，对武则天"颠倒阴阳""有乱五常"大加鞭挞，遂将"义菜"改为"燕菜"，"武后水席"改为"洛阳水席"。

1973年10月，加拿大总理皮埃尔·特鲁多到洛阳访问，午宴自然是洛阳的招牌菜——水席。其中一道菜，一盆汤里浮着一朵牡丹花，贵妃般雍容华贵。周总理问："洛阳牡丹怎么飞到桌子上来了？"服务员介绍，这是厨师别出心裁，用蛋黄蒸糕精心雕琢的。总理笑曰："洛阳牡丹甲天下，菜中也能生出牡丹花，应该叫'牡丹燕菜'"。自此，牡丹燕菜声名日隆。

水席的最后一道菜是什么？鸡蛋汤。洛阳人一听就会心一笑：所有的菜都已上齐，客走主家安，喝完就可以拍屁股走人了。于是这道菜被戏称为"滚蛋汤"。

其实，这道菜的寓意很吉祥，叫"圆满如意汤"，以示全席圆满结束，但幽默的洛阳人故意把它曲解了。这一曲解，就像鸡蛋汤里加了醋，味道一下子出来了。大家轻松一笑，相互道别，忍俊不禁的诙谐中，你东我西，各自"滚蛋"。呵呵，也蛮好。

武后水席，原本一位女皇的二十四道菜，在神都洛阳，已然流淌成一道千年不散的宴席。一餐下来，你会从这道蕴含着大唐风云、武周气象那独特的食谱唐史里，品味出历史那深长的滋味。

洛阳方言

方言，是中国的一种"特产"，有着浓郁的地方特色，往往从不同角度，反映了一个地方的民俗、风情、历史、文化。

小时候，常听大人说一些我们似懂非懂的方言土语，起初以为这些只能口耳相传无法写在纸上，当后来知道了一些相对应的词，才惊讶：一些方言，貌似土得掉渣，却并非无本之木，原是有典故有来历有说道的。

在洛阳，如果有人很蛮横、跋扈、逞能、厉害，人们会说：你真驾驷！"驾驷"什么意思？我敢保证，你压根就没听说过，即使写出来，你也一脸茫然，这里面就包含着老洛阳的文化了。古代，天子乘坐六匹马拉的车，叫：天子驾六（这已经在洛阳得到了考古佐证）；公卿驾驷；平民百姓，一驾足矣。你一介平民，居然能和王公贵族一样，享有"驾驷"的待遇和特权，你说厉害不厉害！这话多带有不满、愤懑或讥讽，有时也有羡慕、夸奖、佩服的意思，不是老洛阳，你还真难分得清。

与"驾驷"同音的，还有一个词：枷事。"这人，不知道抹到哪是一斤，早晚要吃枷事的！"呵呵，不用解释，望文生义，你就知道是吃官司戴枷锁的意思了。

表达讨厌的意思又不用"讨厌"二字，你怎么说？"饭甩（甩，洛阳土语，读 sai）"！这就是洛阳人妙手偶得的独创。民俗学家考证说还有其他的写法和意思，但俺坚信这种解读。你想啊，拿饭到处甩，谁人待见？不是讨厌是什么！"饭甩"一词源于何时？不见典籍，但它的精妙形象会让你会心一笑。

大家都知道，"中国"一词的英文写法为：CHINA，本意是：瓷器。古代，瓷器和丝绸一样，是最具有中国特色的东方元素。洛阳周边，就有遐迩闻名的汝州钧瓷和巩县窑，洛阳方言里，就有好几个词与瓷器有关。"这孩子，成色真好，长大一定有出息。"或"这孩子，又犟又倔，真烧不透！""成色""烧不透"，应该是瓷器烧制或评鉴过程中的专业用语，用在口语里可谓妙喻生花。

洛阳话里，说谁愚笨、不灵泛，就用一个字：闷！为什么是这个字呢？民间，鉴别一件瓷器的烧制质量，通常是用手指敲一敲、弹一弹，然后听它的声响。如果声音清亮，甚或余音悠长，就表明质量上乘；若声音发闷发沉，就是火候不到，没烧透，不结实。

"厮跟"是老城乃至河洛地区常用的一个土语，意为：结伴同行，但按洛阳学者蔡运章老师的解释，是"我作为小厮跟着您"的简称，也是古代文人雅士借贬低自己来推崇别人的谦称。怎样？原以为这个词不登大雅，其实是挺礼貌、文雅、谦和的一个词呢。

在洛阳，没有"外公""姥爷"的叫法，只有"魏爷"的称呼，为什么？随便问哪位在小吃摊上喝不翻汤的大爷，或者和手摇蒲扇带孙子玩耍的大娘唠会儿闲嗑儿，他们保准会给你一个与魏王曹操相关的解释。

洛阳人在征求对方意见时，开口就是"中不中？"对方也以"中"或"不中"予以肯定或否定。这种问答源于何时？我想，应该是东周吧。

住在镐京的周武王有个宏大的遗愿，就是在夏商旧都再建一座都城。成王时，周召二公带着测量器具，到洛水、瀍河、涧河一带实地择度，认为"此天下之中，四方入贡道里均"，于是大兴土木，营建王城、成周城，这就是洛邑。公元前770年，平王东迁，洛邑成为东周政治、经济、文化的中心，被称为"中国""中土""天中"。我猜想哈，"中"，大约就是那个时代最流行最时尚的一个词了，差不多和洛阳城一样古老了。

这个推测靠谱吗？没有资料可以佐证，不过，大概没有比这更合理的解释了。

文字的诞生，是人类历史上划时代的发明，随着战争、迁徙、民族融合等历史进程，语言、文字也在不断地传承、丰富、演变着。那些来自生活又在历史长河中浸润淘洗了千年的方言，是历史遗留下来的文字的秦砖汉瓦和活化石，它们富含着一个时代或一个地方特有的信息，它的生动、形象、独特、简洁，至今仍焕发着长久的生命力，被洛阳人活色生香地使用着。

中国玉，温润八千年

有一种说法，以二里头为界，中国的文明史只有 3700 年。

3700 年之前呢？是神话传说时代，也称史前文明。

在甲骨文之前，在青铜器之前，在五谷家畜、养蚕缫丝之前，甚至在河图洛书、三皇五帝的传说之前，华夏先祖最早的崇拜是什么？

居然是一种特殊的石头，它光滑、细腻、晶莹、温润，人们称之为：玉。

玉，从本质上讲，其实是一种石头，所以叫玉石，但因它是一种极为奇异精美的石头，所以与珍稀的宝珠并称为珠玉。

知否？玉，是史前荒蛮中最早开出的文明之花。

辽宁牛河梁遗址发掘的双头一身的猫头鹰（红山文化玉器）距今 5000 年以上。出土了 300 多件玉器的安徽含山凌家滩的一座墓葬距今 5300 年。赤峰地区兴隆洼文化的玉器距今约 8000 年。云南呈贡县龙潭发掘的一批旧石器时代的石器中，就已发现有用水晶、玛瑙和玉髓制作的器物。

史前文明没有文字，没有文献，但是却有一种包含着诸多信息的特殊东西——文物。这些玉的真实存在诱发着后人的探索与解读。我们不得不重新审视以前我们视之为无法考证的《越绝书》"黄帝之时，以玉为兵"的记载；我们似乎更有理由去相信《穆天子传》里穆天子巡游昆仑拜会西王母回来时"载玉万只"的真实性。

是否可以这样说，青铜时代之前的石器时代，实际上就是一个长达数千年的玉器时代？那时玉器几乎覆盖了整个中国。也就是说，在国家出现之前，在文字出现之前，在秦并天下之前，玉文化已经一统华夏。

黄金有价玉无价。玉，美丽奢华，生来就是世间尤物，被当作信物、礼物、圣物。文明初始，玉，被看作天神的信物，几千年来一直贵为通天通神的礼器。先秦时期，玉饰品就已是民间礼尚往来之物了。《周礼·大宗伯》载："以玉作为六器，以礼天地四方。"故有"我送舅氏，悠悠我思。何以赠之？琼瑰玉佩"的《渭阳》之句。从秦始皇到清末的两千年间，中国王权"受命于天，既寿永昌"的象征只有一件圣物，那就是：传国玉玺。

源于远古的玉崇拜，中国人有着很深的玉文化情结。从和氏之璧到卞和献玉；从渑池会蔺相如的完璧归赵，到鸿门宴范曾的拔剑碎玉；从辽宁红山的玉猪龙，到夏都斟鄩的绿松石玉龙，西汉马王堆的金缕玉衣，再到故宫博物院的翡翠白菜；从《诗经》的"言念君子，温其如玉"，到《楚辞》的"登昆仑兮食玉英"；从孔子的"君子比德于玉"，到许慎的"玉有五德"；从李商隐的"蓝田日暖玉生烟"，到《石头记》中的通灵宝玉，一脉相承绵延不绝的玉石文化，已经浸润进中国的历史、文化、民俗和生活中，甚至影响到中国人的性格和品质。

源远流长的玉文化对中国的影响可谓深矣，那么，这些玉来自何处？

最初，来自西部一些地方。距今四千年时，一件足以载入史册的事件发生了——玉出昆冈——品质绝佳的新疆和田玉横空出世，惊艳世界。和田玉的君临天下所向披靡，使得玉石成为欧亚大陆最早的贸易对象，从此形成了西玉东输的局面，从此一条让后世惊讶的玉石之路得以开创延伸。

于是，远在丝绸之路之前的数千年，中国就有了一条从南疆经且末、若羌、玉门关，进入河西走廊，再通向中原王朝的玉石之路。

"国玉出昆山，西巡竹纪年。中原王母迹，献玉贺平安。"当初，穆天子拜会西王母，迢迢数千里，山重水复，关山阻隔，走的就是这条路。

玉石之路，是史前一条伟大的文明之路！它不惟密切了中原王朝同"西域"的经贸联系与文化交流，尤为深远而重要的意义在于：它从此连起了亚欧大陆东部这片土地的辽远广袤，拓展拉大并初步奠定了中国的版图框架！

最能代表华夏文明的是什么？

华夏文明起源时没有黄金，玉，凝结着先祖的崇拜，是史前文明的一种重要载体。中国是世界上唯一知玉、用玉、崇玉，并有自己独特玉文化历史的国家，除了玉，谁能承载悠悠8000年的华夏文明？

玉，这种通灵温润的石头，在史前沧海横流的荒蛮中，已然涵养并散发着文明的光泽。

如切如磋，如琢如磨。噫唏哉，玉成中国。

丝绸之路

公元前 139 年，长安城外，一位雄才大略的皇帝带领群臣，为一位远赴西域的使者送行。

大风起兮云飞扬，风萧萧兮易水寒。怀着拓疆守边的凌云壮志，使者辞别皇帝，踏上西行之路。

多年之后，在他走过的地方，从大汉帝国的都城，经辽阔苍茫的西域，一直通向遥远神秘的大秦，赫然一条史诗般的长路被永载史册。

这条路居然没有名字，但玉门关、阳关、葱岭；凉州、河西走廊、敦煌；伊斯坦布尔、阿拉木图、巴格达、大马士革，上百个透着西部或异域风情的地方，无不响彻着一个传奇的名字——张骞。

2000 年后，一位名叫李希霍芬的德国地理学家才给它起了个美丽浪漫让人悠然神往的名字：丝绸之路。

出使西域的目的，原为联合大月氏夹击匈奴，不曾想，一个宏大战略的实施，无意中开拓了一条连通世界的丝绸之路。在这条长达 7000 公里的路上，中原文化、西域文化、波斯文化、阿拉伯文化、罗马文化、印度文化等多种文化澎湃交汇，中国的丝绸、茶叶、瓷器等传到了中亚、欧洲，同时，中亚的骏马、葡萄、香料，印度的佛教、医药，西亚的乐器、金银器等也传入了中原。

古道关山，长空雁断，胡笳悠悠，撩乱边愁，驼铃杳杳，商队如蚁。

公元97年，投笔从戎封侯万里的东汉将军班超，派甘英出使中亚。166年，罗马使者沿丝绸之路来到他们神往已久的中国。隋唐，唐王朝击破突厥，控制西域，加之东罗马帝国和波斯也相对稳定，丝绸之路进入全盛时期。唐玄奘顺着这条路只身去到天竺，马可·波罗于13世纪沿丝绸之路来到北京。

一条路，连通了东西；一条路，开阔了世界；一条路，活跃了商业；一条路，璀璨了文化。

西汉之后，洛阳已是丝绸之路的东方起点，至隋，隋帝又大规模扩建东都，并以洛阳为中心开凿大运河，于是，处在陆路、水路这个丁字路口的洛阳，蔚然成为吞吐天下盛名远播的国际大都会。

此前，洛阳及长安的北方，横亘着一项规模浩大的旷世工程，它东起山海关，西至嘉峪关，那就是被国外学者称之为"中国墙"的万里长城。

长城是用来防御匈奴隔离民族的，却并未阻断游牧民族剽悍的马蹄。而丝路恰恰相反，不分民族，无论国度，经济上互通有无、文化上沟通交流，用和平与友好的商业贸易，把世界连在一起。孟子曰，固国不以山溪之险，于是，在长城终结的地方，丝绸之路依然蜿蜒西进。

丝路的东方起点洛阳是一座文化底蕴厚重的千年帝都，在这里，秦砖汉瓦随处可见，却找不到长城的一砖一石。那个伟大的时代，洛阳和长安无疑是开放大气的，正如唐太宗所说，自古皆贵中华，贱夷狄，朕独爱之如一。唯有如此博大的胸襟，丝绸之路才能在汉唐雄风中伸展得如此遥远——当长城疲惫地消失在大漠烟尘里，丝绸之路却如一条蓬勃的藤蔓，顽强伸展到蔚蓝的波斯湾、地中海。

洛阳也是包容的，它理智大度地接纳并消化着域外文明。公元64年，汉明帝派使者赴西域拜佛取法。公元68年，汉明帝敕令在洛阳建造了被称为"释源""祖庭"的中国第一古刹——白马寺，从此，佛教的菩提树在儒道并行的中国遍地葱茏。

　　文化只有交流融汇，向来没有"入侵"。所谓"入侵"，其实是输入——先进地区对落后地区的文化传播与渗透，这是优胜劣汰适者生存的自然及社会法则，这其实是天经地义的。没有隋唐先进文化的熏陶影响，孤悬海外的日本恐怕还是一片蛮荒。没有放眼世界与时俱进的明治维新，日本就不会"脱亚入欧"迅速崛起。相反，大清"天朝物产丰盈，无所不有，原不借外夷货物以通有无"的盲目傲慢和故步自封的愚昧，任凭什么炫目一时的"康乾盛世"，也只会画地为牢，最终滑入没落崩溃的深渊。

　　经济离不开流通，文明需要碰撞交融，体制更应顺乎潮流。敞开国门，海纳百川，汉唐所以兴盛也；闭关锁国，体制僵化，大清所以衰亡也。这就是丝绸之路留给后世的历史昭示吧。

折碑三尺邙山墓

邙山，又称北芒、邙山，自西而东，为秦岭余脉，崤山支脉，是洛阳北面距洛阳最近的一座山，它和比它更北的黄河一起，构成了帝都洛阳北边的两重屏障。

北边是黄河，南边是伊洛河，邙山突兀横亘其间，成为它们天然的分水岭。

邙山，基本上属于土山，算不上高峻，所以，在洛阳称邙山，在偃师叫邙岭。

天下名山无数，邙山何以闻名古今？

陵墓。

邙山陵墓总数在千座以上，放眼望去，东汉、曹魏、西晋、北魏等帝王将相的陵墓星罗棋布。

何也？

洛阳殡葬习俗讲究"枕山蹬河"，邙山土层深厚绝无水患，被视为阴宅的风水宝地。《辞海》解释：邙，亡人之乡也，意谓最适合死者安葬的地方，故有"生居苏杭，死葬北邙"的民谚。

古诗中可窥一斑。

"北邙何垒垒，高陵有四五。借问谁人坟，皆云汉世主。"（晋·张载《七哀诗》）

"北邙山上少闲土，尽是洛阳人旧墓。"（唐·王建《北邙行》）

这几句仅只是描绘了一种现象，下面这两首诗就意味深长了。

沈佺期的《北邙山》："北邙山上列坟茔，万古千秋对洛城。城中日夕歌钟起，山上唯闻松柏声。"

明代薛瑄的《北邙行》："北邙山上朔风生，新冢累累旧冢平。富贵至今何处是，断碑零碎野人耕。"

王公贵族把葬身北邙视为哀荣，那土生土长的老百姓也总要找片埋骨之地啊，以故邙山上下，大大小小的陵冢坟墓随处可见。

清明细雨，上坟烧纸的百姓三五成群蜿蜒于阡陌、沟沟壑壑间，鞭炮阵阵，轻烟袅袅，而那些高大的陵墓呢？怅然落寞在烟雨中，他们的后人流落何处？"旧时王谢堂前燕，飞入寻常百姓家。""汉寝唐陵无麦饭，山溪野径有梨花。"

葬在邙山的名人很多，成汤、苌弘、吕不韦、班超、汉光武帝、汉献帝、西晋司马氏、南朝陈后主、南唐李后主、诗圣杜甫、大书法家颜真卿、王铎等，邙山陵墓被一些学者称为"东方金字塔"。依托这笔文化财富，洛阳独辟蹊径，在邙山脚下建了中国第一座古墓博物馆——洛阳古墓博物馆。

一百年前，北邙的累累墓冢，居然催生了一种探墓工具，因是洛阳人李鸭子发明的，大家称它洛阳铲。洛阳铲可用来辨别土质，便捷实用，一经问世，便成为探墓和考古不可或缺的工具。

一方水土养一方人。当地人利用邙山土层深厚的特点，开挖出"地下四合院"，当地称地坑院，其"进村不见房，闻声不见人"的独特，和湘西的吊脚楼、福建客家人的土楼堪有一比。

邙山，实际上是一条起起伏伏的黄土丘陵，很难找到竞秀的奇峰，但还是有几个山峰名载史册的，西曰翠云峰，中曰首阳山，东曰凤凰山。

翠云峰在邙山西部，因树木葱郁苍翠若云而得名。翠云峰上有座青砖庙院，始建于唐玄宗开元年间，这就是遐迩闻名的道教名观上清宫（初称老君庙）。据说当年老子曾在此炼丹悟道。

首阳山孤峰突起，是偃师境内的邙山最高峰，因"日出之初，光必先及"故此得名。武王伐纣，伯夷、叔齐叩马而谏，未果。牧野一战，殷师倒戈，纣王自焚。伯夷、叔齐悲而歌曰："以暴易暴兮，不知其非矣。"乃义不食周粟，采薇首阳。野有妇人曰："子义不食周粟，此亦周之草木也。"夷、齐遂饿而死。唐人李颀《登首阳山谒夷齐庙》诗曰："……寂寞首阳山，白云空复多。苍苔归地骨，皓首采薇歌……"

再往东去，峰峦起伏，凤凰山顶，有冢蔚然，那是商汤王的陵寝。距此不远，一碑傲然，那是9.2米高的"中州第一巨碑"会圣宫碑。邙山东部，罕见高山，陵寝和巨碑，做了奇峰。

邙山，作为帝都的屏障，无数次成为刀光剑影流血漂杵的惨烈战场。

邙山晚眺为洛阳八景之一，会看到什么呢？伊洛如带，风帘翠幕，参差十万人家吧？而东汉的梁鸿看到的却不是这些，他的《五噫歌》穿透了历史的风烟，淋漓着无尽的悲悯。"陟彼北芒兮，噫！顾瞻帝京兮，噫！宫阙崔嵬兮，噫！民之劬劳兮，噫！辽辽未央兮，噫！"

"黄尘万古长安路，折碑三尺邙山墓。西风一叶乌江渡，夕阳十里邯郸树。"

西风残照，汉家陵阙。邙山，古意苍苍中太多人世的沧桑悲凉……

第三辑

三川读河

峻岭幽壑间，一汪汪清泉潺潺而出汇流成溪，小溪越聚越多，于是澎湃成河。

河流的发源大都如此吧。

江河万古流。

河流，是大地的血脉。它是什么时候开始奔流的？女娲补天之前？盘古开天之后？

最初的荒蛮混沌中，所有的河流，都只有纯粹的自然意义，地老天荒里，芳树花自落，寒尽不知年。

星转斗移，海枯石烂，忽然有一天，山水大地间，一个叫做"人类"的新物种出现了，于是，那些原本属于自然的河流，慢慢地被赋予了更多的历史文化等内涵。

洛阳有"三川"之别称，三川者，黄河、洛河（雒）、伊河之谓也。三川是代指，三川之外，还有涧河、瀍河、汝河、白河。洛阳七河，居然纵横跨越了黄河、淮河、长江三大流域。

惜乎郦道元、徐霞客之后，少有人再那样痴情山水，从一条河流的源头走起，竹杖芒鞋，直到尽头。

山水是大地的文章，那么，一条河就是一本书。

【三川读河】之涧河篇

险关古道水犹寒

洛阳盆地的河流，先是汇入洛河。

涧河，是洛河的第一条支流。

涧河不长，从源头陕县观音堂，到洛阳瞿家屯汇入洛河，也就 104 公里，但她流经的岁月和土地却沧桑厚重，涧河的历史底蕴也因之而丰厚。

从七里古槐流过，清纯的涧河就流经了崤函古道，这是古代中原通往关中的咽喉，"车不并辕，马不并列"的险要处，涧河至此也得水求石放，夺路而走。

崤函古道，如一条蜿蜒虬曲的古藤，春秋时发生的秦晋之战，让历史在这里结了一个疤。

因弦高犒师而袭郑不成无奈灭滑而还（滑，周朝一诸侯国，在今河南省洛阳市偃师区东南）的虎狼之师，在回师途中遭到晋军伏击，三万秦军血染崤山片甲不还化为累累白骨。

雁叫霜晨，残阳如血。从古战场仓皇逃离的涧河，被将士鲜血染红的涧河，惊悸如一头受伤的小鹿，苍凉若一支燕赵悲歌。可怜无定河边骨，犹是春闺梦里人，崤之战流血漂杵的惨烈，让千年之后的涧河至今犹寒。

汉函谷关，位于洛阳市新安县城东 500 米，是崤函古道一处雄关要塞，也是涧河的一把锁。"函"即匣子，"谷"乃山谷，"函谷"意为以山谷为匣遏其要冲。

最早的函谷关原在三门峡灵宝境内，是紫气东来、鸡鸣狗盗、公孙白马等故事的发生地，怎么就到了洛阳新安县呢？《汉书·武帝纪》载：西汉元鼎三年（公元前114年），"冬，徙函谷关新安。"东汉应劭注曰："时楼船将军杨仆数有大功，耻为关外民，上书乞徙东关，以家产给用度，武帝意亦好广阔，于是徙于新安，去弘农三百里。"于是，"送千年客去，移一个关来。"（于右任联）这座关隘成了"崤函孔道""中原锁匙"，也成为古代丝绸之路东起点的首道门户。

汉关一侧，涧河如开赴前线的十万大军，车辚辚马萧萧，不舍昼夜，滔滔而过。水石相激的涛声里，隐隐有一种"古来征战几人回"的悲壮与伤痛。

函谷关新关筑成后，这座军事要塞曾发生过"终童弃繻"的典故。

十八岁便与洛阳才子贾谊齐名的济南神童终军赴长安求取功名，从此路过，关吏给终军"繻"（以帛为之，书字于其上，分做两半，出入合符，方能通行）。终军问："以此何为？"曰："为出关合符之用。"终军道："大丈夫西游，必取功名，出关何用此物！"弃繻而去。终军至长安为谒者，受命巡行郡国，持节东至函谷关。关吏识之，道："此使者原是此前弃繻后生！"

惜乎，这位神童"必羁南越卫而致之阙下"时命丧乱军，年仅二十余。呜呼终军！从山东济水到洛阳涧水再到关中渭水，你原本可以浩荡成江的，却不料戛然断流。"望气竟能知老子，弃繻何不识终童！"涧河幽咽，犹自念终童。

流经风云际会的秦赵会盟台，流经佛像精美的鸿庆寺石窟，流经杜甫夜宿的石壕村，带着一身风尘，涧河流到了千唐志斋。

谁能想到呢？汉函谷关和崤函古道之间，刀光剑影中，居然还有这么一处氤氲着文化气息的优雅所在，而它的创办人，居然是一位戎马倥偬的将军。

新安县西铁门镇，是国民党将领张钫先生故里，这里西扼崤岭，东控函谷，两山对峙，涧水东流，被章太炎誉为"当关洛孔道"。上世纪二十年代初，张钫先生在此营造园林广及百亩，蔚为壮观，被康有为题名"蛰庐"。千唐志斋是张钫先生蛰庐的一部分，以珍藏自西晋、魏以来历代墓志石刻 1400 余件而闻名。其中尤以唐志最为丰富，多达 1191 件，有"石刻唐史"之称。章炳麟曾用古篆题额《千唐志斋》，跋语曰："新安张伯英，得唐人墓志千片，因以名斋，属章炳麟书之。"斋名由来，盖缘于此。

"谁非过客？花是主人。"是张钫先生书房对联，涧河从此流过时最为悠然恬淡，想必，她也喜欢这其中的禅意吧。

想起了关于涧河的那首诗："宜阳城下草萋萋，涧水东流复向西。芳树无人花自落，春山一路鸟空啼。"涧河居然还有这么一段云闲月静的岁月啊。

险关古道、战乱厮杀、书香禅意、诗情画韵，涧河，就什么都有了。

千秋独享一"瀍"字

瀍河，是洛河的第二条支流。

她三个源头都不长，从洛阳市孟津区横水镇的寒亮村，到洛阳瀍河区的下园汇入洛河，只有 30 公里。

洛阳七河中，瀍河最小，可算是洛阳的"小奶羔儿"了。这个"小奶肝"很荣幸，独享一个"瀍"字——除了"瀍河"，你再也组不成别的词。古都人一样看重她，分别以涧、瀍、伊、洛四河，命名了洛阳的四个行政区：涧西区、瀍河区、伊滨区、洛龙区。

当年，周公营洛，曾亲赴洛邑"相宅"。测量占卜结果：涧河以东，瀍河以西是个好地方；瀍河以东也是个好地方。

周公选中了前者。

成王七年，洛邑建成，南临洛水，北依邙山。外郭城内有二城，瀍河以西称王城，周天子所居；瀍河以东称下都，殷顽民所居。二城之间的瀍河两岸，驻有成周八师，西卫王城，东监下都。

瀍河很清纯，虽然从邙山到帝都，瀍河一生下来就坠入尘世繁华，但她不喜欢或者无法承载涧河那样的沧桑厚重，故而隐居在一条深壑里，在"红了樱桃，绿了芭蕉"的水逝云飞中不问兴亡，只醉心于一种美味，一处美景。

那种美味叫樱桃，那处美景叫瀍壑朱樱。

《图经》说："樱桃，其实熟时，深红者谓之朱樱。"历代封建帝王都有用朱樱祭祀祖庙的礼节。《礼记·月令》说："仲夏之月，天子乃羞以含桃（樱桃），先荐寝庙。"

西周，国都镐京，春荐寝庙是用华山脚下上兰地方出产的樱桃。平王东迁定都洛邑后，选定邙山深处樱桃沟所产的樱桃为祭祀珍品。

从汉代开始，历经魏、晋、唐、宋，这里的樱桃都很出名，"如珠未穿孔，似火不烧人。"其形其色，让人食之不忍，爱不释手，且果味酸甜，既能生食，又可酿酒，一直是贡品。史载，唐太宗李世民看到洛阳的樱桃后，赋诗称赞："朱颜含远日，翠色影长津。乔柯啭娇鸟，低枝映美人。昔作园中实，今来席上珍。"

邙山上，盘根错节着无数的深沟浅壑，其中一条，住着一村人家，因村而名樱桃沟。上游瀍河以及山洪的历年冲刷，把樱桃沟塑造成一条南北走向的深壑，两边土壁，屹立如削，耸然数十丈。村人遍植樱桃，春天樱桃成熟，满沟遍壑高高低低千红万绿，绵延数里，美景如画。这就是洛阳八小景之一的"瀍壑朱樱"。

唐宋，洛阳就有"花城"之誉，瀍河两岸更是花开如云锦天绣地，此之谓洛阳八小景的"东城桃李"。"洛阳城东桃李花，飞来飞去落谁家。"（刘希夷）"洛城二月春摇荡，桃李盛开如步障，高花下花红相连，垂杨更出高花上。"（邵雍）"瀍河东看杏花开，花外天津暮却回。更把杏花头上插，图人知道看花来。"（邵雍）一首诗，便是一幅旧照，定格着当年瀍河两岸繁花似锦的靓丽风采。

瀍河上游不远有一高峰，树木郁郁葱葱，苍翠若云，称翠云峰。翠云峰上有座青砖庙院，始建于唐玄宗开元年间，乃道教名观，初称老君庙，后名上清宫。观内有吴道子所作壁画《吴圣图》《老子化胡经》，也有杜甫、苏轼等文人墨客的题诗。

相传老子曾在此炼丹修道，那么，当年老子可否就是站在瀍河源头，看清清泉水淙淙流淌，才悟出上善若水，水利万物而不争的道理呢？

从东周洛邑守藏吏及孔子入周问礼处，到函谷关前洋洋洒洒五千言的《道德经》，从邙山之巅瀍河源头的上清宫，到紫气东来西出函谷的不知所踪，老子从混沌尘世走向澄澈了悟，走出了中华哲学的源头。

瀍河，北邙山上的灵性之水，是你启迪了老子，还是老子点化了你？你就这么流着，云心无我，我无云心，水可陶情，花可融愁，用你率真的天性，流着道教的清静无为。

你没有复杂的履历，没有跌宕的故事，清纯得像一位不谙世事的小女孩，但你知道这座城市经历了太多的沧桑，太多的风尘，她需要田园牧歌的抚慰，需要野趣美味的闲情。于是，你用碧波绿草，让瀍河成为武陵人捕鱼的小溪，你用连片成林绵延十里的满沟玛瑙，让瀍壑朱樱成为不知有汉无论魏晋的世外桃源。

【三川读河】之伊河篇

那条名叫伊河的禹河

发源于豫西熊耳山南麓，自南而北在伏牛山的崇山峻岭间穿山跳涧，蜿蜒奔流至伊阙后折而向东，在伊洛平原汇入洛河。

这就是伊河，也叫伊水，古名鸾水。

一

那是个沧海横流的时代。

鸿蒙初开的一片蛮荒中，随处可见的，是汪洋恣肆的大水。世界多个文明古国的神话传说，如《圣经》的诺亚方舟，中国古代的精卫填海（炎帝的女儿被海水淹死化为精卫鸟填海不止），洛神（伏羲之女宓妃溺于洛水化为洛神），都留下了大洪水的印迹，尤其是大禹治水的各种传说。

最早治水的，不是大禹，而是他的父亲：鲧。

鲧是黄帝的后代，封地在崇，故称崇伯鲧。黄河泛滥，天下怨咨，帝尧命鲧治水。鲧简单地采用筑堤围堵的办法，九年过去了，也不见成效，鲧治水心切，偷来天帝的息壤，壅堵洪水。

息壤，传说是一种能够生长不息至于无穷的神土。后人推测，可能是一种浸润后会膨胀可用来烧陶的垆土。息壤的大量采挖，引起陶工的反对和天帝的不满，加之鲧治水中"毁命圮族"（暴力强迁），天帝大怒，杀鲧于羽山。

鲧或许有错，但应该无罪，"窃帝息壤"而死，跟古希腊神话里从奥林匹斯盗取火种的普罗米修斯何异？

羽山何在？

说法多种，连云港东海县羽山之外，有人考证，在伊河上中游的嵩县。嵩县，因处于嵩山起脉而得名，炎帝时称伊国，夏时为豫州伊阙地，商代称有莘之野，又名空桑。羽山，在嵩县陆浑湖东岸的饭坡。

鲧死的时候，大禹尚未出生。

鲧死，尸体不腐，三年后鲧腹自动裂开，禹乃降生。

鲧之死，很诡异，换言之，禹之生，很神奇，他是鲧的枯木上发出的新芽。

及禹长大，子承父业，继续治水。

不知有没有在菩提树下静思或面壁打坐，前仆后继的大禹反思了父亲治水失败的教训，决定反其道而行之，改堵为疏。

先治理哪条河？

伊河。

禹迹几乎遍布九州，何以见得？

《禹贡》曰："伊、洛、瀍、涧，既入于河。"伊河、瀍河、涧河，都是洛河的支流，以水量及流程而论，当以洛河为首，何以伊河第一？

学者傅同叔给出了答案："伊阙者，伊水之所经也，当时为害必甚，略与龙门相似。故禹治四水，以伊为先，伊即入洛，乃疏洛以入河，最后治瀍、涧，故立言之序。"

伊河北流，被万安山拦住了去路，聚在那里，万安山以南到伏牛山腹地的栾川县潭头镇及嵩县田湖镇，方圆几百里，烟波浩渺，不知何时，被人称作"五阳江"。水满则溢，困兽犹斗，大水只得从低矮的丘陵处向东向北漫溢。

这下热闹了。

东边是汝河流域，汝河受阻，在其山与外方山所形成的槽型盆地里，浩荡成一片"汤汤洪水方割，荡荡怀山襄陵，浩浩滔天"（《尚书》）的"汝海"。

北边是洛河流域，在万安山、嵩山与北边的邙山围拢成的狭长盆地内，洛河被盆地东部边缘的黑石关所阻，困在那里，澎湃成湖，伊河的汤汤注入更是推波助澜。

山陵崩塌，川谷壅塞，五谷不殖，民不聊生，每处湖泊都是一包脓，不扎破它，大地就无法痊愈。

怎么办？

蛇打七寸。大禹的策略是：高高下下，疏川导滞。

带着契、后稷、皋陶、伯益，大禹劳神焦思，开山挖石，几番寒暑，黑石关终被疏浚，积水尽泄。

又五年，凿开龙门，滔滔大水夺路而出，轰然倾泻，如万马奔腾，汇洛入黄，奔流入海。

大禹的心情定然也像河道一样豁然顺畅。

他们付出了怎样的艰辛？我们无法重回远古，也无从还原或想象当时的场景与细节，我们获知的只是结果。"腓无胈，胫无毛，沐甚雨，栉疾风，置万国。禹大圣也，而形劳天下也如此。"墨子的记述，令人动容。

也不知流了多长时间，大水排尽，水落石出，原来露出江面和沉在江底的都显露了出来，成为山、岭、川、原。

"打开黑石关，露出夹河滩。禹劈龙门口，旱干五阳江。"这是伊河、洛河、汝河流域广泛流传且由来已久的一首民谣。

大禹逆流而上，过关斩将，疏通了陆浑口。

然后开赴崖口，驻扎三涂山，疏浚了"伊水之门"——崖口。

明代《嵩县志》载："崖口，神禹所凿。"

这样，黑石关、伊阙、陆浑口、崖口，大禹连克四阙，伊河水患基本消除。

花开花落，水逝云飞，泛滥成灾的大水不见了，山山岭岭间，只有一条清清浅浅的河水，自南而北，从龙门口流出。此前，还不曾流出大山，伊河就在浩瀚的五阳江里消失了自己，而今，它有着更长的流程，更清晰的河道，更妖娆的身姿，后世叫它伊河。

《左传》感慨："美哉禹功！明德远矣。微禹，吾其鱼乎！"

开凿崖口期间，大禹娶了涂山氏女为妻，"三过家门而不入"的故事就发生在这里，只是苦了涂山氏女，三涂山，她唱出了中国最古老的一首情歌："候人兮猗"（《吕氏春秋·音初》）。

"候人兮猗"，极其简短，除却两个语气助词，便只剩下两个字："候人"。那是怎样一种滋味？嵩县八景之一的"三涂雾雨"，氤氲着涂山氏女等你不来盼你不归的绵绵幽怨。

伊河疏通后，"禹会诸侯于涂山，执玉帛者万国"（《左传》），偏偏防风氏部族首领晚到了几天，因争辩了几句，竟然被大禹当场诛杀。

当众诛杀一名罪不至死的一方诸侯，这释放出怎样一种信号？

邦国震恐，众皆畏服。

黄帝杀蚩尤，尧杀鲧，大禹杀防风氏。嗟乎！自有人类，文明尚未萌芽，已然先有了无师自通的杀戮征战。

此时的大禹必当踌躇满志，睥睨四海。

"夏之兴也以涂山。"（《史记》）盛况空前的涂山之会，大禹凿开了夏王朝君临天下的道路。

二

邈邈上古，伊河上演着恢弘而诡谲的历史大戏。鲧，在那里被杀，大禹在那里诞生，在那里治水，在那里娶妻，在那里大会诸侯，在那里杀人立威。

启，是大禹的儿子，他铲除异己，逼走伯益，自行袭位，变禅让制为世袭制，建立了中国历史上第一个王朝：夏。并在伊洛河交汇处北岸，建造了一座名为斟鄩的都城。

伊河之畔的三涂山，可谓是夏王朝的龙兴之地，然而谁曾想到，几百年后颠覆夏朝的那位圣人，恰恰也生在三涂山。

一女采桑，在桑树洞里捡到一个婴儿，就把他献给了有侁氏的国君。经了解此事缘由为：婴儿的母亲住在伊水边，怀了孕，梦见天神告诉她："臼里如果出水，就向东跑，不要回头看。"第二天，臼里真就出了水，她把情况告诉了邻居，向东跑了十里后，忍不住回头看了一眼。这一回眸，让她化为一棵中空的桑树。树洞里那个婴儿，被国君起名：伊尹。

这个故事，载于《吕氏春秋·本味篇》。"有侁氏女子采桑，得婴儿空桑之中，献之其君。其君令烰人养之，察其所以然，曰：'其母居伊水之上，孕，梦有神告之曰：臼出水而东走，毋顾。明日，视臼出水，告其邻，东走十里，而顾其邑尽为水，身因化为空桑。'故名之曰伊尹。"

伊尹的出生跟大禹一样神奇吧，这为他后来的不世之功做尽了铺排。

成年的伊尹至少有三重身份：厨圣、教师、宰相。

伊尹幼年寄养于庖人之家，得以习烹饪之术，长大后为烹饪大师（后世被奉为"厨圣""烹饪之祖"），并由烹饪而通治国之道。巧了，伊尹乃厨圣，而他辅佐的君王，其名为"汤"。伊尹说汤以至味，成为商汤心目中的智者贤者。

《墨子·尚贤》称："伊尹为有莘氏女师仆。"伊尹是中国第一个见之于甲骨文记载的教师，而且是帝王之师呢。《孟子》曰："汤之于伊尹，学焉而后臣之，故不劳而王。"

辅夏？灭夏？好长时间，伊尹举棋不定，"五就汤，五就桀"（《孟子》《淮南子》）之后，最终选择助汤伐桀，变革天命。

商汤殁，伊尹又扶立商汤之孙太甲为王。太甲沉迷酒色，荒废国政，伊尹屡劝无效，就在商汤陵墓旁建造宫舍，让太甲反省，首开"以臣放君"的先河。

这个很危险，后世曰："有伊尹之志则可，无伊尹之志则篡也。"

伊尹是中国历史上史料明确记载的第一位宰相，后世评价极高。

"伊尹，圣之任者也。"（孟子）

"殷之伊尹，周之太公，可谓圣臣矣。"（荀子）

嵩县城南空桑涧有明代重修的元圣祠。

伊尹死后，商王以天子之礼将其葬于都城近郊，那里至今还有个叫阿衡镇的村子（阿衡为伊尹在商朝的官职）。

生于伊河，以河为姓，葬于伊汭，伊尹于伊河可谓缘深矣。

与伊尹有缘的，还有"尹条"。

伊洛河交汇处，生长着一种奇特的植物。根茎条状，其色如银，因伊尹培植，初名尹条，又因价格昂贵，仅为贡品，又名银条。

伊尹曾归纳出烹制之法：锅净水宽，忌生防烂；喜姜莫葱，躲酱增酸。通常食法为：把择净的银条在开水里焯一下，捞出后拌以各色佐料，视之晶莹如玉，品之清脆爽口，风味独特。其性甘凉，可解酒清神、生津通肠。

奇特的是，这种尤物只产于伊洛河交汇处，那里，是帝喾高辛氏建都之地，换个地方，即便气候、土质、环境都一样，但长出来却空皮，吃起来夹牙。

那时，伊河支流的杜康河，已经有了"有饭不尽，委余空桑，郁积成味，久蓄气芳"的惊世发明——水的形态，火的性格，妙不可言的味道——酒。

夏禹在一次大醉方醒后慨叹：后世必有以酒亡其国者！

这话成了夏桀的谶语。

夏桀嗜酒如命，而银条佐酒，堪称绝配。

出土于夏都斟鄩的国宝级文物——乳钉纹青铜爵，就是一种饮酒器，夏桀可否用它斟过酒？

那年正月初五，伊尹商汤里应外合，夏王朝470余年的基业，风雨飘摇成商汤的一道大餐，被一举颠覆。民间"破五"的习俗，即源于此。

夏朝远去了，商朝远去了，它们渺远在了时光深处，年年岁岁，岁岁年年，水草丰美的伊汭，伊尹的银条依旧葱茏着，那种紫色的小花，最是一种怀旧的颜色。

三

古地名的产生，是有历史渊源的。

"禹劈龙门口"的那个地方叫伊阙。伊阙，两山对峙，伊水中流，如天然门阙，它是伊河中下游的分界线，也是帝都洛阳的天然门户。

伊阙之名春秋时才有（当年，秦将白起在这里大破韩魏联军，斩首24万，就被称为"伊阙之战"）。但我想，阙，古通"缺"，应与当年的"禹劈龙门口"有关吧——伊河从万安山的缺口奔涌而出，"伊阙"，多么确切形象的一个名字。

那又是什么时候被称为"龙门"的呢？

《元和郡县图志》载，隋炀帝带群臣登上邙山之巅，眺望伊阙，感慨曰："此非龙门耶？自古何因不建都于此？"大臣苏威妙答："自古非不知，以俟陛下。"炀帝大悦，遂建都洛阳，改伊阙为龙门。

龙门，自有隋炀帝的皇家寓意，但叫龙门的地方有多处，不如伊阙之名悠远、厚重、独特。

至于"禹劈龙门口"的民谣，那应是民间不甚严谨的说法。

伊阙所在的是伊河，伊河，自然是地老天荒的存在了，只是，这个名字什么时候又是怎样有的？

大禹治水之前，那条没流多远就被五阳江吞噬、尔后只能悄悄从伊阙漫出的河流，恐怕还不曾拥有自己的名字吧。大禹连克数阙，伊河畅通无阻，应该叫"禹河"才对啊，可否是叫转了，后人将错就错叫做伊河呢？

只是推测，没有证据，我只知道，上古的些许苍茫渺远，被一条名叫伊河的"禹河"承载着……

【三川读河】之洛河篇

洛河九百里

一条河，源自大山深处，九曲回肠，向东突围，在中下游盆地，荡出了一片水草丰美的平原，而后，汇入一条滔滔大河。

流经盆地北沿的这条河，在背山面水的狭长地带，孕育并哺乳了夏、商、周数座王都。汤汤流水，沉浮着一个民族千年的兴衰沧桑。

从源头到消尽，这条河其实只有 900 里，却是从华夏文明的源头流出，在中原大地书写着一部恢弘的史记，也挥洒着一卷跌宕的史诗。

这条河，是洛河。

也只能是洛河。

洛 书

伊河注入的那条河，叫洛河。

洛河，又叫洛水，古称雒水，发源于陕西省洛南县洛源乡木岔沟，那里是"中国龙脊"的秦岭。

洛河上游多深山峡谷，下游一马平川，分界处在河南省洛宁县长水村。上古，这里发生的那件奇异之事，让洛河陡然神秘神圣起来。

洛河 900 里，我们就从长水村说起。

相传伏羲时，洛河出现了一只神龟，背上全是赤文绿字，难以辨认。龟甲上还有图象，结构为：戴九履一，左三右七，二四为肩，六八为足，以五居中，五方白圈皆阳数，四隅黑点为阴数。伏羲就用烀炭把它画在一块平端的大石上，这就是"洛书"。

伏羲根据图、书画成八卦，这就是后来《周易》的来源。有种说法：禹治洪水时，上帝赐他以《洪范九畴》（即《尚书·洪范》）。西汉学者刘歆认为，《洪范九畴》即洛书。

《易·系辞上》："河出图，洛出书，圣人则之。"

真有此事吗？反正，很多古籍都记载了这个真假难辨的奇异之事。孔子感慨："河不出图，洛不出书，吾已矣夫。"洛书，是中华文明的第一缕曙光。

中国文化有多玄奥？单单由洛书衍生的一部《周易》，恐怕就够你啃上多年的。

年代久远，史籍散失，这个还真是云遮雾罩，难以考证。但是，那个"洛出书处"却真切地留在了这片土地上。

只是，洛水藤上的这枚金果，究竟结在哪里？

一说在伊河与洛河交汇处，即今偃师区顾县镇曲家寨村北与杨村交界处。

一说为洛河与黄河汇合处，即今巩义市河洛镇洛口村一带。

多数学者认为：洛书出于洛宁县龙头山下西长水村的洛河段。

有碑为证。该地现有两通记有"洛出书"的古碑并排面南而立。西边一通，据考古学家鉴定为汉魏遗存物。东边一通为清雍正二年（公元1724年）所立。

河段确定了，那么年代呢？没有文字，更没有纪年，我们只能笼统地称为伏羲时代。伏羲乃传说中的三皇之首，被称为"人皇"，应该是华夏历史上第一位伟人吧。我们常称自己是"炎黄子孙"，其实，"羲皇子孙"才更为确切。

随着这只神龟慢慢吞吞爬上岸来，随着伏羲对那些神秘符号的解读，中华最初的文明以这种不可思议的方式，来到了东亚这片大陆。

据悉，龟，要比我们人类年长二亿二千万年，上古，就有女娲补天，"断鳌足以立四极"的传说和记载。后世的龟崇拜、龟图腾、龟文化，可否也源于此呢？

伏羲时代有多久远？找个参照吧。地球另一端的埃及，尼罗河畔的金字塔还远未建造呢。

长水，是洛河中下游的分界线；洛书，是蒙昧时代与文明时代的分野。

河图、洛书，中国古代流传下来的这两幅神秘图案，历来被认为是河洛文化的滥觞。

龟书出洛，是洛河走向华夏历史的第一次闪亮登场，是成就千年帝都、文化圣河的辉煌起点，它和同时期的"河图"一起，幽深邈远成中国文化的神秘源头。

斟鄩·西亳·洛邑

出洛宁，经宜阳，进入洛阳盆地，洛河遇到了她生命旅程中不可或缺的一座山：邙山。

邙山，又称北芒、郏山，为秦岭余脉，自西而东，洛水至此遂折而东流，把邙山之南这片背山面水的狭长地带，河山拱戴成"天成帝居"的"王者之里"。

相传，人皇伏羲氏在"洛芮"观河洛汇流而发明了阴阳太极图。从此，阴阳的观念在这片土地上根深蒂固了几千年。

阴阳学说，也许是中国最早的自然科学或学术理论，按照山之南、水之北为阳的理论，邙山之南、洛水之北这片狭长的地带可谓是"双阳"的风水宝地了。于是，夏、商、周三代皆建都于此，而且国运绵长。

禹的儿子启取代了父亲选定的接班人伯益，建立了中国历史上第一个朝代——夏。从此，禅让制被"家天下"的世袭制取代。

斟鄩（即二里头文化遗址）是夏朝中后期的都城所在。《竹书纪年》载：

"太康居斟鄩，羿又居之，桀亦居之。"这里发生了太康失国、后羿代夏、少康中兴等故事。3700 年的中华文明信史即从这里算起，绿松石龙形器、乳钉纹铜爵等，彰显着那个时代的文明。

及夏桀即位，夏室与方国部落的关系已经破裂，"手搏豺狼，足追四马"的桀四处征伐，最后败于鸣条山，被流放到历山（一说南巢），绵延了 472 年的夏朝就以这样的方式作别历史。

中国历史上第一个变革天命的人是谁？应该是商汤吧（顺天应人首开改朝换代的先例，后人对此褒贬不一）。他在伊尹的辅佐下终结了夏朝，然后在夏都斟鄩下游六公里处新建了一座都城，史称西亳（即尸乡沟商城文化遗址）。

革命成功，商汤没有得意忘形，他在澡盆上刻下这样的铭文：苟日新，日日新，又日新。尽管他修德勤政任贤图治，但还是有事发生了。

西亳，本是一块水草丰美气候温和的地方，但他即位后却遭遇了前所未有的旱灾——七年不雨，洛坼川竭，煎沙烂石。《国语·周语上》载："昔伊洛竭而夏亡。"这是上天对汤武革命的惩罚吗？

殷史卜曰：当以人祷。

汤曰：吾请雨者，民也，若必以人祷，吾请自当。

汤洁身散发，着布衣，束白茅，乘素车白马，以身为牲，祷于桑林之野。"无以予一人之不敏，伤万民之命。"并以六事自责曰："政不节欤？民失职欤？宫室崇欤？女谒盛欤？苞苴行欤？谗夫昌欤？何以不雨至斯极也？！"

言未已，大雨方数千里。

这就是桑林祷雨的故事。

两千年后，一个名叫周俶的宋朝官员夜宿缑氏，感祷雨之事，写下了"赤地连旬成久旱，殷忧谁为祷桑林"的诗句。

殷商是一个文化璀璨的朝代，他们把文字刻在龟甲兽骨上，他们用青铜铸造了精美的器皿和铭文，玄奥莫测的《易经》神秘问世，诡异的神话流传至今，早期的诗歌散文已然诞生……

　　文明在延续，朝代也在更迭。商的末代国君叫纣王，是个"知足以拒谏，言足以饰非"的天资聪颖文武双全之人，但殷商基业偏偏就断送在他手里。

　　当初，商汤变革了夏的天命，但同样，他所开创的商也为周武王所变革。

　　江山易主，周人还于旧都镐京，但武王却对东方这块风水宝地念念不忘，临终还嘱咐儿子："我南望三涂，北望岳鄙，顾瞻有河，粤瞻伊洛，毋远天室。"

　　"毋远天室"，既是武王的远见，似乎也是天意。

　　传说，夏禹曾铸九鼎，代表九州，象征国家政权。夏灭，九鼎成为商的神器，先后被迁到了商都朝歌和殷。商末，武王伐纣，灭商立周，第一件事就是把九鼎运到镐京。结果，九鼎到洛阳像是生了根，再也拉不动。武王感叹：九鼎乃镇国之宝，到了洛阳不往西走，定有缘故。夏都在洛阳，此乃天下之中，上天莫不是要我把国都迁到洛阳？

　　成王即位，派周、召二公到夏商旧都实地择度，于"黄河之南、三涂之北、伊洛之阳"这个地方建了两座城：王城和成周城，初名洛邑，史称周公营洛。

　　西周末年，镐京上演了周幽王"烽火戏诸侯"的荒唐剧。没多久，犬戎真的攻破了镐京。翌年（公元前770年），为避犬戎之乱，也为了加强对殷商遗民的控制，平王东迁洛邑，定鼎天中。

　　随着成王开国大典和定鼎仪式的隆重举行，中原地区、黄河流域、乃至古代中国最为重要的一座都城诞生了。

　　自此，东周的大幕，在洛邑开启。

　　于是，周的国运又延续了四百多年。

　　春秋后期，周室衰微。楚庄王讨伐陆浑之戎，陈兵洛河。周定王派王孙满慰劳楚庄王，庄王居然问起鼎之大小轻重。王孙满正色道："在德不在鼎……周德虽衰，天命未改。鼎之轻重，未可问也。"庄王默然退兵。

　　周室800年，创造了辉煌的周文化，为之后光耀千秋的百家争鸣奠定了基础。孔子盛赞曰："郁郁乎文哉！吾从周。"

此后，又有汉魏故城、隋唐洛阳城大规模营建。

"灭人之国，必先去其史"（龚自珍《古史钩沉》）。战后千疮百孔的阿富汗国家博物馆外，高悬着一条横幅："只有一个国家的文化和历史活着，这个国家才活着。"扬子江畔、古城金陵，那条桨声灯影里的秦淮河，流去了六朝如梦的浮华浓艳与哀伤；而黄帝故土的溱、洧河，则像一首千年情歌，唱着"维士与女，伊其相谑，赠之以芍药"的古郑国风情；那么，洛河呢？

大川东去几千秋，百代兴亡一水流。悠悠洛河，一条从中原文明的源头流出、与中国历史并流、把中华民族几千年的苦难、奋斗与辉煌、淬成一部荡气回肠史诗的圣河。

洛 神

"天边崧少远微茫，犹想霓旌驻水旁。逸态瑰姿何处在，尚应遗恨寄君王。"

（宋·张崏）

洛河下游，一个凄婉的故事就发生在这里。

依稀如梦的远古，一个聪慧美丽的少女在洛河嬉戏，远方山青如黛，逶迤连绵，岸上村落几处，炊烟袅袅，水边杨柳堆烟，绿草如茵，天上白云似雪，飞鸟轻翔，她沉醉于洛水的美丽景色，一不小心也融进了这片河水。

这位不幸的少女，叫宓妃，是伏羲氏的女儿，溺于洛水，化为洛水之神。

宓妃之事可信吗？怎么说呢？伏羲的传说很多地方都有，但宓妃溺于洛水的故事却只属于洛水。再者，溺亡的情节极为简单，倘是后人杜撰，会附会一些曲折生动的故事情节，而不会只是这么一个干巴巴的结果。

洛水，古称雒水，这个名字怎么来的？没有人知道，只知道商代甲骨文中就已经出现了"洛"字。落水，洛水，天哪，莫不是因宓妃落水溺亡而得名？

对于宓妃，这是一种最佳的缅怀，也是一种无奈的纪念。

没有比这更合理的假想了。

忽然想起，《山海经》中不也有女娃（炎帝的女儿）海上溺亡，化为精卫鸟，填海不止的记载吗？何以三皇中居然有两个女儿溺水而亡？

其实也不奇怪，那时，世界各古老文明中，均有大洪水的传说。

龟书出洛，在长水，那儿是洛河中下游的分界处。洛神的故事，又发生在哪个河段？还真不好说。《元·河南志》载：洛阳境内共有四座大型洛神庙，自上而下分别是：洛宁县长水村洛神庙、洛阳城洛川街洛神庙、偃师区顾县镇曲家寨洛神庙、巩县（今巩义市）回郭镇刘村洛神庙。不管在哪，时间上，我猜测应会略早于洛书。因为，须得先有洛河的名字，龟书才好被命名"洛书"啊。

洛神，她如花的生命给了这条河一个名字：洛水。很多年后，洛水又给了黄河流域最为恢弘厚重的一座都城一个名字：洛邑（洛阳）。而洛邑，又给了这片广袤土地上泱泱大国一个名字：中国。

宓妃、洛水、洛神、洛书、洛邑、"宅兹中国"，千古绵延的脉络里，清晰着历史与文化的承递。

遗憾的是，洛阳十大文化符号里，居然没有洛神。或许在人们看来，这只是一个无法考证的传说吧，或许，跟河图洛书、斟鄩、杜康、周公等相比，缺乏更为丰厚的文化内涵吧。但历史的烟云中，洛神的倩影从不曾离去。

东汉末年，一个多情而忧伤的少年，一位天才的诗人，从洛水畔的魏都出发，向东到他的封地鄄城。日既西倾之时，来到一个名叫阳林的地方，纵目眺望水波浩渺的洛川。梦一样迷离的暮色中，凌波而来一位绝代佳人，"髣髴兮若轻云之蔽月，飘飖兮若流风之回雪"，少年不禁思绵绵而增慕、怅盘桓而不能去，写下千古名篇《洛神赋》。

东晋，顾恺之的《洛神赋图》"妙入毫巅"（乾隆在引首处御书），位列中国十大传世名画。

武则天践祚时，一块刻有"圣母临人，永昌帝业"的神秘"瑞石"突现洛河，据说乃洛神所授，武后遂尊为"天授圣图"，并封宓妃为"天中皇后"，在洛浦立庙纪念。

谁曾想，1800年后，曹植那篇光耀千古的《洛神赋》，居然引起了洛河下游两个地市的纷争。

当年，"税驾乎蘅皋，秣驷乎芝田，容与乎阳林，流眄乎洛川"的河浦在哪里？"抗罗袂以掩涕兮，泪流襟之浪浪"的相会在哪里？"悼良会之永绝兮，哀一逝而异乡"的凄别在哪里？"浮长川而忘返，思绵绵而增慕"的不眠之地在哪里？

偃师考证说，从《洛神赋》"背伊阙，越轘辕，经通谷，陵景山"的行程顺序来看，曹植是绕道南行的，何以如此？《赠白马王彪》序说得明白，"后有司以二王归藩，道路宜异宿止。"目的是消除曹丕的猜忌。到"日既西倾，车殆马烦"之时，也只能到达景山北边的洛水，遂有《洛神赋》。

巩义更是言之凿凿，认定就在芝田。理由是：《洛神赋》中有"睹一丽人，于岩之畔"之句。洛水东出洛阳，两岸一马平川，只有流到芝田镇益家窝村，才进入山地，故这个"岩"字，点出了曹植看见洛神的地点。

为此，偃师发行了《洛神赋图》特种邮票，郑州则倾力打造出大型歌舞剧《水月洛神》，各各志在必得。

青山一道同云雨，明月何曾是两乡。偃师与巩义，山水相连的地理，盘根错节的历史，一脉相承的文化，水乳交融的民俗，为他们凝成一个你中有我、我中有你的结。文化上，这位惊艳千古的洛阳维纳斯，这位中国古典文学意象中最具悲情之美的水神，是整个洛河流域的骄傲，也是中国文化的最爱呢。

洛 汭

洛阳是否原本没有山？八千万年前，莽莽苍苍的秦岭兵分三路，以横扫八荒的磅礴之势滚滚而来，逶迤成嵩山，蜿蜒成熊耳山，巍峨成伏牛山。

山，是熔岩的遗骸，它在中原大地的辽远与开阔中，凛然凝固成立体的厚重与幽深。

一座山，发源在秦岭，巍峨在洛阳，雄浑在偃师，消尽在巩义。从洛阳到巩义这段便是邙山。

一条河，在秦岭的险滩峡谷中九曲回肠，流向洛阳盆地后依着山势东向而去，这便是洛水。

山水同源，两小无猜，自洛阳而东的百里缠绵中，其情何深。在巩义市河洛镇那个史称"洛汭"的地方（汭，意为两条河的汇合处），随着邙山的悲壮消尽，洛水恋恋吻过邙山最后一座山峰——莲花峰，便一头扎进一条大河，让波翻浪涌的洪流消融了自己。

还有一条河，从遥远的青藏高原巴颜喀拉山跌宕而下，仿佛从洪荒的亘古流来，从茹毛饮血的历史深处流来，挟着历史的风云和高原的黄土，泥沙俱下，一泻千里，经潼关，过洛阳，浩浩东去，这便是黄河。

邙山居中，洛水在其阳，黄河在其阴，整个洛阳盆地，它们都不离不弃，仿佛在赶赴一场地老天荒的千古约会。邙山在这里巍峨着绵延着，洛水如洛神的衣袂在飘逸着，飘出水草丰美的伊洛川，桀骜不驯的黄河在广袤大地上浩荡奔流着，荡出无际的平原。于是，在中原这块古老广袤的大地上，一座山，两条河，于蒙昧荒蛮的远古，开启了"河图""洛书"等中华文明的序幕。

河洛汇流处，是一片冲积而成的沙洲，外围临水的地方砌成了石坝，其形如舟。

两条河，被一座山隔着，巍巍一山间，脉脉不得语。而今，邙山尽处，它们相会了，久别重逢的亲人般相拥着相融着，从此再不分你我。

遥想远古，伏羲氏就曾站在离此不远一个椭圆形的台地上（东西长150米，南北宽100米，高出黄河滩涂80多米，后人称伏羲台。高台东侧下有"羲皇池"，开皇二年，隋文帝于池畔建"羲皇祠"），仰观天文俯察地理。一清一浊两条巨龙以顺时针方向形成漩涡，相交处一条水线走势分明依阴阳八卦之形，那壮观而又深奥的交汇场面让这位人文始祖震撼沉思。于是，盘古开天以来，一项奇异诡谲令后世高山仰止的伟大文明诞生了——人皇伏羲不可思议的创造了包含宇宙哲理的阴阳太极图案。

这是怎样的奇观啊！一座绵延百里的雄浑大山于此穷尽了（其实，邙山并没有真正消尽，它的余脉一直向东，在黄河不断的冲刷溶蚀中时断时续，郑州的邙山和浚县的大坯山，就是邙山余脉与不羁黄河一路博弈后的残存），一条453公里的汤汤河流于此消融了，山穷水尽处，空旷迷蒙的天地间，只有一条大河在水天一色中茫茫奔流。

以"洛汭"为核心的河洛地区是中华文明的原点。今夕何夕？站在邙山尽处河洛汇流的神奇之地，我感到一种来自遥远历史深处沧海横流的震撼！

伫立沙洲，西望，是邙山最后的守望——莲花峰，尽头处，一架长桥通向茫茫北岸。东眺，岸上不见村舍，滩涂芦苇葱茏，河洛汇流，浩无际涯，水天茫茫，一片迷蒙、旷远、深邃，让人遐思无限。那是"瞻彼洛矣，维水泱泱"的《诗经》时代吧？那是"巡河过洛，修垣沉璧"的黄帝时代吧？或者，那是宇宙的入口吧？轻舟一叶，顺流而下，可否就能驶入"灵龟负书，丹甲青文"的历史深处呢？

那儿是郑州、开封、商丘，那儿有臻洧河、汴河、隋唐大运河，那儿是无垠的中原，那儿是广袤的黄河流域，那儿像沙洲的芦苇一样，滥觞着河洛文化的繁茂。

河洛汇流，绝不单单是黄钟大吕的自然奇观，那是文化的交流，那是民族的融合，那是历史的澎湃。

我想，应该在这片不知名的沙洲上建一座名伏羲或太极的高塔吧，一则已无水患，可纪念人皇，凭吊历史，二可登高眺远，观流水之汤汤，念天地之悠悠。

邙山尽处，河洛汇流，多么奇妙的界点啊。脚下阴阳交旋变幻万千的太极流水图里藏着先祖的智慧。西望是邙山的尽头，莲花峰上有亭翼然，莲花山下大桥飞架，那儿是人间烟火的尘世。东眺水天相连烟波浩渺，恍然那就是苍茫的历史，抑或是迷蒙的未来……

【三川读河】之黄河篇

一笔狂草舞春秋

黄河是一幅不羁的狂草。

黄河之水天上来。从青藏高原的巴颜喀拉山起笔，到浪淘风簸自天涯的入海处收笔，黄河，以泥沙为墨，以大地作纸，在青海龙羊峡、宁夏青铜峡、晋陕峡谷的壶口瀑布、三门峡的中流砥柱间，恣肆遒劲，势若奔雷，以吞天沃日的霸气和摧枯拉朽的蛮横，写就一幅惊蛇入草寒藤挂松的狂草。

源头不在洛阳，尽头也不在洛阳，相对于她5464公里的漫长，洛阳是他浩荡征程的短暂一段，但黄河，却给了洛阳一个惊喜，一份千古的荣耀。

相传，上古伏羲氏时，洛阳东北孟津区境内的黄河中浮出龙马，背负"河图"，献给伏羲。伏羲依此而演成八卦，后为《周易》来源。

这是洛阳送给黄河的一个惊喜，一份荣耀，因为确切地讲，这个"出图"之"河"，不是黄河，而是黄河的一条支流：图河。

图河源于邙山，源头在孟津区朝阳乡瓦店村的一条沟壑。卦沟、负图、上河图、下河图，这些奇妙的村名，还有图河岸边始建于晋代的龙马负图寺，以及寺内众多的名人题词与碑刻，似乎都在佐证这个传说的真实。

其实，无所谓谁给谁荣耀，走进历史你会发现，黄河与洛阳早已是血肉相连了。

比如，黄河给予豫州的那个名字：河南。

追根溯源，最早的"河南"，指的是洛阳。《史记·货殖列传》记载："昔唐人都河东，殷人都河内，周人都河南。"洛邑东周时为国都。秦置三川郡，西汉为河南郡。河南郡、河南尹、河南府这些名字，一直沿用至清末。

黄河，还给了洛阳一种文化：河洛文化。

河洛文化以洛阳盆地为中心，西至潼关、华阴，东至荥阳、开封，南至汝颍，北跨黄河至晋南、济源一带。河洛交汇处的"洛汭"，被称为河洛文化的原点。

黄河岸边，多少历史的风云。

孟津，原是黄河的一个重要渡口。《史记·周本纪》载，周文王死后，武王曾"东观兵，至于盟津"，"诸侯不期而会盟津者八百"。诸侯皆曰："纣可伐矣。"周武王说："女未知天命，未可也。"乃还师归。两年后，"纣昏乱暴虐滋甚"，于是武王再次把诸侯召到孟津会师，作太誓，历数商纣之罪，要求大家"共行天罚"。二月，牧野大战，一举克商。

云水渡，是洛阳新安县的一个黄河古渡。秦末，这里发生了刘邦绝河亡秦的故事。刘邦率军从陈留、中牟、荥阳一路杀来，孟津渡河，灭秦胜利在望，但他担忧项羽和赵国大军抢先入秦，渡河之后就烧毁渡船，封锁渡口，最终夺得灭秦头功。

黄河南岸是邙山，邙山高峰曰首阳。武王伐纣要过黄河，伯夷、叔齐叩马而谏曰："父死不葬，爰及干戈，可谓孝乎？以臣弑君，可谓仁乎？"未果。牧野一战，殷师倒戈，纣王自焚。伯夷、叔齐采薇而歌曰："以暴易暴兮，不知其非矣。"乃义不食周粟，饿死首阳山。

巍巍首阳山，矗立着夷齐的风骨，但历史却如滔滔黄河，不可阻挡。

北魏，权臣尔朱荣曾在陶渚(孟津区东)，制造了骇人听闻的河阴之变，文武百官2000余人血染黄河。

邙山是古代帝王及贵族的葬地。汉光武帝陵（当地称刘秀坟）却偏偏匣夷所思地把自己的千秋陵寝建在喜怒无常的黄河岸边，别人枕山蹬河，他独独枕河蹬山。何以如此？当地那个传说虽然有趣却不足为信。

历史不只有兵戈，毕竟还有牧歌，风云激荡的黄河也有她柔情的一面。"关关雎鸠，在河之洲。窈窕淑女，君子好逑。"《诗经》开篇这首千年传唱的恋曲就发生在孟津。尽管白鹤乡这个沙洲未必就是两千年前的那个，但无妨，那位窈窕淑女，已然窈窕成一首千古传唱的经典情歌，窈窕在周都洛阳的黄河之畔，窈窕在中国文学的源头。

粗犷豪放的黄河，以天下英雄舍我其谁的霸气，雷霆万钧，横扫六合，成为百河之宗。他就这么从洛阳一过，三川之水无不尽数归附。

天下英雄谁敌手？涧瀍伊洛一河收！只将终古兴亡恨，送到苍茫青海头。

【三川读河】之汝河篇

亦江亦海亦女河

汝河，又叫北汝河，是淮河的源头；洛阳嵩县车村镇的东沙沟，是汝河的源头。

汝河是条"外流河"。伏牛山腹地，当伊洛瀍涧皆东北或东向流汇入黄河时，汝河与白河却独辟蹊径一路东南，在洛阳盆地之外，在黄河流域之外，流出了一片别样风情。

她们是洛阳远嫁的两个女儿。沙颍河做媒，汝河嫁给了淮河；汉水为媒，白河嫁给了长江。

说她少女是有依据的，知道吗？远古，汝河其实就是一条女河。

上游的汝阳、汝州，皆因河而名，汝水，又因何而名呢？

因为一个女性，一个因为遥远而成为传说的伟大女性。

《春秋说题辞》曰："汝出猛山，汝之为言女也。"《世本·氏姓篇》载："女氏，天皇封弟娲于汝水之阳。"什么意思？古代，"汝""女"通假，今日之汝水原本是女水，乃女娲所封之地。二十世纪三十年代，湖南长沙出土了战国时期的楚帛书，"伏羲""女皇""汝水"字样，居然同时出现在开篇两行，再次佐证了汝水乃因女娲在此居住而得名的说法。

流过汝阳时，调皮的汝河只在云蒙山脚冲蚀出了一个600米深的鬼谷子洞，而到汝州就不一样了。在刘希夷吟出"已见松柏摧为薪，更闻桑田变成海"之前，在秦设立"三川郡"之前，在汝河流入《诗经·汝坟三章》之前，在仰韶文化鹳鱼石斧图之前，居然汪洋成一片海，称汝海；居然浩荡成一条江，叫汝阳江（汝海下游）。

那时，同是从伏牛山流出的伊河尚未有出口，也只得注入汝海。于是，在北边嵩山余脉箕山和南部伏牛山余脉湖浪山之间的槽形地带，汝海"怀山襄陵，浩浩滔天。"就连黄帝的老师道家始祖广成子到崆峒山（汝海西北的一座孤岛）修道，也只得乘坐竹筏。

直到大禹治水凿开龙门，滔滔汝海才由伊阙倾泻北流。所以，豫西一带自古就流传一首民谣："打开黑石关，露出夹河滩；禹劈龙门口，撒干汝阳江。"

当地学者对汝海之说深信不疑，他们考证说，时间上，汝海和公元前8500年那次全球性的大洪水吻合；再者，汝州湖浪山上淤积有 2-5 米的河卵石砂砾层就是实证（湖浪山又称腾坟、女坟、汝坟。坟，意为河边因大浪冲起的高地或丘陵）。我有些困惑，现在汝河东流的缺口何时才有？若当初就有，怎么会有汝海的形成？若没有，那么，又是谁在什么时间疏浚的？

恐怕，只有汝河自己明白了。只是当时年少春衫薄，夜深忽忆少年事，汝河，你还记得那些地老天荒沧海桑田的如烟往事吗？

汝河流经汝州，就流经了伏羲，流经了女娲，流经了黄帝，流出了远古历史的苍茫迷离与悠远厚重，也流出了后世的"汝州三宝"：汝贴、汝瓷、汝石（又叫梅花玉）。

河到汝州，支流陡然多了起来，有八条，只可惜，洗耳河（许由隐居、巢父洗耳之处）断流，严子河（严子陵隐居处）干涸，让人怅然心痛。

出汝州，过郏县，至襄城，汝河，已然冲出伏牛山的牵绊，跌宕 500 里的行程后，汇入沙颍河。至此，那个上游清纯欢快的小女孩，那个中游任性成海的少女，那个下游娴静成江的淑女，拣尽寒枝不肯栖之后，就这样做了淮河的新嫁娘。

怨复怨兮远山曲，去复去兮长河湄。从重峦叠嶂的伏牛山南麓，到苍茫辽远的伏牛山尽头，汝河，在她投入淮河的那一刻，会是怎样的心情呢？

山长水阔知何处？淮南皓月冷千山。

汝河，汝为谁之河？

记得汝阳"一里百泉"的杜康河吗？你就那么阴差阳错和她擦肩而过，那是你源头之后和黄河流域的姊妹最为接近的时候。记得桃源宫那棵两千多年的古银杏吗？记得汝坟那位"既见君子，不我遐弃"的女子吗？记得风穴寺的七祖塔、悬钟阁、金佛殿吗？记得郏县的临沣寨、三苏祠吗？记得襄县的紫云红叶和叶县的叶公陵园吗？

沙颍河的层层涟漪，哪一道是你含泪的微笑？淮河的浩浩清波，可否消融尽你绵绵的乡愁？

化而为云，回老家看看吧。在九山半岭半分川的故乡嵩县，在榛莽丛生藤蔓缠绕积叶没脚青苔遍布的嵯岩绝壁间，鲜活着你永不老去的少女时光。

【三川读河】之白河篇

为谁流下潇湘去

同源于伏牛山南麓，同是一路东南，白河，应是汝河的邻家姐妹吧。

噢，对了，邻家姐妹里，还有一条伊河呢。

在娘家时，三姐妹有一个共同的家，伏牛山腹地是她们气势恢宏的府邸，大明才子谢榛都赞叹："天连山势气雄晋，地转河流远界秦。"在如此气派的家里，待字闺中的三姊妹竟也意气风发，在家门前莽莽苍苍的大山深处，联袂上演了一场"三水分流"的地理奇观。

嵩县车村镇有座山叫跑马岭，这里是长江、黄河、淮河三大流域的分水岭。夏天，待暴雨如注骤雨初歇，站在此处便可一览三河。白河奔流南下汇入长江，伊河一路向北注入黄河，汝河则东流成为淮河的源头。被尊为"三江源"的跑马岭则像一位长者，惬意地安享着"三江同源"儿女绕膝的快乐。

2009年，伏牛山世界地质公园获批时，嵩县人特地在1320米的分水岭处竖起了一座13.2米的钢塔。

跑马岭所在的伏牛山，也是一条"阴阳割昏晓"的气候分界线。山南的长江流域为亚热带气候，山北的黄河流域则是暖温带气候。

"半岭夕阳惟照雪，千秋寒色不知春。"高下的落差，复杂的山形，特殊的纬度，多样的气候，让这里成为多种名贵药材和野生动物的乐园。

飞珠溅玉跌下跑马岭，白河又童言无忌地从一座深山古寺穿过。

那座古寺叫云岩寺，分上下两寺。上寺乃初唐自在禅师所建，鼎盛时，曾为伏牛山佛教中心，与洛阳白马寺、嵩山少林寺、开封相国寺并称"中原四大名寺"。而今，寺庙荡然无存，只余一通字迹漫漶的古碑，英雄迟暮斜倒在山坡上。

上寺在一条山谷里被岁月的风尘湮没了，但看得出当初建寺的风水却是极佳的。山谷上溯，尽头处，一峰超拔俊秀，那便是伏牛山主峰龙池曼，而寺庙，正处在主峰南坡那条流水潺潺银杏参天的山谷。

沿河而下六公里，便是下寺。下寺犹存，乃明代重修，古旧破败，像独守空巢的风烛老人。不过，它应该不会孤寂落寞，一条草木葳蕤的向阳山谷，有流水作陪，有银杏相伴，已然是修道成仙的佳处了。

从上寺到下寺，河畔及两边的山上，错错落落挺立着很多高大的古银杏。

千年银杏是这段白河的奇观。

银杏树古称"银果"，生长缓慢，从栽种到结果居然要二十多年，四十年后才能大量结果，因此有"公孙树"（"公种而孙得食"之意）的别名。它寿命极长，是树中的老寿星、活化石。

相传，当年竺法兰和鸠摩腾两位高僧将佛教传至中土时，在中国第一座佛教寺院白马寺里栽下了两棵银杏树，后世寺院也都效法，因此银杏树也被称为中国佛教的菩提树。

千年银杏也是云岩寺的奇观。

云岩寺方圆5平方公里范围内，聚落着400多棵古银杏，创造了"寺庙内千年古银杏树最多"的基尼斯世界纪录。我想，这些目睹了云岩寺千年兴衰的古银杏是否已然成佛？它荣枯不惊淡定从容的年轮里可否藏有漫漫岁月的沧桑往事？

流下跑马岭，流出云岩寺，流过古银杏，山下不远就是南阳地界了，白河不敢撒欢，只能用缠绵迂回的方式表达对故土的依恋。

白河，在洛阳境内流程很短，自家的小女儿，在父母面前没撒几天娇，大人还远未疼够呢，她就带着稚气和奶腔早早外出了。只是，这一去便山高水长，再无归期。

青山隐隐水迢迢，南召县烟波浩渺的鸭河口水库，是白河离家后盘桓最久的地方。

到南阳时，白河似乎一下子长大了，居然洗手作羹汤，成了南阳的母亲河。

然后，依旧是曲折南下，经南阳，过新野，至襄樊，汇入汉水。

汉水，是长江派来迎娶她的一顶花轿。喜耶？悲耶？多少梦想、多少奋斗、多少隐忍、多少泪水，此刻，都化作不管不顾飞蛾扑火的以身相许……

此刻，跑马岭青梅竹马的姐妹呢？

郴江幸自绕郴山，为谁流下潇湘去？

回首已是层山远，隔江人在雨声中。

杜鹃啼血，大雁南归，当乡愁袭来，白河，纵然长笛一曲，可能吹破楚天秋？

今宵酒醒何处？

千里烟波，暮霭沉沉楚天阔……

【三川读河】之结束语

千古三川

伊河下游的南岸，我临崖而居的村庄，处在万安山阴黄土高坡漫向伊洛河川的"大陆架"终端，恰是韦应物"孤村几岁临伊岸"的诗意再现。

北眺，是一幅带状长卷：伊河、洛河、邙山、黄河。

其实，烟树空茫，洛河是看不清的，隔着邙山，黄河更是看不到的，但我知道它们的存在，也知道下游20里，在那个"寒树依微远天外"的杨村渡口，伊河汇入了洛河，还知道杨村东去50里，"山形迤逦若奔避"的邙山渐渐消尽，洛河遂汇入黄河。

这里是古三川之地。

三川者，黄河、洛（雒）河、伊河之谓也。三条河，从伏牛山不同的方位奔流而下，却从同一座城市穿绕而过，次第交汇，于邙山南北，荡出一片辽阔的冲积平原。

这片沃土，承载着中原王朝的更迭和华夏文化的兴衰。

"昔三代之君（居），皆在河洛之间。"（司马迁）

"争名者于朝，争利者于市，今三川、周室，天下之朝市也"。（《史记·张仪列传》）

三川有山，曰伏牛，曰熊耳，曰外方（邙山、崤山、万安山等，俱为其分支），蜿蜒千里，跟东边的嵩山一起，巍峨成洛阳盆地的边沿。

山为河之源，山高则水长。三川之外，亦有瀍河、涧河、汝河、白河。这七河，居然纵横跨越了黄河、淮河、长江三大流域。

山水是大地的文章，每条河，都是一本书。

2015年夏，由作家、学者组成的洛阳河流文化采风团，对境内七河实地采风、考察。《洛阳日报》连载了我系列散文《三川读河》。

洛阳的别称很多，何以独钟"三川"？

三川，一个极具地域特色和历史内涵的古老称谓。地理上，三川是洛阳飘逸的霓裳；文化上，三川是历史厚重的承载。

战国，韩宣王首设三川郡。

陈胜、吴广揭竿而起，项羽、刘邦举兵反秦，三川郡均为攻守要冲。

《战国策·秦策》载，秦武王谓甘茂曰："寡人欲车通三川，以窥周室，而寡人死不朽乎？"秦国占据这个"绾毂天下水路"之地，荡平六国才如虎添翼。

秦并天下后创郡县制，三川郡堪称诸郡之首。

秦亡，汉设豫州，后改为河南郡。

自此，三川郡不复存在。

但三川依旧遒劲在河洛大地，把战国那段波谲云诡气象万千的过往，奔流成一幅沧海横流波澜壮阔的历史画卷。

"关关雎鸠，在河之洲。"——诗经里的三川；

"洛阳之水，其色苍苍。"——始皇的三川；

"三川北房乱如麻，四海南渡似永嘉。"——李白笔下的魏晋三川；

"何事不随东洛水，谁家又葬北邙山。"——白居易的三川；

"四合连山缭绕青，三川荡漾素波明。春风不识兴亡意，草色年年满故城。"——司马光的三川；

"悲风成阵，荒烟埋恨，碑铭残缺应难认……都做北邙山下尘。"——张养浩的三川；

"数曲歌残两岸雨，一声棹破隔江风。"——清艾元复的三川。

三川腹地，一座古都须髯飘飘龙盘虎踞。

邙山之南洛水之北，可谓山水形胜的风水宝地，夏商皆建都于此，且国运绵长。偏居西北的周文王肯定知晓这些，所以临终之际不忘告诫武王："自洛汭延于伊汭，居易毋固，其有夏之居。我南望三涂，北望岳鄙，顾詹有河，粤詹雒、伊，毋远天室。"（《史记》）

《史记·周本纪》载："成王在丰，使召公复营洛邑，如武王意。周公复卜申视，卒营筑，居九鼎焉。曰：此天下之中，四方入贡道里均。"

三川旧俗，每到过年，床帮或靠床的墙壁总要贴上"梦见周公"的春联——周公营洛故也。

公元前 770 年，平王东迁，定鼎洛邑。

"八方之广，周洛为中，谓之洛邑。"这座黄河流域"河山拱戴、天成帝居"的"天下之中""王者之里"，自此"宅兹中国"，雄霸千年。而曾经的"三川"，像一件文物深埋于地，像一块化石沉寂在历史典籍中。

三川，一座帝都的乳名，不应是一条暗河，只悄然涌动在历史深处，更不应是一条内陆河，在后世干涸断流。斟鄩、西亳、孟津、偃师、洛邑，也只是都城的名字，地理上，似乎都不足以涵盖广袤的三川流域。

三川，有足够的理由，跟"一画开天""河图""洛书"一起，成为永恒。

三川，是地域，是空间；

月明，是亘古，是时间；

风入寒松声自古，水归沧海意皆深。月明三川，一卷山河，一卷历史，一卷华夏民族醇厚悠远的文化乡愁。

第四辑

洛都古邑

【洛都古邑】之偃师篇

华夏第一都

"三面墙，一面空，里边坐个女学童，有日进去说说话，墙外一人在偷听。"

这个字谜，在偃师流传已久，谜底嘛，您已经猜到了，偃师的"偃"。

偃师在洛阳东部，南边万安山，属秦岭余脉，与嵩山相连。北边邙山，从洛阳蜿蜒而来，到偃师叫邙岭。两山呈弧形，围拢成一个硕大的椭圆。椭圆内，伊河洛河二水中流，水草丰美、土地肥沃。

《战国策》云："争名者于朝，争利者于市，今三川（黄河、洛河、伊河）周室，天下之朝市也。"

县古槐根出。偃师名字的由来，源于三千年前一场朝代更替的著名战争。而那场战争年代的确定，赖于利簋底部包括"偃师"在内的33字铭文。

公元前1046年，武王伐纣，灭商建周。凯旋途中，在黄河南岸一个依山傍水的地方，马放南山，牛放桃林，并筑城以"息偃戎师"。从此，此地就改用了一个沿用至今的名字：偃师。

既是"改用"，说明之前也有名字，叫什么呢？

西亳。

殷商共有三亳：北亳、南亳、西亳。西亳是汤革夏命后于洛河下游六公里处新建的都城，商王盘庚迁殷前曾"从先王居"定都于此。

西亳之前呢？

是斟鄩。

夏禹始都阳城，后迁阳翟，第三任君主太康至夏桀，皆以斟鄩为都。《史记·夏本纪》载："太康居斟鄩，羿亦居之，桀又居之。"

斟鄩在哪里？

《史记·吴起列传》："夏桀之居，左河济，右泰华，伊阙在其南，羊肠在其北。"

1959年，夏都斟鄩惊现，这是迄今为止可确认的我国最早的王国都城遗址，也是历史上最早的洛阳，3700年的中华文明信史即从这里算起，绿松石龙形器、乳钉纹铜爵等，彰显着那个时代的文明。

斟鄩之前呢？

那就追溯至传说时代的帝喾了。

帝喾乃黄帝曾孙，上古五帝之一。《括地志》载："河南偃师为西亳，帝喾及汤所都，盘庚亦从都之。"

按照古代阴阳理论，邙山之南洛水之北这片狭长地带，乃建都的风水宝地呢。

大凡历史悠远文化厚重的地方，都会葳蕤出迷离的神话。

伏羲氏之女宓妃，一个聪慧美丽的少女，在洛河嬉戏，远方山青如黛，岸上村落炊烟，水边杨柳堆烟，天上飞鸟白云，她惊诧于洛水的美丽，便融进了这片河水，化为洛河之神。汉末，一个多情忧伤的诗人路经此河，"浮长川而忘返，思绵绵而增慕"，遂写下千古名篇《洛神赋》。

东周之时，王室衰微，干弱枝强。子晋，周灵王之子，天纵奇才，应验了"五百年必有王者兴"的预言，但因犯颜直谏被贬为庶人，17岁，未及绽放就零落成泥。时人不忍其死，于是就有了刘向《列仙传》里王子登仙的神话。

曹植洛神相会，在洛浦；子晋驾鹤升仙，在缑山。是史实？还是神话？岁月邈邈，扑朔迷离，交融成历史的山水间那亦真亦幻的袅袅云烟……

与偃师有关的世界文化名人有两位，一个生在这里，一个葬在这里。

"半世取经，半世译经，功勋无量称高德；一生研法，一生弘法，桑梓有缘敬大师。"这是玄奘故里的一副楹联。大唐高僧，生在陈河，长在缑氏，学在洛阳，但他属于全世界。

葬在偃师的名人很多，如商汤、苌弘、苏秦、张仪、吕不韦、田横、钟繇、杜预、颜真卿、吕蒙正等，最著名的当数杜甫。即从巴峡穿巫峡，便下襄阳向洛阳，诗圣最终归葬在年轻时居住了十三年的首阳山下杜楼村。

天地生万物，一个地方有一个地方的物华天宝。

偃师南部万安山一带出产一种奇特的石头，黑色的石头里错落有致的镶嵌着一朵朵白色或浅绿的花，像极了民国时期风行乡下的印花蓝土布。因其白色的图案形似牡丹，当地人名曰牡丹石。

伊洛平原上生长着一种植物，根茎条状，其色如银，相传因商汤宰相伊尹培植，初名尹条，仅为贡品，价格昂贵，又名银条。夏桀银条佐酒，荒于国事，正月初五，被伊尹商汤里应外合，一举颠覆（民间"破五"习俗即源于此）。所奇者，这世间尤物乃偃师独有，且只以伊洛河交汇处、帝喾高辛氏建都之地产地最佳，故洛阳、郑州、开封等地，直接将这道菜命名为"偃师一绝"。

家住孟津河

　　孟津，隶属河南洛阳，是一个古老的县邑，老到《尚书·禹贡》里都有注解："孟为地名，在孟置津，谓之孟津。"

　　既然"置津"，那肯定有河呗。

　　是的，孟津南部的邙山发源有两条河。

　　一条在孟津区横水镇东部，叫瀍河，据传那儿曾为炎黄母族有蟜氏的故乡。

　　另一条滥觞于孟津区朝阳乡瓦店村的一条沟壑。传说伏羲氏时，有龙马从这条小河出现，背负"河图"，后人据此称其为图河。

　　两条河都很小，小到摆不下一条船，小到无须开渡口，很遗憾，它们都不是孟津河。不过，它们却注入了孟津河。

　　黄河流经孟津的那段（恰好是黄河中下游的分界线），叫孟津河。

　　与孟津河同行的是邙山。

　　崤山的险峻函谷的深幽之后，秦岭的余脉、崤山支脉自西向东蜿蜒到洛阳时，已没有了关中的崔嵬高峻，只能英雄迟暮地逶迤成岭，这便是邙山。

　　邙山之南，伊洛盆地边沿的洛水之阳，雄踞着一座千年帝都：洛阳。

　　邙山之北，待从晋陕峡谷、潼关、三门峡的崇山峻岭间携泥带沙狂飙突进的黄河从小浪底夺路而出与邙山相遇时，总算是冲出了重围，山不再乱石穿空死缠烂打了，水不再惊涛拍岸咆哮如怒了，于是，一个舒坦的懒腰之后，邙山北边广袤的旷野便铺展出一望无际的冲积平原。

江山本无主。地老天荒中，山在这儿亘古高卧，水在这儿万古奔流，芳树花自落，寒尽不知年。终于，随着中国第一个朝代——夏代的出现，邙山黄河之间的这块土地，成了孟涂氏的封国。不知又过了多少年，有人在河边开了个渡口，于是这片山川破天荒有了自己的名字：孟津。

黄河不像长江，有金沙江、川江、荆江、扬子江那么多名字，除了源头，迢迢万里只有一个一以贯之的名字：黄河。那么，何以有"孟津河"之称呢？

这应该源于《乐府诗集》中无名氏的这首《折杨柳歌辞》："遥看孟津河，杨柳郁婆娑。我是虏家儿，不解汉儿歌。"

至唐，生于河东蒲州（今山西运城）但在孟津居住了十九年之久的大诗人王维沿袭并光大了这种称呼，其《杂诗三首》其一云："家住孟津河，门对孟津口。常有江南船，寄书家中否？"

自此，"孟津河"真正成为黄河孟津段的特称。

像黄河一次次泛滥改道一次次淤泥覆盖，历史赋予了孟津河深厚的文化底蕴。它不但从《乐府》流过，还从更早的《诗经》流过呢。

"关关雎鸠，在河之州。窈窕淑女，君子好逑。"知否？《诗经》开篇的这首千年情歌，就诞生在孟津河。"河之州"的"河"，就是孟津河。"河之州"的"州"，在孟津白鹤乡。长河浩荡，大浪淘沙，那个沙洲早已不复原来，但那位孟津河畔的窈窕淑女，已然窈窕在中国文学的源头，窈窕成一首千古传唱的经典情歌。

孟津河里还有孟津鱼。《史记·周本纪》载："武王渡河，中流，白鱼跃入王舟中，武王俯取以祭。"这是个偶然事件？还是殷亡周兴的吉兆？不得而知，但这条孟津白鱼已经青史留名。"黄河三尺鲤，本在孟津居。点额不成龙，归来伴凡鱼。"李白这几句诗，更是确立了孟津黄河鲤鱼的品牌。

水逝云飞，岁月荏苒，孟津河不惟荡漾着离情、爱情与民俗风情，它汹涌澎湃的泥沙里，它夕阳明灭的乱流中，有时也激荡着血腥的殷红。

公元五二八年农历二月，北魏胡太后鸩杀亲生儿子孝明帝，控制政局。权臣尔朱荣以"匡扶帝室"为名，率军从孟津渡过黄河，打进洛阳，将胡太后和她所立的幼帝元钊投入黄河。农历四月十三日，尔朱荣又以祭天为名，将朝中百官诱至河阴的陶渚（今孟津区东），纵兵围杀，两千多位王公大臣命丧河阴，黄河为之变色。

百代兴亡朝复暮，江风吹倒前朝树。孟津河，文化的河，历史的河，盛世荒年朝代更迭中，奔流成一部沉郁的史诗。

有河就会有渡口，孟津河有个著名的孟津渡。

其实，"孟津"二字本身就是渡口的意思。"孟津者，孟地置津之谓也。"孟乃地名，津为渡处。

还有种说法："孟"意为第一，"津"，渡口之意。孟津，即洛阳北部黄河第一个重要渡口。

不管哪种说法，津，都是渡口的意思。

天下渡口何其多？但恐怕没有哪个像孟津渡这样，承载着一段变革天命影响深远的厚重历史。

《史记·周本纪》载，周文王死后，武王曾"东观兵，至于盟津"，"诸侯不期而会盟津者八百"。诸侯皆曰："纣可伐矣"。周武王说："女未知天命，未可也"。乃还师归。两年后，"纣昏乱暴虐滋甚"。于是武王再次把诸侯召到孟津会师，作太誓，历数商纣之罪，要求大家"共行天罚"。二月，牧野大战，一举克商。

"秋风飒飒孟津头，立马沙边看水流。见说武王东渡日，戎衣曾此叱阳侯。"（唐·胡曾《咏史诗·孟津》）武王伐纣，两次孟津会盟，赋予了这个黄河古渡特殊的历史意义。

东汉时，孟津渡又变成了孟津关。

黄巾起义，天下大乱，汉灵帝便在洛阳周围设汉函谷、伊阙、轘辕等八关以拱卫京师，"八关都邑"中，就有武王伐纣与诸侯会盟渡河处由富平津改名而来的孟津关或河阳关。西晋，杜预曾在这里架起黄河上第一座浮桥。北魏，又置河阳三城于南北两岸及河中沙洲上。

孟津渡还包括另一个黄河古渡：云水渡。秦末，这里上演了刘邦绝河亡秦的故事。

"关东有义士，兴兵讨群凶。初期会孟津，乃心在咸阳。"（曹操《蒿里行》）

孟津河，历史在这里澎湃成河。

孟津关，历史在这里峭峻如关。

孟津渡，黄河上的千年古渡，摆渡着沉重的历史，摆渡着历史的走向，摆渡着天下苍生的命运……

门对孟津山

孟津山，是依据孟津河一词的生造，主要指孟津境内黄河南岸的邙山。

孟津有座平逢山，在横水镇张庄村，据传轩辕黄帝就生在这里。战胜蚩尤后，"黄帝采首山之铜，铸鼎于荆山下。"（《史记·封禅书》）荆山，又名荆紫山，在横水附近。

当年，周武王率军渡河直捣朝歌，进军和收兵都要翻过邙山，来回间留下了一些故事。

武王伐纣，伯夷、叔齐叩马而谏曰："父死不葬，爰及干戈，可谓孝乎？以臣弑君，可谓仁乎？"左右欲兵之。太公曰："此义人也。"扶而去之。

是此前已经有了村子？还是此后才形成聚落？反正，"叩马"成了那个村子的名字，而且一叫就是三千多年，从无更改，像一棵三千多圈年轮的古树扎根那里，用一个原汁原味原创绝版的名字，记录、见证、纪念着那段历史。

天下宗周，夷、齐耻之，义不食周粟，隐于首阳山，采薇而食。野有妇人曰："子义不食周粟，此亦周之草木也。"夷、齐遂饿死。

几乎与西汉立国同时，孟津区平乐镇新庄村，历史上最早有洛阳才子之称的贾谊横空出世。贾谊天纵英才，《史记》中被司马迁并称"屈（屈原）贾"，只可惜流星一瞬，33 岁的生命永远璀璨在历史的天幕。生于孟津，仕于长安，卒于长沙，所幸犹能尸骨还乡，邙山北麓的那座坟丘，掩埋着他壮志未酬的遗恨。

两千年后，有"神笔"之称的王铎诞生邙山北麓的会盟镇双槐里。他的《拟山园帖》轰动日本，甚至被认为"后王（王铎）胜先王（王羲之）"。启功先生赞曰："王铎笔力能扛鼎，五百年来无此君。"

贾谊和王铎，其文其书已然双峰插云，穿越时空，让北邙巍峨了许多，高峻了许多。

邙山上沟壑纵横，那应是流水的杰作吧？金谷涧一定流水潺潺，要不怎叫涧呢？西晋人又怎会把一座绝世园林建在那里呢？

为与皇戚贵族王恺争富，石崇北依邙山西临谷水修筑了一座别墅，名金谷园（一名梓泽）。这里流水萦绕，楼榭错落，乔木修篁，蔚然深秀，既上演有潘安、刘琨、左思、陆机、陆云等二十四友金谷雅集的风雅，也演绎了"日暮东风怨啼鸟，落花犹似坠楼人"的凄婉与悲壮。绿珠，石崇交趾归来路过广西用十斛珍珠买来的这位才情美女，在都城洛阳政治倾轧的旋涡里，用崇绮楼血溅金谷的纵身一跳，把悲伤和无奈演绎成"从来几许如君貌，不肯如君坠玉楼"的坚贞。

金元之时，元好问在自洛阳往孟津的道中作了一阕《临江仙》："今古北邙山下路，黄尘老尽英雄。人生长恨水长东。幽怀谁共语，远目送归鸿……"

"北邙何垒垒，高陵有四五。借问谁人坟，皆云汉世主。"（晋·张载《七哀诗》）邙山土层深厚绝无水患，原是古代贵族的葬地。《辞海》释：邙，亡人之乡也，意谓最适合死者安葬的地方，以致"青史几行名姓，北邙无数荒丘。"

历代皇帝选陵择墓都讲究"枕山蹬河"，以开阔通变之地形，象征其襟怀博达驾驭万物之志。唯光武帝陵（又称汉陵，百姓俗称刘秀坟）违反风水，"汉皇仰卧""枕河蹬山"。何也？相信民间那个有趣的故事您一定知晓。

"北邙山上列坟茔，万古千秋对洛城。城中日夕歌钟起，山上唯闻松柏声。"（沈佺期《邙山》）黄尘万古长安路，折碑三尺邙山墓。一茔一茔，无数故去的人逝去的事，都凝固、鲜活、永恒在邙山这滴历史的琥珀里。

邙山之南到洛河北岸那片隐然而高的开阔地带，龙盘虎踞着一座都城史长达541年的汉魏故城。斗转星移，使用了近1600年的故城在岁月沧桑中老去，老成东西两侧时断时续风剥雨蚀雄风犹存的古城墙，老成青青稼穑离离荒草无法遮掩的一片废墟。

一千年前，司马光路过这里，写下两首《过故洛阳城》的诗。

"春风不识兴亡意，草色年年满故城。"

西风残照，汉家陵阙。司马光的嗟叹一叹千年，黍离之悲中多少人世沧桑。

孟津山何以雄浑如斯古意苍苍？

历史在这儿凝固成山；

历史在山下澎湃成河；

历史又将山河间奔驰如风的时间，大浪淘沙成永不磨灭的印迹……

汉关锁钥地

　　洛阳所辖县邑多在南部，东、北、西三面，各有一个县邑拱卫，分别是偃师、孟津和新安。

　　偃师东据轘辕关，南控大谷关，孟津扼黄河天堑孟津关（富平津），那么，置县于秦，"新治安宁"的新安呢？

　　"胜迹漫询周柱史，雄关重睹汉楼船。"

　　"送千年客去，移一个关来。"

　　这些楹联，说的都是汉函谷关。

　　何为"函谷"？因其地处两京古道，紧靠黄河岸边，关在谷中，深险如函，故称函谷关。

　　历史上的函谷关有两座：秦函谷关（简称秦关）在灵宝，汉函谷关（简称汉关）在新安。

　　西汉定都长安，以灵宝函谷关为界，分关内关外。汉武帝时，出生于新安县铁门镇南湾村的楼船将军杨仆，因"屡有大功，耻为关外民，上书乞徙东关"，而"武帝意亦好广阔"，于是便由杨仆主持，在公元前114年，徙于新安，去弘农三百里，史称"汉函谷关"。

　　东汉末年，为了防备黄巾军，朝廷设八关都尉，汉函谷关高居首位，被称为"崤函孔道""中原锁匙"。

新关落成，这里就发生了终童弃缥的故事。

十八岁的济南神童终军赴长安求取功名，从此路过，关吏给终军"缥"（以帛为之，书字于其上，分做两半，出入合符，方能通行）。终军不屑："大丈四游，必取功名，出关何用此物！"弃缥而去。终军至长安为谒者，受命巡行郡国，持节东至函谷关。关吏惊曰："此使者原是此前弃缥后生！"唐人胡宿赞曰："望气竟能知老子，弃缥何不识终童！"。可惜这位与贾谊齐名的神童，在劝说南越归顺后的第二年，被南越叛军所杀，年仅26岁。

汉函谷关在新安县铁门镇，两千年间，这里诞生过两位将军。隋朝，距汉函谷关不远的东垣（今新安县韩都村），出了位大将韩擒虎，他曾随隋文帝南下灭陈。清末民初，又出了一位文武兼备的将军，张钫。与杨仆、韩擒虎所不同的是，戎马倥偬的武功之外，这位酷爱金石字画的辛亥革命元老，还做了一件泽被后世的风雅之事。

20世纪20年代，张钫先生在故里营造园林广及百亩，蔚为壮观，被康有为题名"蛰庐"。其中一部分，珍藏自西晋、魏以来历代墓志石刻1400余件，其中尤以唐志最为丰富，多达1191件，人称"石刻唐史"。章炳麟用古篆题额"千唐志斋"，跋语曰："新安张伯英，得唐人墓志千片，因以名斋。"

新安这块地方，黄河横于北，秦岭障于南，中间四山（荆紫山、青要山、邙山、郁山）夹三川（青河川、畛河川、涧河川）。如此复杂的地形，山之褶皱水之蜿蜒间，多少峻峰幽谷欲露还藏犹抱琵琶半遮面啊。

"黄河滚滚兮，近俯若带。崤函嵩高兮，远列如眉。河东之三晋兮，城邑宿列。太行连王屋兮，平衍坛台。"清人《黛眉山赋》中这几句，道出了其位置所在。黛眉山在新安县石井镇，现为世界地质公园，主峰海拔1346.6米，是唯一被黄河三面环绕的景区。

龙潭大峡谷是黛眉山核心景区，属秦岭与太行山的过渡地带，原属华北古海洋，经地壳运动、海底抬升出露，在山崩地裂、水流冲蚀作用下，形成典型的红岩嶂谷群地质地貌。水往高处流、石上檀、石上天书、佛光罗汉崖、天碑、一线瀑等，堪称奇绝。岩浆奔涌喷发，它在海底巍然成为一座山；地壳抬升，它高峻成岸、傲立成峰；崩裂塌陷，它造就了峡谷、绝壁；水冲浪旋、风剥雨蚀，任时光把它雕塑成只供上帝观赏的"黄河山水画廊"。峡谷全长十二公里，平均宽度十余米，最窄处不足一米，是世界罕见的 U 形峡谷，被誉为中国嶂谷第一峡、峡谷绝品、古海洋天然博物馆。十二亿年了，摇曳着原生态自然风情的龙潭峡，淡泊悠然，做了世外的隐者，做了时光的刻度。

新安的山，还多是古韵悠悠的历史文化名山呢。《山海经》说："青要之山，实惟帝之密都。"黛眉山，"汤黛之恋"（西汉《列女传》载：黛眉王后，传为垣曲英言乡白鹅村人，姓范名小娥，嫁商汤王为后）的故事，源远流长，扑朔迷离。

鹤鸣于九皋

　　说到伊川，似乎只有一条河、一个人，就够了。

　　那条河叫伊河。

　　伊河当然是地老天荒的存在了，只是，伊河的名字什么时候有的？又是什么时候给了这片土地一个"伊川"的名字呢？

　　伊河名字的起源不可考，但我们知道，伊川的名字可以追溯至传说时代。

　　神农时，伊川县地域即有一国之称，唐尧时称伊侯国，虞舜时称伊川。夏代称豫州伊阙地，周襄王时名伊川，战国时称伊阙，后改新城。

　　怎么样？这个名字足够古老吧？"虞舜时称伊川"，比周公营建的洛邑早很多，比息偃戎师的偃师早很多，比诸侯会盟的孟津早很多。即使从有据可查的周襄王算起，也古老至三代了。

　　那个人叫伊尹。

　　伊尹出生在伊河边，名字也就因河而名。

　　《吕氏春秋·本味篇》："有侁女子采桑，得婴儿空桑之中，献之其君。其君令烰人养之，察其所以然，曰：'其母居伊水之上，孕，梦有神告之曰：臼出水而东走，毋顾。明日，视臼出水，告其邻，东走十里，而顾其邑尽为水，身因化为空桑。'故名之曰伊尹。"

　　伊尹的出生神奇吧，长大后的伊尹呢？

至少有三重身份：厨圣、教师、宰相。

伊尹幼年寄养于庖人之家，得以习烹饪之术，长大后为烹饪大师，并由烹饪而通治国之道，说汤以至味，成为商汤心目中的智者贤者。

《墨子·尚贤》称："伊尹为有莘氏女师仆。"师仆就是奴隶主贵族子弟的家庭教师，也就是说，伊尹是中国第一个见之于甲骨文记载的教师。《孟子》说："汤之于伊尹，学焉而后臣之，故不劳而王。"可见伊尹又是中国第一个帝王之师。

约公元前16世纪初，伊尹辅助商汤灭夏。"以鼎调羹""调和五味"的理论（即后世老子所说的"治大国若烹小鲜"）来治理天下。他任丞相期间，整顿吏治，洞察民情，使商朝初年经济比较繁荣，政治比较清明，商朝国力迅速强盛。

商汤死后，伊尹又扶立商汤之孙太甲为王，太甲沉迷酒色，荒废国政，伊尹屡劝无效，就在商汤陵墓旁建造宫舍，让太甲反省。伊尹是中国历史上第一位敢于"以臣放君"的宰相，也是有史料明确记载的第一位宰相，被称为中华第一名相。

后世，对伊尹的评价极高。

"伊尹卒，沃丁葬之以天子之礼，以报大德焉。"（《帝王世纪》）

"伊尹，圣之任者也。"（孟子）

伊尹故里何在？

伊川学者考证：伊尹故里在今天的伊川县平等乡，这里古称大莘店，村西一华里有伊尹祠、伊尹墓、拜尹台、伊尹故里、中华第一相碑。

当然，这跟嵩县的说法有些出入，后文还要提及。

一条河、一个人之外，我们不妨再说一座山、一条龙。

"鹤鸣九皋，声闻于天。"这是《诗经·小雅·鹤鸣》中的一句。

九皋有两种解释：

皋：水边的岸地。九皋，意为深泽。

山名：九皋山。

九皋山在哪里？

《史记·周本纪》载：周武王卜定洛阳王城时，"南望三涂，北望岳鄙，顾瞻有河；粤瞻伊洛，毋远天室。""三涂"即九皋山，就在伊川、嵩县、汝阳三县交界处，为古都洛阳南部的屏障，周武王把它看作天室（现为伊川古迹名胜十六景之一）。

一座九皋山，鹤鸣能录入《诗经》，矗立能载入《史记》，被历代诗人吟咏，文脉之旺盛，可见其不凡。

"清溪流过碧山头，空水澄鲜一色秋。隔断红尘三十里，白云红叶两悠悠。"这首诗题为《秋月》，吟的就是九皋山。

知道作者是谁吗？

程颐。

程颐是位理学家，北宋年间，他在伊川鸣皋建立伊皋书院（元朝改名伊川书院，后为中原三大书院之一），这样，伊川鸣皋就成了中国理学的发源地，著名的程门立雪也发生在这里。

我不太喜欢程颐的程朱理学，但他这首题为《秋月》的诗还是蛮不错的。

在伊川，不单山上有鹤鸣，沟中还有石龙呢。

伊尹故里的平等乡上元村有条龙头沟，蜿蜒曲折的乱石荒草中，居然藏着一条似卧似飞的巨大石龙，见者无不称奇。专家考证说，这是天然形成的淋滤钙华型石龙，距今约三百余万年。

看它逼真的样子，我想，倘把它放入伊河，兴许，它会游起来呢。

【洛都古邑】之汝阳篇

解忧唯杜康

洛阳正南是伊川，伊川正南是汝阳。

汝阳，周朝时为伊川地，汉为陆浑县地，唐置伊阳县，隶汝州，明初为嵩县地，清朝至民国初仍隶汝州。因与宜阳县同音，1959年才改为汝阳县（县治位居汝河之北，故名）。

历史上，汝阳曾有"伊川地""伊阳县"的称谓，但事实上，地处北汝河上游的汝阳，与伊河无关，它的得名源自汝河。

汝阳因河而名，那么汝河呢？又因何而名？

汝河又叫女河，"汝出猛山，汝之为言女也。"（《春秋说题辞》）何也？因为它与女娲氏有关。"女娲氏，天皇封娣于汝水之阳，后为天子，因称女皇。"（《世本·氏姓篇》）

汝河，又叫北汝河，是淮河的源头。汝阳绝大部分版图都属于淮河流域（难怪历史上汝阳屡次"隶汝州"），只有极少一部分属于伊河流域。

小小的伊河流域上，有一条名叫酒泉的沟，流着一条名叫杜康的河，飘着酒香，注入伊河。（这是否是周朝曾为"伊川地"的原因？）

"有饭不尽，委余空桑，郁积成味，久蓄气芳。"夏代的一个君王，偶然发现树洞里发酵的剩饭居然散发着一缕奇异的香味，于是他发明了一种世间从不曾有过的奇异美味——水的形态，火的性格，妙不可言的味道。

那个君王叫杜康，被尊为中国酿造秫酒的鼻祖，他酿造的美味叫杜康酒，他酿酒的地方叫杜康村（遗址在汝阳县城北25公里的蔡店乡）。

"辛女仪狄作酒醪，以变五味，杜康造秫酒。"（《世本》）

酒诞生得太早了，它不是张骞从西域带回来的，也不是玄奘从天竺驮回的，它是黑发黄肤的炎黄子孙，用原产于这片土地的小麦、高粱等农作物酿造的，用带有图案或没有图案的仰韶陶罐存着，用造型奇特的二里头青铜爵盛着，用秦汉的漆制酒觞饮着。那时，荒蛮还不曾走远，国家才刚刚建立，青铜器的铸造尚未成熟，甲骨文的胚胎还在孕育。

"何以解忧？唯有杜康。"根植于河洛文化的杜康，在沧海桑田的历史上醇香了几千年，一条发源于历史深处的涓涓小溪，汇流成一条波澜壮阔的滔滔大河，成为华夏文明另一种形式的载体。

伊河飘着酒香，汝河呢？

河南古称"豫州"，"豫"，通常解释为：一人牵了一头大象（当然也有别的解释，比如："豫"同"预"，防御之意；还有，来自周易豫卦），可见那时这里气候温暖湿润。若不是一次重大发现，恐怕没有人知道，距今约1亿年至8500万年间（属晚白垩纪早期），汝河两岸还曾是恐龙的乐园。2006年3月，汝阳发现了一具体长18米、头部高8米的恐龙化石，这是亚洲目前已知的体腔最大的恐龙，被命名为"汝阳黄河巨龙"。

地处伏牛山区，汝阳多山。

云梦山，在汝阳县城东南，山腰有洞，曰云梦洞。相传，战国时期，鬼谷子王禅老祖就是在这里修炼成仙的，孙膑、庞涓、苏秦，也曾在此洞拜师学艺。

县城南52公里处的伏牛山腹地，有座历史文化名山，曰西泰山。"昔者，黄帝合鬼神于西泰山之上，驾象车而六蛟龙，毕方并辖，蚩尤具前，风伯尽扫，雨师洒道。"2200年前，《韩非子·十过》篇中已有西泰山的名字了，不过，最初却并不叫这个名字。西泰山原名泰山，还是周公的长子伯禽封于鲁阳（今河南鲁山）为侯后命名的。后伯禽随周公东征，迁都于曲阜，立岱宗为东岳泰山，而原"泰山"遂被称为西泰山。

西泰山有"两峰""一花"，已成为汝阳标志性景观。

一擎天巨峰，巍峨高耸在海拔1488米的山体上，颇似炎黄二帝的天然石像，且五峰拱卫，这与西泰山地区自古以来有关炎黄二帝的传说巧相呼应，故称炎黄峰。

还有一处山坡上，突兀矗立着一座108米的山峰，酷似一对恋人相拥相偎，与黛眉山的"汤黛之恋"各尽其妙，人曰情侣峰，或羲娲峰。

"火树风来翻绛焰，琼枝日出晒红纱。争奈结根深石底，无因移得到人家。"这是白居易的诗，吟的是杜鹃。杜鹃花又叫映山红，名列十大名花，被称为"花中西施"。西泰山盛产杜鹃，每到暮春，炎黄峰下便灿若云霞，惹得洛阳一位才女吟道："五月，早已被鲜花攻陷，拿下西泰山的，一定是红得让人心慌的杜鹃。"

【洛都古邑】之嵩县篇

一县跨三域

伊河上游，有一片山高林密的莽莽山水，炎帝时称伊国，春秋为陆浑戎地，夏时为豫州伊阙地，商代称有莘之野（又名空桑），明洪武二年（公元 1369 年），始名嵩县。

嵩，只有两个义项：一是山名（嵩山）；二是高。

两种解释，都很适合嵩县。

因处于嵩山起脉，故得名嵩县。"嵩"字生僻，有人不识，误读嵩县为山高县，成为趣闻笑谈，"山高县"也成为嵩县的戏称。不过，还真让人家把意思给诌对了哈，嵩县地处伏牛山北麓及其支脉外方山和熊耳山之间，还真是"山高"呢。玉皇顶海拔 2216 米，河南省最高峰呢，都在这里。

嵩县，这么偏远的地方，山山水水间，居然留存着与大禹的渊源。

大禹（传说为颛顼帝曾孙）为治理伊水，先是凿开龙门，之后疏通陆浑口，又在三涂山凿开崖口。"崖口，神禹所凿"（明《嵩县志》）。凿崖口期间，大禹曾在三涂山（史称涂山）居住，娶涂山氏为妻（"夏后帝启，禹之子，其母涂山氏之女也。"《史记·夏本纪》）。伊水疏通后，大禹又会诸侯于三涂山（"禹会诸侯于涂山，执玉帛者万国。"《左传·襄公七年》）。

大禹治水的传说很多地方都有，我之所以将发生在嵩县的故事标明出处，是想说明，这是古籍的记载，即使你认作传说，也非空穴来风，捕风捉影，而是与史有据的。

当年，大禹在嵩县娶涂山氏之女为妻，生下儿子启，启建立了中国历史上第一个家天下的王朝——夏。夏朝末年，还是在当年大禹娶妻的嵩县，苍茫大山里，一位家奴出身、作为陪嫁的庖厨，辅佐中国历史上第一位"革命者"商汤，愣是变革了470余年基业的夏王朝天命。

他就是被后世称为中国历史第一名相的伊尹。

《帝王世纪》："伊尹生于空桑之地。"《孟子》云："伊尹耕于有莘之野，而乐舜之道。"《古都志》；"生于空桑，以伊水为姓。"《明一统志》："空桑涧在嵩县南，有莘氏女采桑伊川，得婴儿于空桑中，长而相殷，是为伊尹。"今嵩县城南沙沟龙头村，明代重修的"元圣祠"，就是为纪念伊尹生地而立的。

当然，这跟伊川的说法相左。两地山水相连，历史盘根错节文化水乳交融，有些争议是很正常的。

公元前606年，楚庄王伐陆浑之戎（嵩县，春秋为陆浑戎地），遂至于雒（洛阳），观兵于周疆，问鼎之大小轻重焉，留下了《左传》里"问鼎中原"的故事。

嵩县的历史有品头吧？但别忘了，嵩县的地理位置、山水分布、气候气象、自然景观，更是独特神奇呢。

嵩县境内，伏牛山、熊耳山、外方山，三山环抱；伊河、汝河、白河，三水分流。

伏牛山腹地有座山峰，曰跑马岭，既是伏牛山、熊耳山、外方山的交接点，又是长江、黄河、淮河三大流域的"三江源"和分水岭。

夏天，待骤雨初歇，站在此处便可以一览"三水分流"的奇观。当然，你看到的只是源头，在你看不到的远方的远方，白河奔流南下汇入汉水、长江，伊河一路向北注入洛河、黄河，汝河则东流汇入沙河成为淮河的源头。

一县跨三域，世所罕见。

2009年，伏牛山世界地质公园获批时，嵩县特地在分水岭处竖起了一座

13.2 米的钢塔（跑马岭海拔 1320 米）。

跑马岭所在的伏牛山，也是一条"阴阳割昏晓"的气候分界线。山南长江流域为亚热带气候，山北黄河流域则是暖温带气候，银杏树成为这里的奇观。

银杏树古称"银果"，生长缓慢，从栽种到结果居然要二十多年，四十年后才能大量结果，因此有"公孙树"（"公种而孙得食"之意）的别名。但它寿命极长，是树中的老寿星、活化石。

相传，当年竺法兰和鸠摩腾两位高僧，在白马寺栽下了两棵银杏树，后世效法，银杏树遂被称为中国佛教的菩提树。

伏牛山主峰龙池墁南坡山谷中有座古寺，名云岩寺，上寺始建于唐初，今已不存，下寺为明代重修，古旧破败，但寺内的银杏树却枝繁叶茂古木参天，方圆 5 平方公里，聚落着 400 多棵的古银杏，创造了"寺庙内千年古银杏树最多"的吉尼斯世界纪录。

你猜，树龄最长的多久？

1360 年！

阿弥陀佛，莫非是唐初云岩寺遗世独立阅尽沧桑的得道高僧吗？

【洛都古邑】之栾川篇

鸾水栖鸾鸟

"四河三山两道川，九山半水半分田。"地处河南西部的栾川，是大山的世界。

"三山"者，伏牛山、熊耳山、外方山之谓也。它们挟着巍巍秦岭的威势，自西向东，兵分三路，滚滚而来，所到之处，峰峦如聚，波涛如怒。于是，栾川，这洛阳西南的一个县邑，沦陷在群山环抱的波峰浪谷间，被山包围，被山占据，被山覆盖。

栾川，名字中不还有个川字吗？是的，高山峻岭往往是河流的发源地，这里是一条河的源头。

河流，往往是大山通往外面世界的出口。流经嵩县、伊川、蜿蜒于熊耳山南麓，伏牛山北麓，穿伊阙而入洛阳，东北至偃师注入洛河的那条河，就源于熊耳山南麓的栾川县陶湾镇。

那条河叫伊河，古名鸾水，"鸾川"因此得名，后因栾木丛生，改为"栾川"。

还有一种说法："栾"同"鸾"，传说栾川因远古时期鸾鸟群栖于此而得名。

古代，因为大山的偏远封闭，栾川，似乎什么都没有，甚至连历史都那么简单：夏商时期，栾川为有莘之野，汉至北魏置亭，唐置镇，宋元祐二年（1087年）置栾川镇，因川得名。

栾川似乎缺少历史的厚重，但是，满目苍翠间，深谷幽壑里，却满是自然的诗意。你看，对"栾"字的解读，伊河也罢，栾木也罢，鸾鸟也罢，无不是怡情悦性的自然风物。

就像一位清纯质朴不谙世事的村姑，栾川只有一片不知有汉无论魏晋的青山绿水。这里，天使般绰约着一群天生丽质的闺秀：老君山、鸡冠洞、龙峪湾、重渡沟、养子沟、蝴蝶谷、抱犊寨、天河大峡谷……

老君山位于栾川县城南三公里处，原名景室山，后因西周"守藏室史"李耳到此归隐，而被唐太宗赐名"老君山"（李耳被道教尊为太上老君），沿袭至今。

伏牛山是秦岭的余脉，老君山为八百里伏牛山主峰，海拔 2200 米，它记录着十九亿年来华北古陆块南缘裂解、离散、增生、聚合、碰撞、造山等构造演化过程，被称为地质公园。

山顶有观曰太清，始建于北魏，历代重修，为中原道教圣地。驻足峰巅，放眼四顾，可西瞻秦阙，南望楚地，北眺龙门，东瞰少林。明代，有位叫李衮的诗人来到这里，留下"烟横万里凝观海，雪拥千峰欲到天。"（《咏老君山》）这样气贯山河的诗句。

君山北麓，有一陡峭孤峰，似雄鸡引颈高啼，山顶恰似鸡冠，景致秀美。乾隆年间，有人发现山中有个天然地下溶洞，深幽莫测。山以形名，曰鸡冠山；洞以山名，曰鸡冠洞。

洞内"千年一吻"和"一吻千年"堪称妙绝。"千年一吻"，上下两块钟乳石相距仅二三厘米，水还在滴滴答答流着，但据专家测定，要"吻"上还需800 年。而几米外的另一块石头，因年久从中间裂成两部分，像极了一对情侣在拥吻，这一吻已是千年。

鸡冠洞以其姿态万千、色彩斑斓、瑰丽神奇的钟乳石，被誉为"北国第一洞"。

　　"九山半水半分田"，山里土地极少，好在，"一步三棵药"的栾川，有"豫西天然药库"之称，过去，山民仅靠采摘山果、药材等维持生计，好多人一生也走不出大山。

　　漫漫岁月，这片山水最大的苦难就是贫穷。食不果腹的饥馑，让人们无视自然风景的秀美，更不知道周围的大山，竟是金山银山聚宝盆。直到有一天，人们惊讶地发现，栾川已探明钼、钨、铅、锌、金、玉等40多种，其中钼的储量206万吨，亚洲第一，世界第三。钨的储量68万吨，全国第二。黄金储量60.3吨，跻身全国重点产金县之列……才感叹自己是端着金碗讨饭吃。

　　靠山吃山，丰衣足食之后，走出大山开阔了眼界的山民又发现，这片鸾水澄碧、栾木丛生、鸾鸟翔集的大山，原来如此之美。大山，简直是上天的赐予！

　　随着一个个景点的开发，栾川已然成为"洛阳的后花园"。于是，旅游和矿藏，为栾川经济插上了腾飞的翅膀。

　　据说，鸾鸟是一种类似凤凰的鸟，凤凰非梧桐不栖，凤凰落下的地方会有宝物，那么鸾鸟呢？鸾鸟栖息的地方会怎样呢？

　　来吧，看看栾川好了。只是，你可要做好乐不思归的准备哟。

【洛都古邑】之宜阳篇

甘棠思召伯

村落外，一条古道；古道边，一个驿站；驿站旁，一棵大树。

这棵树名曰棠梨，不知多少年了，硕大茂盛，三月花开如雪，八月果实累累。

西周时，召伯外出巡视，在这棵树下休息，有人向他讼诉，他当即处理。人们纪念他，就把这个村庄叫甘棠村。

这个故事，被人编成歌谣，收入《诗经·甘棠》："蔽芾甘棠，勿剪勿伐，召伯所拔；蔽芾甘棠，勿剪勿败，召伯所憩；蔽芾甘棠，勿剪勿拜，召伯所说。"

"落叶孤村暮，秋风野寺深。甘棠千载村，蔽芾到如今。"（明·范吉《题甘棠驿》）清雍正二年（1724年），河南府尹张汉立有一碑，亲书"召伯听政处"五字。

这块地方在洛阳西南，夏、商属豫州雒西地，西周属周南地，春秋归晋，战国为韩宜阳邑，现称宜阳县。

"西周属周南地"，何为周南？周王都城之南之谓也。《诗经》中有《国风·周南》11篇，宜阳，就坐落在《诗经》中距洛邑最近的周南。

宜阳县城南有座锦屏山，自东向西一字排列十二峰，俨若十二幅锦锻条屏，女皇武则天赐名"锦屏"，亲题"锦屏奇观"四字，刻碑于最高的玉柱峰。可惜后来毁于雷电，今仅存一"奇"字残碑。

"西南有高山，山在杳冥间。神仙不可见，满目空云间。"这是邵雍《女几祠》

中的几句。女几山主峰海拔 1831.8 米，与庐山、武当、嵩山并列为七十二福地。知道吗？女几山还是《西游记》中花果山的创作原型呢。不信？看看乾隆十五年重修庙宇碑记是怎么说的："斯山也，即西游记所称齐天孙佛成圣处。"

宜阳县城西也有座山，相传周灵王寝葬于此，又因山貌似古印度释迦牟尼成佛的灵鹫山，故名灵山，遐迩闻名。南宋隆兴二年（1164 年），僧人憨休老祖于灵山北麓，背依山崖，面临洛河，建一古刹，名灵山寺。灵山寺四大奇观，迥异于众：坐南向北；城楼式山门；佛像有胡须；寺院与尼姑庵紧连。

连昌河源于陕县，穿谷而过，经宜阳三乡，注入洛河。连昌河与洛河的汇合处曰昌谷（意为连昌河谷），诞生了一位"笔补造化天无功"的"诗鬼""诗之妖"——李贺。《宜阳县志》载："长吉（李贺）多才，栖息昌谷"。"文章草草皆千古，仕宦匆匆只十年。"李贺短暂的生命永远鲜活在他不朽的诗歌中。

连昌河畔，汉山脚下，有片连昌宫遗址。遗址上，有个五花寺。五花寺仅余一塔，曰五花寺塔。"三乡有一塔，离天丈七八。"五花寺塔建于何时？《宜阳县志》记载其为"唐基宋塔"，是黄河流域现存最古老的砖砌佛塔，在建筑、绘画、雕塑上有很高的学术价值，因历经千年，塔身倾斜，成为著名的斜塔。洛阳作家李准游览后写了一首诗："古塔笼烟水，山势寂寞雄，人说光武庙，昔日连昌宫。"

宜阳为韩国西部重镇，《战国策·东周》载："宜阳城城方八里，材士十万，粟支数年。"韩国故城，是当时著名的商业城市和军事重地，曾为韩国都城。战国七雄中，韩国一直在"事秦"与"联楚抗秦"间摇摆，导致惨烈的宜阳之战。公元前 307 年，秦派大将甘茂攻韩，"斩首六万，遂拔宜阳"。韩国从此一蹶不振，于公元前 230 年为秦国所灭。这场战争，再次打开了强秦入周问鼎、逐鹿中原的大门。

宜阳县石陵村西，有座后晋显陵，其实就是臭名昭著的石敬瑭墓。为求得契丹支持，石敬瑭不惜割送燕云十六州（今河北、山西北部地区），甘当"儿皇帝"，遗患后世，骂名千载。为躲祸避耻，他的后代子孙大都悄然改姓。石敬瑭在汉民族的胸口上撕开了一道伤口，这伤口痛了几百年，北宋时终于溃烂，并导致两宋的偏瘫、偏安和"崖山之后无中国"的惨烈覆亡。

"宜阳城下草萋萋，涧水东流复向西。芳树无人花自落，春山一路鸟空啼。"安史之乱平定后，一位叫李华的贬官途经宜阳，有感而发，写下这首《春行即兴》。李华祖籍河北赞皇县，略早于李贺，在后世李贺的万丈光芒中，这首诗能一枝冷艳开清绝，为宜阳，为后世，留下这样一首寓情于景以乐写哀的传世佳作，真是难得。

【洛都古邑】之洛宁篇

龟书出洛水

洛宁古称崤地，古代沟通东（洛阳）西（长安）两京的官道就经过这里，地理位置相当重要。历史上，洛宁的隶属有点朝秦暮楚，居无定所，治所更换频繁，区划变幻不定，直到北魏太和十一年（487年）设崤县，唐武德元年（618年）改称永宁，民国二年（1913年）才更名洛宁。

洛宁在洛河中上游，贯穿洛宁全境的洛河在流经龙头山下长水镇时，给了洛宁、给了洛阳、给了中国一个永载史册的惊喜。

相传伏羲时，有龙马负图从黄河出现，是为"河图"；洛水也惊现神龟负书，龟背上全是赤文绿字，难以辨认，伏羲就用烀炭把它画在一块平端的大石上，这就是"洛书"。

真有此事吗？反正，很多古籍都记载了这个真假难辨的奇异之事。

《竹书纪年》注："龙图出河，龟书出洛，赤文篆字，以授轩辕。"

还有一说："仓颉为帝南巡，蹬阳虚之山，临于元扈洛汭之水。灵龟负书，丹甲青文以授之。"（《河图玉版》）洛宁县兴华乡西北仍有仓颉造字台。

《易·系辞上》："河出图，洛出书，圣人则之。"

洛书是什么？

一种说法是：伏羲根据"图""书"、画成八卦，这就是后来《周易》的来源。

还有一种说法：禹治洪水时，上帝赐他以《洪范九畴》（即《尚书·洪范》）。

西汉学者刘歆认为，《洪畴》即洛书。

年代久远，史籍散失，这个还真是云遮雾罩，难以考证。但是，那个"洛出书处"却真切地留在了这片土地上。

只是，洛水藤上的这枚金果，究竟结在哪里呢？

一说在伊河与洛河交汇处，即今偃师区顾县镇，曲家寨村北与杨村交界处。

一说为洛河与黄河汇合处，即今巩义市洛口一带。

多数学者认为：洛书出于洛宁县龙头山下西长水村的洛河段。该地现有两通记有"洛出书"的古碑。西边一通，据考古学家鉴定为汉魏遗存物。东边一通为清雍正二年（公元 1724 年）所立。两碑并排面南而立，正处于洛河上下游的分界线处。

河图洛书，中国古代流传下来的这两幅神秘图案，历来被认为是河洛文化的滥觞。

龟书出洛，是洛河走向华夏历史的第一次闪亮登场，是流入洛阳成就千年帝都成为文化圣河的辉煌起点。

河中有龟书，山上有什么？

洛宁县罗岭乡罗岭村的半山腰，有一座古寺，传说建于东汉永平十年，即公元 67 年（天哪，这可比白马寺还早一年啊，可能吗），叫香山寺。寺内有棵古柏，建寺后四年所植，古木参天，通干无节。

据传元代时，古柏被附近一大户人家买下，准备为其母亲做棺木。伐树时，锯口居然有鲜血流出，匠人惊逃。翌日，伤口竟然自愈，只是原本笔直的树干和枝条，却一律如麻花般向右扭曲，周身密密匝匝布满螺旋状细纹，仿若一根粗大的草绳，遂成奇观，人称扭劲柏。此后，再没有人去打这棵树的主意了。

扭劲柏原有三大枝，有一枝正在房顶，三十年多前，一次大风将它折断，但断枝却没砸到殿舍，而是恰巧落在殿舍间狭窄的空地上，那个精准，像是经过了严密的计算，人皆奇之。

佛经袅袅，木鱼声声，莫非这棵身处佛寺的千年古木已有佛性？

剩余两枝，一枝前伸，一枝后翘，繁茂蓊郁，恰似金鸡独立，被人称为"柏王爷"，人们在树旁建起一座柏王殿，求福求寿求婚求嗣者甚众。

洛宁县城南二十五公里的熊耳山北麓，有一片重峦叠嶂，怪石密布，奇峰林立，石瀑高悬，林海茫茫，郁郁葱葱，无山不绿，有水皆清的仙境，这就是神灵寨国家森林公园、国家地质公园。

"神灵之休、福佑兆祥。"《史记·封禅书》中的这句，是神灵寨名字的由来。相传，黄帝乐官伶伦在此采竹做乐器。

寨顶神灵岳庙原为道观，后被汉高祖刘邦封禅为庙，历来为道教朝拜圣地。

在亿万年来各种地质作用下，这里形成了北方地区独特的花岗岩峰丛地貌、罕见的石瀑和高山湿地、形态各异的象形石等景观，构成了一座天然地质博物馆。

"村杏野桃繁似雪，行人不醉为谁开？"

"寻常阅尽浮云事，花开花落满旧溪。"

白居易、王铎这些醉人的诗句，已在挑逗我们的悠然神往和无尽游兴了。

定鼎天之中

华夏民族最早的伟人当属三皇五帝了，他们的活动中心大都在嵩山、邙山、黄河、洛河、伊河间，于是这片山环水绕的中原大地，肇始了早期的华夏文明。

相传，伏羲氏在"洛芮"观河洛汇流而发明了阴阳太极图。从此，阴阳观念（许是中国最早关于自然科学的理论吧），在这片土地上根深蒂固了几千年。

邙山之南、洛水之北，这片背山面水的狭长地带，可谓是双阳的风水宝地了。所以，夏商皆建都于此，而且国运绵长。

曾将伏羲八卦推演为六十四卦的周文王肯定知晓这些，所以他临终之际也不忘告诫武王："自洛汭延于伊汭，居易毋固，其有夏之居。我南望三涂，北望岳鄙，顾詹有河，粤詹雒、伊，毋远天室。"（《史记》）

"毋远天室"，既是文王的远见，似乎也是天意。

传说，夏禹曾铸九鼎。夏灭，九鼎先后被迁到了商都朝歌和殷。商末，武王伐纣，灭商立周，第一件事就是把九鼎运到镐京。结果，九鼎到洛阳像是生了根，再也拉不动。武王感叹：九鼎乃镇国之宝，到了洛阳不往西走，定有缘故。夏朝国都在洛阳，洛阳又位于天下之中，上天莫不是要我把国都迁到洛阳？那就顺从天意吧！

实际情况是：镐京偏西，不便统领全国，为加强对东方殷地的控制（此后果然发生三监之乱），须另选国都。

怎样选？

先是实地勘察。

"测土深，正日影，求地中，验四时。"用土圭法测影，测出土中（中国的中心）。

然后占卜。

卜的结果：涧河以东，瀍河西是个好地方；瀍河以东也是个好地方。

《史记·周本纪》载："成王在丰，使召公复营洛邑，如武王意。周公复卜申视，卒营筑，居九鼎焉。曰：此天下之中，四方入贡道里均。"

成王七年，洛邑建成，南临洛水，北系邙山。外郭城内有二城，瀍河西称王城，周天子所居；瀍河东称下都，殷顽民所居。瀍河两岸，为成周八师军营，西卫王城，东监下都。

周公营洛，是周朝取代商朝实行统治的标志。随着成王开国大典和定鼎仪式的隆重举行，中原地区、黄河流域乃至古代中国最为重要的一座都城诞生了。

在洛邑，周公吸收《夏礼》《殷礼》精华，制定了对中国社会产生深远深刻影响的周代礼制：《周礼》。

西周末年，镐京上演了周幽王"烽火戏诸侯"的荒唐剧。没多久，犬戎真的攻破了镐京。翌年（前770年），平王东迁。

自此，东周的大幕，在洛邑开启。

洛邑，给了中国一个名字。

"中国"一词，最早见于西周初年何尊铭文的"宅兹中国"，本意是指中央的城郭、都邑，因夏商周三代洛阳一直是中央之城，所以"中国"最早便特指"洛邑"。

洛邑因"处天下之中，挟崤渑之阻，当秦陇之襟喉，而赵魏之走集也"（宋李格非语）的战略位置，兼"三川周室，天下之朝市也"（《战国策》）的物阜民丰，成为中国建都时间最长、朝代最多的帝都。

公元 5 世纪末，洛阳发生了一件足以改变整个国家、民族命运的大事。

太和十八年（494 年），北魏孝文帝正式迁都洛阳。其时，鲜卑族携着马背上的雄风，入主中原，万幸的是，"五胡乱华"的乱世中，这位雄才大略的鲜卑族领袖，没有像后世的蒙元血腥屠城，没有像入关的清朝"剃发易服"，而是改革鲜卑旧俗，全面汉化，为岌岌可危的华夏文明注入新鲜血液，让洛阳再生，让汉民族再生，让华夏文明得以存续。

二十余年后，胡太后在洛阳城的皇家寺院永宁寺修建了一座木质佛塔，136 米的绝世高度，让人愕然惊叹。

隋炀帝时，又以洛阳为中心，开凿北至涿郡，南至余杭的大运河，并大规模的扩建东都，宇文恺恢宏华丽的杰作，再现了千年帝都的赫赫气象。

至武周，则天女皇把洛阳定为"神都"，并在此登基执政。龙门西山上她开凿了卢舍那大佛，城中她修建了两座宏大建筑：90 米高的明堂和 150 米高的天堂。

惜乎，北宋之后，洛阳悄然沉寂。

日暮乡关何处是？

洛邑，是洛阳的一块胎记，也是河洛文化的一块胎记。这座镌刻着厚重历史沉淀着民族记忆的"中国"老宅，窖藏着一城汉民族悠远的乡愁。

掘地读洛阳

　　千人千面。城市也一样，因了地域、历史、文化、习俗的不同，而呈现出不同的个性、内涵、韵味与魅力。

　　"洛阳之盛衰，天下治乱之候也。"

　　"若问古今兴废事，请君只看洛阳城。"

　　一座怎样的城市，让宋人的感慨成为流传千年的经典？

　　1000 年的历史看北京，3000 年的历史看西安，5000 年的历史看洛阳。怎么去看？洛阳不是一座你走马观花蜻蜓点水就浅尝辄懂的城市，洛阳其实是两座城——地上的洛阳和土里的洛阳。

　　何以言之？

　　水草丰美肥沃富庶的三川流域，"河山拱戴天成帝居"的定鼎之地，"四方入贡道里均"的"天下之中"，山环水绕八关拱卫的战略要地，风云际会逐鹿中原的政治舞台，朝代更迭战乱频仍的旋涡中心，使得洛阳地面幸存于难原汁原味的古代建筑等文化遗存寥若晨星，太多太多的文化瑰宝都在野心膨胀血雨腥风天昏地暗的改朝换代中，被天灾人祸无情的摧焚了，吞噬了。好在，许多包含着着众多原始信息的历史文化遗存却以另一种形式被拯救、保存下来。三川（黄河、洛河、伊河之谓也，秦时设三川郡）丰沛的水源母乳般滋养孕育了洛阳悠久的历史灿烂的文化，沧桑邈邈陵谷之变中，伊洛河的泥沙又以悲天悯人继往开来也继"绝"开来的博大胸怀，掩埋留存了这些历史的"尸骨"。查一下这些"尸骨"的"DNA"，就能解析一部中原、半部中国的历史。这就是土里的洛阳。

洛阳是一座古墓，地面上只是一堆高大巍峨的封土和一些残存的或精美或拙朴的零星石刻，许多未知的价值连城的宝贝大都深埋在封土的深处。地上光鲜亮丽的建筑绿化等只是洛阳现代文明的外壳，土里苍颜斑驳的"斟鄩""西亳""洛邑""王城""成周""雒阳"，才是这座城市赖以绵延传承的"根"，才是饱含生命的"核"，才是营养丰富的"仁"，才是永生不灭的"魂"。

洛阳是一本书，被余秋雨称之为"活了一千年的生命"的世界文化遗产龙门石窟是它的封面，封底呢？和封面一样是神都洛阳海纳百川包容世界的经典诠释——中国最早的释源、祖庭白马寺，中间卷帙浩繁灿若繁花的内文呢？大多散佚了，藏身在河洛大地厚德载物的皇天厚土中。

所以，要想读懂洛阳，读懂4000余年的建城史，13个王朝、1529年的建都史，你必须借助一样洛阳发明的工具——"刺破阴阳界，循环五行间，行舟罗盘地，弯弓乾坤天"的洛阳铲，去掘地三尺，寻找三皇五帝，寻找河图洛书，寻找造字的仓颉，寻找制笛的伶伦，寻找隐居的巢父许由，寻找饿死的伯夷叔齐……

千年帝都，代表的不只是太平盛世锦绣繁华，更多意味着钩心斗角你死我活的血腥。漫漫千年滚滚红尘，风口浪尖的洛阳几次历经灭顶之灾。刘聪屠城残忍暴虐，董卓抢掠丧心病狂，"八王"之乱肆意蹂躏，"闯王"焚烧一片焦土，倭寇"三光"令人发指……

然而，所有的占领者只能用武力暂时统治或摧毁这座城市，却无法征服这座周公制礼作乐、孔子入周问礼的泱泱大都！命运多舛的洛阳一次次在惨不忍睹的废墟上凛然重生，因为，源远流长根深蒂固生生不息的河洛文化依然活着！

当年，驰骋大漠桀骜不驯的匈奴哪去了？攻城拔寨骁勇善战的契丹哪去了？语言消亡了，习俗同化了，历史淡漠了，文化式微了。一个国家，一个民族，一座城市，文化的消尽意味着永无复兴的悲哀。耶路撒冷何以成为多种宗教的圣城？因为那里有那些民族无法割舍的历史和血肉相承的文化。

作为举世闻名的世界四大圣城之一，千年帝都悠远厚重深邃独特的文化底蕴在哪里？

掘开伊洛河的泥沙吧，在夏都斟鄩的绿松石玉龙里，在商都西亳的宫城里，在东周王城的天子驾六里，在汉魏故城的永宁寺塔基里，在隋唐洛阳城明堂遗址里，在汉寝唐陵古冢遍布的邙山夕照里，在浪迹天涯的"河洛郎"千载不易的中原风俗里，在古镇小寨村妇野氓千年流传的传说典故里……

洛阳是棵千年古木，唐宋的叶子，大隋的枝干，三代的根须，那根须穿过河图洛书，穿过一画开天，扎在华夏文明的深处。

第五辑

屐痕几处

甘泉村记

新安是豫西一个古老的县邑，境内多山。

有山就有沟，北冶镇的甘泉村，就藏在一条沟岔里。

甘泉村，是商周时期古坩先人的栖居地，原名坩全村，"坩全"是这里历代陶瓷作坊敬奉的窑神。

依着山势，沟岔的蜿蜒、起伏、盘根错节，本身就是一种天然的艺术。在草木的点缀下，沟中人家高高低低，错错落落，挤挤挨挨，零零星星，散落在沟岔里。

沟岔两侧，是废弃的民居和窑炉遗址。

两边的院落，是乡下常见的布局，背靠山崖的，会挖出两孔窑洞来。让我们惊奇、驻足、凝视、抚摸、感叹的是，村民用来砌墙垒院的，居然是那些废弃的陶砖瓷片。这些墙，古朴，真实，简直是一件凝固着过去时光的绝妙艺术品。墙上还未长出叶子的爬藤，墙头废弃的陶罐瓷瓶里长出的花草，墙里墙外一树树灿放的桃花，勾画摇曳着这个陶瓷古村的春日风情。

山脚与山坡，寂寞着一座座窑炉。在烧制陶瓷的同时，这些窑炉也百炼成钢，窑门、窑壁、窑口，被烧成了坚固的琉璃。你看不出这些窑炉的年龄，也许再过千百年，还是这个样子，它们以这种方式与时间抗衡。窑顶的穹形，从里面看，像一个教堂的圆顶，在外面看，如一座小小的金字塔，有黄色的小花，星星点点开在那里，清丽而明艳。

梧桐树下，寂寞着一盘碾轧瓷釉原料的石碾。

稍远的梯田，有小块的油菜花黄艳热烈。

无人居住，村里没有鸡鸭猫狗什么的，春草茂密的向阳山坡处，偶有形单影只的老牛和三五成群若即若离的山羊。看不到牧人，这些散放的牛羊，悠闲慵懒出一种野渡无人舟自横的诗意。

这些被早我们而来的一群美术师生定格在画里。

回去后翻看文友发在群里的照片，不觉莞尔，那时的我们，其实也都在画里呢。

沟里有条大路，用石头和砖块铺成，南北走向，蜿蜒上下，有绿绿的小草从石缝中钻出。路的两边，随手就能捡到一些瓷片。这是条豫晋古道呢，村主任抬手一指，前面不远，就有一个明清时期的客栈，也叫车马店，车院、石槽、拴马桩什么的，还都在。往北40里，就是著名的黄河古渡：西沃渡口。河那边，就是山西。过去，一窑一窑的陶瓷，就是从这条路一担一担、一车一车艰难地运出山沟，销往各地。

忽然想起，儿时，那些走村串乡大声叫卖瓦盆瓦罐的，可否就有甘泉人？我家盛面腌菜用的陶盆瓷坛，是否就出自他们之手？

甘泉村的四岭四沟八面坡，蕴藏着丰厚的坩子土；在缺水的北方山区，甘泉村居然拥有八眼泉，后来的村名就源于村中的一眼泉呢；这里没有煤，却有满山的柴。于是甘泉岭一带，就有了多处上古中古时代的陶瓷文化遗存。

中国的制陶史极为久远，文字还远未出现，窑火就已经闪出文明之光。

蛮荒时代，陶瓷的惊现绝对是一项震撼的发明。

把瓷土变成泥，加水搅拌就行了。把泥变成坯，变成实用或艺术的造型，日照风干即可。这都是温和的物理变化，而把坯变成陶变成瓷，则需要一次狂野暴烈的煅烧。

窑炉，是烧制陶瓷的场所，上帝与魔鬼都在这里。把坯装进窑炉内，是一次以生命为代价的悲壮冒险。窑火熊熊中，谁也不知道自己是破裂变形，还是鱼跃龙门化茧成蝶。

恣肆的烈火里，惊悚上演着爱恨情仇死去活来浴火重生脱胎换骨的奇迹或悲剧。

泥坯是陶瓷的前生，陶瓷是泥坯的涅槃和现世。

甘泉村只有 480 户人家，姓氏却多达 40 多个，这是一代一代四面八方的陶瓷匠人交流、迁徙、汇聚的结果。

沟中有个地方，小山一样堆积着废弃的紫砂等陶瓷碎片，那是世世代代的窑工匠人从崖头上倾倒而成的，村民叫它瓷片山。

入窑一色，出窑万彩的辉煌背后，是一将功成万骨枯的惨烈。

从唐代至民国，甘泉村都是紫砂器的制作中心，宋元时期尤为鼎盛，彼时，这儿烧制陶瓷的场景怎样的红火？窑火彤红，青烟袅袅，人影幢幢，语笑喧阗。一团泥巴，一把窑火，往往就耗尽了陶瓷人的一生。他们当中，有多少人是发自内心喜爱这门技艺？又有多少人是迫于生计，无奈把生命揉进泥土？多少苦辣酸甜的故事，最后化为窑顶的一缕轻烟？

历史上，随着中原人口的几次南迁，一些陶瓷工匠辗转到南方各地。至今，江西景德镇、福建德化、浙江龙泉等地的陶瓷作坊，仍能寻觅到甘泉后人忙碌的身影。

甘泉村窑顶的青烟，缭绕了千载，直到 20 世纪 80 年代末。

周边的磁州窑、耀州窑、登封窑、汝州窑、禹州钧窑，又怎样呢？当一个传承了几千年的行业走到了尽头时，我儿时记忆中的陶瓷人恐怕和他们的作品一样少有存世吧？大浪淘沙中，他们的后代又有着怎样的生活方式？

沟的尽头处，一家院落里，居然整齐摆放着一些已然风干的茶壶泥坯，我们很惊奇，看上去这是新制的呀？村长介绍，这是村里唯一一家"活着的"陶瓷作坊，这些茶壶是外地客商定制的，可惜今天没开工，无法看到匠人的现场制作。稍顿，又慨叹一声：甘泉村几千年的陶瓷手艺，就靠这一家薪火相传了。

我心里突地一沉，历史的转角处，当一种古老的已经成为一种文化的传统手艺行将失传，当一种古老的已经深刻成一段人类记忆的行业终将消失，承载着这种古老行业和技艺的陶瓷工匠该何去何从？是吐故纳新顺应潮流，还是以一种殉道的虔诚承前启后地固守？

哪种选择都是一种悲壮。

山的褶皱里，偏僻闭塞落后的甘泉村似乎被时代淡忘了，淡忘的结果，是歪打正着的成全——浓缩着漫长陶瓷记忆的甘泉村，就这么在时光的封存中因祸得福幸存下来，幸存成一座陶瓷作坊博物馆。

前些年，村民搬出这些沟，到平坦开阔的地方居住。沟中老宅，再无可用之处。人去楼空，老村，像蜕皮后仍旧依附在树上的知了壳，静卧在这片沟壑，静卧在时光深处，静卧成一幅实物版的《清明上河图》，静卧成一段烟火深处遥远而陌生的故事。

一段悠远的乡愁，也静卧在这里，从我们内心深处，袅袅牵出一缕童年与故乡的惆怅回忆……

神农山记

炎帝神农和他的那个时代离我们已很是遥远了，远到只剩一些依稀不辨的传说，但神农山距我们不远，就矗立在河南省焦作市太行以南、黄河以北那片辽阔的平原上。

天下名山多矣，而此山承载着神农氏（相传生于姜水，葬于"茶乡之尾"）辨百谷、尝百草、制耒耜、创农耕的传说，得享"神农"之名，何其幸也。

神农山并不幽深，它不像别的景区，深藏在千山万壑，端足了大腕的架子，用山重水复峰回路转犹抱琵琶的漫长铺垫去吊你的胃口。在这里，游客下车就进山，进山即景区，神农山的删繁就简平易近人（大约当年的神农氏也是这般吧），让我们少走了好些冤枉路。

从一条不见溪流的山谷里曲折登攀，待到山顶，我惊诧，神农山原来是石砌的！一天门、南天门、紫金顶、龙首台，一块块棱角分明的巨石水平地交错叠压。我不知道这在地质上怎么解释，我只是叹服自然的神奇伟大，把雄伟砌了进去，把险峻砌了进去，把灵秀砌了进去，砌成道道高低曲折的山脊，砌成座座姿态各异的山峰，砌出神农山独特的地貌奇观，砌成四海游客的惊叹与震撼。

神农山是中国白皮松最多的地方，树龄大都在800年以上，树形虬曲优美，那是千年的风雨、轮回的季节、险峻的山势、多变的气候，把它们雕塑成岁月的模样、季节的模样、奇峰的模样、风雨的模样，雕塑成神农山独特的诗意。大自然绝对是一位具有很高审美水准的艺术大师，它总是匠心独运恰到好处地把一棵棵粗壮苍劲的白皮松，以紧贴岩壁的姿态，以翩翩欲飞的姿态，以迎客或惜别的姿态，点缀在峭壁、山顶。

山上只有路，很少有闲地。它不像鄱阳湖畔的庐山，山上太过开阔，像一篇汪洋恣肆的散漫文章。神农山小巧、精致、紧凑，像一首诗、一阕词，凝练得容不下一个多余的字。

最喜欢那条通往后山的下山路。从龙首台下来，两边全是悬崖绝壁、幽谷险壑，路居然无"路"可走，只能被逼在蜿蜒的山脊上铤而走险了。窄窄的山脊，在一岭九峰的波峰浪谷间上上下下、曲曲折折，人们形象地叫它"龙脊长城"。山路更窄，伸开手，可同时够得着两边的铁链，倘你足够大胆，还可探身触摸到龙鳞松和桃花的枝条。

入诗入画的龙脊长城，本身又是一条绝佳的观景长廊。远眺，群山环抱，深谷纵横，不知何处为女娲山、伏羲峰；俯瞰，山坡山坳桃花浓密处粉色氤氲如霞，有鹰样的鸟在山谷翱翔；前瞻，络绎不绝的游人像一条彩色的链子随着山脊蜿蜒蠕动；回望，刚刚如履薄冰爬上去吓得不敢下看的龙首台，在呼啸的山风中更显崔嵬险峻危如累卵。我真担心，山风若再狂野些，会不会把它撼动。

那天上山，桃花给了我意外的惊喜。没想到，山脚、山腰、山顶，处处晕染着一树树、一片片绯红，似乎早春所有的春光，都烂漫在桃花的妖娆里。早春的山野，桃花开出了内心的欢喜与憧憬，自然、娴雅、恬淡、随意，全然不像节日里城市广场摆放的花盆强颜欢笑。偶尔也见到垂柳和迎春花，它们淡淡的浅绿嫩黄被灼灼桃花给烧灼遮掩了。无风的艳阳下，桃花风韵着一种静美的淑女姿态；风起时，桃花临风而舞，挥洒出它摇曳多姿的醉人风情。

神农山是猕猴的乐园，崖壁树丛藤蔓间，你时不时会看到它们腾挪跳跃嬉戏觅食的灵巧身影，它们在游客的惊喜和镜头中，悠然享用着游客扔来的香蕉苹果面包。

似乎，天下景区的上山路径都选择在山溪流出的地方，山路山溪总是相携相伴若即若离。但很遗憾，那天，我没有看到飞瀑流泉，川流不息的只是游客。我不禁惋惜、疑惑，当年，神农氏设坛祭天的神农山，老子筑炉炼丹的神农山，怎能没有那淙淙流水的天籁之音，怎能没有深潭碧波的天光云影？

回来查阅资料发现，神农山是仙神河、云阳河、逍遥石河、丹河的发源地和上游，它们汇流成沁河而后注入黄河。我顿感欣然，神农山理应有水的，要不，孟州的韩愈怎会为它写下"幽泉间复逗石侧，喷珠漱玉相交喧"的诗句呢？

也许，今夏或秋天，我还会再来一次——看山，赏松，望云；觅水，听泉，观瀑……

响水河记

槐花里藏有童年的记忆？槐花开出了山野的静谧？槐花收藏着最后的春色？反正，想去看槐花了。

山下的槐花落尽了，我们相约，到响水河。

平原地带的槐花总零星在沟沿村头，只有响水河的槐花漫山遍野连片成海花开如云。

响水河蜿蜒在洛阳万安山的褶皱中，万安山和嵩山峰峦相连，但它却是秦岭的余脉。

一道山谷曲径通幽不知深浅，一条小溪淙淙而鸣不知其源，不由浮想，逆流而上，是否能寻出一个桃花源？响水河流水叮咚，这大约就是它名字的由来吧，但我感觉叫响水溪更贴切些，因为那河实在太小了。但小有小的曼妙，一路伴你而行，没有滔滔的喧嚣，没有如雷的轰鸣，汩汩的水声若断若续，和着细碎的鸟鸣，似一曲舒缓的背景音乐。

两岸满目苍翠，以槐树居多。五月初，平原地带的槐花已纷纷凋零，洛阳城的锦绣牡丹也大都绿肥红瘦风韵不再，而这里，无边的槐花却繁盛如云，洁白似雪。成群的蜜蜂，来赴这场槐花的约会。一树树的槐花，欣然开出飞翔的姿态，把一年的思念酿成槐蜜，回馈蜂蝶优雅的亲吻和缠绵的耳语。

帝都春欲暮，喧喧车马度。开在游人如织的红尘中，洛阳的牡丹太过喧闹富贵，而响水河的槐花，恬淡、娴静、慵懒、悠闲，不为炫耀，不为逢迎，无欲无求，野舟自横，自家女儿般让你惬意怜爱，陶然而醉，心静如水。

河谷很静。溪水在乱石间不停地变幻着流动的身姿，水草无声的摇曳，螃蟹静静地游移；林间小径，偶有松鼠一闪而过，追着你温软细语的是那几只多情的蜜蜂；草木森森的崖壁，不时有山鸡嘹亮的鸣叫在烟云间回荡，恍然一种"人家在何处？云外一声鸡"的诗情禅意；喧闹的只有我们开心的说笑，恣意的只是阵阵袭来的槐花香。

一路流水淙淙，一路槐花似雪，一路香气扑鼻，响水河就这么小桥流水小鸟依人地婉约着，偶尔也乱石穿空地豪放一次。距山顶不远处一块巨石，刀砍剑劈般豁然开裂，仅容一人的一线天里寒气逼人。石上"山崩石裂"四个字让我们遐思，响水河谷是怎么形成的？地壳变动石破天惊的杰作？浅吟低唱精雕细刻的流水冲刷？

再往上走，居然是一道绝壁飞瀑，水量不大，但飘逸、秀美，是响水河这首小诗中最出彩的佳句吧。

迂回攀到上面，却发现山顶不是水穷处，响水河的源头不知隐在哪片乱石杂树中。山顶也不是我想象的孤峰插云，而是一片天苍野茫的开阔山野，但我仍然有一种山登绝顶我为峰的豪迈，真想伸开双臂，仰天长啸。

还真的听到一声长啸，浑厚悠长，呵呵，那是牛的鸣叫。我大为惊奇，这么高的山，牛是怎么上来的？循声而望，漫山遍坡的槐树林中，几只牛在悠闲地吃草，却不见牧人何处。平日腻烦了刺耳的车笛声，此时，在山野，在林间，牛的鸣声和先前山鸡的啼叫嘹亮成一首归去来兮，山中无历日，寒尽不知年的田园牧歌。

就这样，你的心事被槐香融化了，你的烦恼被流水冲走了，往日浮躁的心，被满眼的野趣抚慰得响水河般澄澈明净，你真想在此结庐而居，一醉经年。遗憾的是，我们只是匆匆过客——你可以让响水河流在你心上，你可以让槐花香飘在你梦中，但你却无法朝朝暮暮，我们终将带着依依眷恋，重回凡尘。

　　归途中蓦然发现，花开正盛，满树蜂飞，却偶有白色的花瓣恋恋飘落，我知道，那是响水河和我们惜别的眼泪。

　　挥挥手，我们和槐花、和仅存的春色作别。

　　山下，夏日的潮水已悄然淹没了平原的村庄。

汝阳四记

一条河，发源于豫西伏牛山深处，东南注入沙颍河，最终汇入淮河，成为淮河的源头。

《诗经》里有她的名字：汝河。

汝河上游，一片土地，一个古邑，多在汝河之北，故名汝阳。

西泰山

汝阳南部多山。

最有名的那座，位于县城南 52 公里的伏牛山腹地，名字叫：泰山。

泰山？

没错，就叫泰山。这是周公长子伯禽封于鲁阳（今河南鲁山）为侯后命名的。后伯禽随周公东征，迁都于曲阜，史称东鲁，立岱宗为东岳泰山，而原鲁阳改为"西鲁"，原泰山也只好屈尊做了偏房，改称"西泰山"。

西泰山峰峦无数，情侣峰和炎黄峰最为奇特著名。

上山不久，南望，满山的苍翠与杜鹃盛开的嫣红中，两座岩石大片裸露的巨石或山峰兀然而立，那神态，仿佛一对恋人正待亲吻，却突然被一种神奇的力量定格了。于是，地老天荒中，它们永远保持着这个让人心动也让人遐想的姿势。

大凡，事情将济而未济时，最能激发人们的兴奋。欲吻而未吻，恐怕彼此都能感受到对方的心跳与呼吸，却又这么咫尺天涯。

"与其在悬崖上展览千年，不如在爱人肩头痛哭一晚。"108米的情侣峰，让很多游客想到舒婷的这句诗。

有人叫它羲娲峰，并演绎出伏羲与女娲的故事。依据大约出自先秦的《世本·氏姓篇》："女娲氏，天皇封娣于汝水之阳，后为天子，因称女皇。"羲娲峰，一旦涂上远古的人文色彩，便一下子有了历史的纵深悠远与扑朔迷离。

草树掩映中，起伏的山路朝着情侣峰蜿蜒迂回。"看啊，它们要吻上了！"循声细看，可惜，还差那么一点点，于是怀着期待，继续登山。峰回路转中，终于，两峰相交了，但很遗憾，此时已然没有了拥吻的神韵。

爬到跟前，但见两峰崔嵬，无路可攀。伫立两峰脚下窄窄的峡谷，听不到它们的心跳，只有自己的喘息，偶尔有山风拂过，像是它们的耳语。岩壁的乱草杂树中，一簇簇一树树杜鹃花仿若童心无忌的小女孩，没有一点心思，只是可劲地灿烂，那明艳的红色，灼得人直想流泪。

15里外，炎黄峰的奇崛，诱惑着我们的兴奋。一个半小时后，惊喜如约而至。海拔1488米的山体上，双峰并立，巍峨擎天，那气魄，那神韵，任谁都能看出伟人的气质与风采，这就是炎黄峰。

天哪，世上竟有这般的神奇造化！

黄帝雄才大略，征服东夷、九黎族，联合炎帝，涿鹿之战，擒杀蚩尤，一统华夏，肇造文明，被尊为中华"人文初祖"。只是，轩辕氏生于新郑，葬于黄陵，一生波澜壮阔，但不知与西泰山可有渊源？

"昔者，黄帝合鬼神于西泰山之上，驾象车而六蛟龙，毕方并辖，蚩尤具前，风伯尽扫，雨师洒道。"这是《韩非子·十过》中的记载。据说，炎黄二帝曾在此缔结联盟，大会诸侯。扑朔迷离的历史烟云，给西泰山平添了几缕幽古与神秘，炎黄二帝的传说遍布九州，炎黄峰的形神毕肖真是可遇而不可求，西泰山就这么让人嫉妒地独享了这份莫大荣幸与骄傲。

杜鹃花

初夏，是杜鹃开出来的。

其时，牡丹开罢，槐花已老，苦楝花虽然绽放，但极少连片成林，且太过细碎、淡雅，只有杜鹃，才能开出燃烧的浓烈。

杜鹃花又叫映山红，是一种"争奈结根深石底，无因移得到人家"的山野之花，但并不是所有的山野都能开出这样的"花中西施"，这大约也需要缘分吧。不知西泰山怎样修来这天大的福分，每年初夏，都被恣肆的杜鹃青睐、眷恋、攻陷，开成一座层林尽染的杜鹃山。

杜鹃花开，率性而又纯粹，无所顾忌，它不许像有些花，羞羞答答，隐在叶子间，欲露还藏。它开的时候，满树没有一片叶子，每一根枝条，都一嘟噜一串，成为花朵的涌泉，每一棵树，都擎举着一团花开如燃照亮山野的灿烂和明丽。

泰戈尔"生如夏花之绚烂"的诗句，可否是从杜鹃的枝头采撷而来？

杜鹃花是天生的艺术家吧，它从不毫无节制地用蛮力红遍千山，而是恰到好处地一簇簇、一片片，高低错落，疏密有致，烂漫在山脊峰峦，点缀在山坡峡谷。繁盛处，花开如云，浓若泼墨；稀疏处，疏影横斜水清浅，一枝红艳开清绝。

山上有条小径，循着杜鹃的踪迹蜿蜒，被称为杜鹃花廊。和蜂蝶一起，我们从花丛里穿过，于花影间流连，我忽然想起并篡改了两句诗：取次花丛频回顾，不因修道只缘君。所恨，四围青山，重峦叠嶂，路有尽而花未尽，远远近近，很多很多的花，开在那些无路可通的地方。白云深处有人家，在山里，杜鹃远比我们走得远。匆匆的游客，只能用目光去怜惜那抹无法抵达的绯红。

初夏，是杜鹃开出来的。

五月的西泰山，也是杜鹃开出来的。

你镜头里的画面，我笔下的文字，也都是杜鹃开出来的。

杜康酒

一缕奇异的醇香，从荒蛮的远古飘来，从苍茫的河洛飘来，氤氲成一种文化，渗透进红尘烟火，它就是：酒香。

三山环抱，一溪旁流。杜康河流水潺潺，清澈见底，酒泉沟百泉喷涌，清爽甘冽，夹岸树木葱郁，岸上绿野阡陌，这就是：酒乡汝阳。

"有饭不尽，委余空桑，郁积成味，久蓄气芳。"夏代的一个君王偶然发现，树洞里发酵的剩饭，居然散发着一缕奇异的香味，于是他发明了一种世间从不曾有过的奇异美味——水的形态，火的性格，妙不可言的味道。

那个君王叫杜康，他酿造的美味叫杜康酒，他酿酒的地方叫杜康村。

酒诞生得太早了，荒蛮还不曾走远，国家才刚刚建立，青铜器的铸造尚未成熟，甲骨文的胚胎还在孕育。食不果腹的远古，过早闯入人类生活的酒无疑是一种珍稀的奢侈品，但这种奢侈品却一经诞生就生生不息，不可遏止地刺激挑逗着人类的味蕾，在无数的天灾战乱中，依然芬芳飘溢着它特有的滋味。

曾想，酒，似乎应该出现在国力强盛的秦汉时代吧？又笑，倘没有了酒的浸润，生动鲜活的先秦历史会逊色多少呢？

醉里乾坤大，壶中日月长。酒的魅惑如此之大，以致夏禹在一次大醉方醒后慨叹：后世必有以酒亡其国者！果然，夏桀的豪饮无度，纣王的酒池肉林，都让他们都做了末代之君。于是，有人归罪于酒，但美酒何辜？世间尤物多矣，江山、佳人、宝玉、美酒，是玩物丧志？还是励精图治？全在你自己的把握了。

漫漫岁月，酒，氤氲成一种被赋予了丰富内涵的厚重文化。

"饮酒者，乃学问之事，非饮食之事也。"仿佛酒的醇厚浓烈注入了文人的血液，一部中国文学史，其实就是一部酒的历史。《诗经》中有"十月获稻，为此春酒"的诗句，孔子被袁宏道推为酒之饮宗，曹操煮酒论英雄，七贤饮酒纵歌，兰亭雅聚曲水流觞，陶渊明诗酒一生，李白"天子呼来不上船，自称臣是酒中仙"，白居易"万感醉中来"，高适"心事一杯中"，王维"劝君更尽一杯酒"，王翰"醉卧沙场君莫笑"，"饮中八仙"的张旭，醉后以发蘸墨，笔走龙蛇，满纸云烟，杜牧"腹有书万卷，身外酒千杯"，苏东坡"持杯月下花前醉，休问荣枯事"，范仲淹"酒入愁肠，化作相思泪"，连李清照也"浓睡不消残酒"……这些诗句一定是酒里泡出的吧？

"酒者，天之美禄，帝王所以颐养天下，享祀祈福，扶衰养疾。百礼之会，非酒不行。"古时的敬天、祭神、拜祖、赏赐、出征、凯旋，民间婚丧嫁娶无酒不成席的习俗等，无不浸透着那洞穿千年的绵绵酒香。

古希腊神话中，火是普罗米修斯从天庭盗回的，而酒祖杜康，它不是张骞从西域带回的，也不是玄奘从天竺驮回的，它是黑发黄肤的羲黄子孙，用原产于这片土地的小麦、高粱等农作物酿造的，用带有图案或没有图案的陶罐存着，用造型奇特的青铜爵盛着，用漆制的酒觞饮着。

"何以解忧？唯有杜康。"根植于博大精深的河洛文化，杜康，一条发源于历史深处的涓涓小溪，汇流成一条波澜壮阔的滔滔大河，醇香了几千年，成为华夏文明的另一种载体。

哪种酒与中国的朝代等长？

哪种酒涵养折射着中华文化？

历史长河里，有些文明衰落了（比如和酒同时代的青铜文明），有些文明却水乳交融地渗透进我们的生活中。

"晚来天欲雪，能饮一杯无？"回味悠长的醇浓酒香里，多少潮起潮落花开月升的故事？

其实，咱喝的不是酒，咱沉醉的是袅袅酒香里的中国文化。

恐龙谷

靳河，是一条小河，小到这么多年你我都不曾听说，小到网上也百度不到，小到地图上也只是那么细如发丝连名字都没有标注的淡淡一痕。

地老天荒中，靳河流过多少岁月？谁也不知道，也许，早在恐龙时代，它就静静流在大山深处。

知道吗？伏牛山北麓的汝阳，这片淮河流域的山水，这片汝河两岸开满杜鹃的地方，八千五百万年至一亿年前，曾是恐龙的乐园。

靳河流经的那道南北走向的山谷，就叫恐龙谷。恐龙谷蜿蜒在群山中，依稀还留存有恐龙的遗迹。

沧海桑田，陵谷变迁，史前的这片山水会是什么模样？没人说得清，我们只能假设：倘若这道山谷仍在，这条靳河仍在，那么，恐龙应该也在这儿嬉戏饮水吧。

靳河万古流，给这片山水带来了灵动与生机，充沛的水源，茂盛的草木，适宜的气候，让史前的恐龙拥有一片理想的休憩繁衍之地。

如今，早已灭绝的恐龙，只能以化石的方式，残留着那个遥远年代的信息。聪明的汝阳人在这段如画的山谷中，开辟了一条名为"恐龙谷漂流"的黄金水道。

靳河自南而北，清波漫流，潺潺媛媛，两岸植被苍翠，青山连绵，不时有怪石奇峰掠过，蓝天白云，是这片山水悠远辽阔的背景。河中，橡皮舟如片片红叶，在浪花激流中穿梭、浮沉、飘摇。

水流湍急乱石穿空处，碰撞如水石相激那样自然。船与石碰撞，船与岸碰撞，船与船碰撞，人仰马翻有惊无险的惊呼尖叫，淋漓宣泄着漂流带来的新奇、惊险和刺激。在八公里一百五十米落差的漂程中，直欲把天上的白云撞碎成朵朵浪花。

当然，也有岁月静好的时候。水流平缓开阔处，大家没有了激流险滩中翻船、打旋的仓皇狼狈，无辣不欢咋办？于是，相互间的水仗成了一种特殊的问候方式。凭着百年修得同船渡的缘分，素昧平生的游客萍聚于此，你水枪的挑衅与攻击，射出的是尽兴；他瓢盆交加的报复，泼来的是开心。

恐龙谷是一架琴，靳河是流动的琴弦，游客呢，是琴弦上悠然跳动的音符。

忘情在山水间，四方游客惬意成水中的蝌蚪，忘我成岸边草丛朵朵鲜艳的杜鹃花。

归途中忽然想起一个问题：靳河的源头在哪里？我们是顺流而下的，倘若缘溪行，林尽水源处，可否能寻到一个隐秘的洞口？

其实，在浪花激流中冲浪的两个小时，在碧波清潭中优游的两个小时，我们已然幸运成此情可待成追忆的武陵人了。

重渡沟记

栾川，洛阳西南一邑也，地处伏牛山区，崇山峻岭，沟壑纵横，满目葱茏，悠远宁静。

重渡沟，伏牛一山沟也，所奇者，绿绣成堆间，清泉处处，汇流成溪。

这溪水有个诗意的名字：滴翠河。滴翠河贪玩的少女般撒着娇，依着山形沟势，变幻着曼妙的风姿。或为瀑，飞雪溅玉，与山石为戏；或为潭，清波荡漾，静牧天光云影；或为流，淙淙似琴，如与水草岸石幽幽私语。

滴翠之水山上来，重渡无处不飞流。因了滴翠河的高山流水，重渡沟便有了飞流直下的瀑，便有了深不见底的潭，便有了犬牙交错的岸，便有了乱石穿空的滩，便有了高峡平湖的坝，便有了各色各样古朴别致的木桥、石桥，便有了曲径通幽、绿竹掩映的石阶，便有了云遮雾罩、望而生畏的天梯……

炎炎夏日，重渡沟遮天的绿荫、悦耳的鸟鸣和清凉的溪流给喜山乐水崇尚自然的游客送来宜人的凉爽和惬意。漫山苍翠中，游人的喧闹被飞瀑的轰鸣淹没了，被婆娑起舞的竹海稀释了，滚滚红尘里浮躁不安的心被清清流泉抚慰成一池春水。

"北方有佳人，遗世而独立。"因为崇山峻岭的闭塞，天生丽质的重渡沟养在深闺人未识；因为峰回路转的遥远，空谷幽兰的重渡沟清纯如一枚未有任何污染的青青野果。豆蔻年华风姿绰约的重渡沟被伏牛山的闭塞落后寂寞的掩埋了，又被伏牛山的闭塞落后完好无损地保护了。

不到重渡沟，重渡沟是我无法阻挡的神往和幻想；离开重渡沟，重渡沟成了我无尽的留恋和些许的遗憾。想必，春天的重渡沟定然是乱花渐欲迷人眼，滴翠河上缤纷的落英写着"桃花尽日随流水，洞在清溪何处边"的幽幽诗情；那么秋来的重渡沟可是"隔断红尘三十里，白云红叶两悠悠"？被层林尽染映成五彩斑斓的滴翠河可否让你读出"霜叶红于二月花"的浓浓画意？

重渡沟笑而不答，她只用溪水的欢笑撩拨你的想象，她只用山风的细语轻吻你的遐思，她只用曼妙的风情期待你的"重渡"。

暮色中踏上归途，忍不住再看一眼一路相伴的滴翠河，满腹依恋化作徐志摩销魂的诗句："在康河的柔波里，我甘愿做一条水草"。

让我化作你河里的一尾鱼吧，让我化作你山上的一棵树吧……正在幸福的伤感着，忽然听说，流出重渡沟，滴翠河汇入伊河。我大为惊奇和亲切，因为，伊河是流经我故乡的母亲河。不由想起几句词："君住长江头，我住长江尾，日日思君不见君，共饮长江水"。

"寒树依微远天外，夕阳明灭乱流中。孤村几岁临伊岸，一雁初晴下朔风。"滴翠河，韦应物对伊河下游的描述里，还能找到你天使般清纯、欢快、曼妙的风情吗？"长天万里烟霞外，短蓬一声杨柳中。"该是你另一种迷人的风韵吧。

白云山记

山中何所有？岭上水与云。不忍自怡悦，撷来持赠君。

——题记

一

八百里伏牛山，西起秦岭余脉，东与桐柏山相接，横亘成淮河和汉江的分水岭，也巍峨成温带与亚热带的分界线。

伏牛山的千沟万壑里亮丽着一群水灵灵的女儿：石人山、老君山、宝天曼、卧龙谷、重渡沟、木札岭等，当然，还有白云山。

白云山位于洛阳、南阳、平顶山三地的交界处，那里是伏牛山腹地。

以白云命名的山应该与白云有着很深的渊源吧。天空，应是云最为辽远空阔的舞台了，但太过一览无余，所以，黄河的云，淮河的云，长江的云，都喜欢到这中原最高的山上玩，喜欢在波峰浪谷间捉迷藏，喜欢在嶙峋的山石上蹭痒痒。云淡风轻时，云是白云山颈上的一缕丝巾，抑或身上的一袭轻纱，欲露还藏，飘逸着曼妙；兴致来了，云才不管什么高峰不高峰，蹭蹭几下就上去了，让海拔 2216 米的中原极顶成了茫茫云海的一块礁石；正在你担心会不会把玉皇顶淹没时，调皮的云却又一霎无影无踪，让白云山裸露在晴空里、阳光下，做了出浴的美人。好在满山葱茏蓊郁的原始森林忠实地掩映着山的羞涩。

天地间最悠游自在、最洒脱不羁、最心无牵绊、最萍踪天涯的，就是云了。昨日还蓝田日暖玉生烟，悠悠闲处作奇峰呢，今天已归傍巫山十二峰，春云春水两溶溶了。后天呢？也许会千寻有影沧江底，也曾愁杀楚襄王吧。云卷云舒，随风飘逝，去留无意，倏尔东西，云不知你我什么时候来，你我也不知云什么时候去，无心的云儿大概没有离别的惆怅吧？

云儿其实是有心的，只是，云在乎的不是你我，云的心里只有山。云山之恋很率性，很缠绵，很唯美，很诗意，它们不会因你我的存在而难为情。也是，在云那里，在山那里，你我只不过是一片倏忽飘逝的树叶，一只来去匆匆连踪影都不曾留下的小鸟。

是白云山放牧着那些云？还是云把白云山做了故乡，做了爱巢？夏日，这儿几乎每天都上演着朝云暮雨的恋情。那云，拂过每一座山峰，每一条山涧，每一块岩石，每一株小草。那雨，洒过五角枫、水曲柳，洒过金钱松、领春木，洒过短柄、漆树。无数次缠绵的拥吻，无数次无踪的别离，无数次幸福伤感的泪水，汇成山涧的九龙溪。

二

其实，没有九龙溪这个名字。白云山，只有一条斗折蛇行，悄然葳蕤在伏牛山幽深褶皱里的九龙沟。

九龙沟是白云山的一条山水画廊，它的魅力来自那条深深浅浅弯弯曲曲移步换景的山涧，源自山涧里那条从山顶至山脚落差千米的溪水，源自高高低低大大小小形状各异的众多瀑布。

高山流水，潭瀑相连，我诧异，这么高的山，水来自哪里？莫非，源头就在白云深处？云儿化作了雨，雨水汇成了溪，溪水是云的另一种存在吧，在天为云时，是爱玩的少女，恣意翻卷袅娜，无拘无束。落地成水后，是嫁给了山野大地。那些断崖绝壁，撩拨了它们再次做云的梦想和冲动，于是，绝壁上纵身一跃，百余米的落差飘洒着激情飞扬的青春风采，于是，幽深的潭水永不停歇地盛开起堆雪的云朵。有时也会静下来，静成一脉清流、静成一潭清风徐来水波不兴的琼瑶，那水面、潭底，也依然飘有皆若空游无所依的云影。

忽然想到一个问题：那溪水叫什么名字？溪边摆摊人的答案让你有些惊愕和遗憾：没有名字——原本没有名字，至今也没有名字。

这怎么可以呢？一条小鹿般蹦来跳去惹人爱怜的溪水，在一道不为人知的山涧里奔流了多少年，芳树无人花自落，空山一路鸟空啼，把多少花开花落的诗情画意流成寂寞淡然，又把多少云卷云舒的寂寞淡然流成诗情画意，怎么可以没有自己的名字呢？

在九龙沟的怀抱里，那么，姑且喊她九龙溪吧。

也许，在她面前，所有的名字都不免有些烟火俗气。愉悦她的流泉、飞瀑、深潭就够了，品味她的甘甜、清澈、沁凉就够了，禅悟她的欢快、忘情、悠然就够了。

水逝云飞，岁月悠悠，就这样，没有名字的九龙溪，养在深闺的九龙溪，寂寞在伏牛山隔断红尘的沟壑里寒尽不知年。陶渊明没来过，谢灵运没来过，李太白没来过，苏东坡没来过，郦道元没来过，徐霞客没来过，就连洛阳才子杜子美、刘禹锡、陈与义、朱敦儒也没来过，但清风来过，明月来过，谷雨来过，寒露来过，山花来过，红叶来过。

三

玉皇顶，我感受到山的高峻，云的随性。九龙溪，我惊诧于峡谷的幽深，水的多姿。高峻幽深之间，是山的高度与厚度。飞云流水之间，是山的灵气与风情。

白云山是云做的，云，泼墨着它的风采。

白云山是水做的，水，飞溅着它的神韵。

云卷云舒，水静水动，都是白云山的诗。

石场村记

嵩山之西有个嵩县，嵩县有座九皋山（对，就是《诗经》中"鹤鸣九皋，声闻于天"的那座山系），山上有个石场村，那里的石头挺耐看。

朋友说，现在草太盛，好多石头都被遮住了。我笑，约好了，石头在那里等我呢。

山路像风中的飘带，若隐若现，汽车如一叶浪里小舟，时沉时浮。大山的波峰浪谷间，无数次峰回路转后，那片山野映入了我们的眼睑。

山岭是北方常见的那种，平缓逶迤，一些树，像长在稀树草原上，疏疏落落，山下的农田铺满烟叶、玉米的葱茏，山上则零乱地遍布着大大小小的石头。

远远就看到山脚处有片石头崔嵬密集，走近，发现山体上刻有四个大字：石屏画廊。云南的石林，奇峰峻拔，是从地面向上长的，而这片石头深嵌在山体里，依着山势和山一块长。石头与石头之间，有着曲曲弯弯深深浅浅野草丛生走向诡异的罅隙，似乎要把一块块石头剥离出来，凸显出来。

放眼望去，附近的山坡上布满了大大小小的石头。这面山坡，是史前洪荒的遗留吧？数百个奇形怪状的石头，以你不曾见过也想象不到的千姿百态，诡异地散落或镶嵌在那片山野。似漫不经心散乱无序，又似错落有致好像谁刻意为之，我无端怀疑是另一个星球的景观。那些石头，不是晶莹圆润纤秀婀娜小巧玲珑的那种，也不像太湖石的瘦、透、露、皱，它们古拙、质朴、敦厚、恢宏、怪异，牛羊般或蹲或卧在夏日的草丛里。谁在放牧它们？我发现好多石头下面好像是泥土，这些无"根"的石头是从什么地方飞来的？据说，每块石头大约都有上亿年的历史了，那么，里面应该藏着地球演变的秘密吧？它们是怎么来的？女娲补天剩下的？还是史前一场罕见的陨石雨的杰作？抑或是诸葛亮的八阵图？怎么以这样匪夷所思的姿态出现？这里能否找到一块通灵宝玉？

从这片山坡踅回，我们走进了那个山凹中绿树掩映的村落，不经意间，竟从"远古洪荒"步入到了"石器时代"。这里，完全是一片石头的世界，石巷、石房、石床、石桌、石凳、石窑、石灶、石磨、石碾、石槽、石臼，日常林林总总的生产生活用具差不多全是石制的。村路曲折上下，碎石铺就的；家家比邻而居，被石墙隔开着又被石墙牵连着；没有一家房子不是石砌的，甚至有些房顶也是。你不知村民们是怎样就地取材，把那些不规则的石块石片，魔术般砌成这么齐整坚固的墙壁。石砌的建筑成了村子的主角，街巷的狗，院落的鸡，远近的树，树上的鸟，甚或来去的人，都成了点缀和陪衬。

洪武年间，一对柴姓兄弟带领全家，从山西洪洞县迁移到这里，六百年后，形成了这个不足三百人的村落。漫漫岁月，柴姓人家就在这样一个石头城堡里繁衍生息，偏僻、闭塞、贫穷、抗争，让他们无意间把这个小小的山村，打造成一个石头艺术博物馆。那让人惊叹的技艺背后，我读到的是老辈村民手上那厚硬的老茧、佝偻的脊背、树根般凸露的青筋写下的艰辛。村民们想不到，当初，他们被生活所逼而磨炼出来的手艺，如今，成了现代人眼中的一道独特的风景。正如珍珠，晶莹玉润的层层包裹，原不是用来炫耀它的美丽，而是为减少蚌所承受的痛苦。

现在，村民还在这里居住，并依旧保留着烧柴做饭等古老的生活方式和习俗。中午，我们在一农家就餐，核桃树下的凉荫里，几人围着石桌而坐，品尝新鲜的红薯面、鸡蛋蒜面和时令野菜，欣喜地看到了久违的儿时记忆或古典诗词里才有的袅袅炊烟。那炊烟，裹着农家饭的香味，从石灶、石房、石巷里飘出，飘成鸡犬相闻的清淡日子，飘成清淡日子里的田园诗意。他们用这种落后的方式，留住了过往岁月，留住了一段历史，留成后人的万千感慨。

可能是土质的原因，村里的皂角树、黑槐树、核桃树等长得较慢，也不甚高大，但材质很硬。我有点担心，这样长下去，再过三百年，那棵已经三百年的国槐，还有那棵一百六十八年的皂角树，会不会长出石头的质地？

庞贝古城被火山灰掩埋了，石头部落被遥远偏僻掩埋了。而今，一条公路长藤似的爬进来，成为进入桃花源的洞口。于是，这个被人称为"乡村主题公园"的石头部落，和江南水乡周庄一样，和贫贱江头自浣纱的越女一样，陡然让世界惊艳。

山高路远，山民常年深居简出，偶尔有幸到山外走走，总被山外人呼做"山憨儿"，我不知道这是亲昵的称谓呢，还是略带鄙夷的嘲讽。不管怎样，我是很喜欢的，憨厚的山音，憨厚的山情，憨厚的性格，憨厚的心灵。听腻了都市的喧闹，山村的宁谧就是最好的馈赠。自然，憨厚的大山也不会吝惜它空气的清新、鸟鸣的悦耳和白云的悠闲。山里人羡慕山外的繁华，而山外人至此，无不为山村特有的原生态的古朴所迷醉，看惯了高楼人海的眼睛，流露出对回归自然的神往。山外人享受着现代文明，山里人却拥有自然原始朴素的天趣。

山上的石头，是大自然的妙手偶得，村里的建筑，是人类实用艺术的杰作。幸耶？还是不幸？社会的文明进步，会使这些因生活逼迫而磨炼出的生存技艺迅速消失。石头部落，未必会成为一个时代的绝版，但这种原始古朴的经典技艺，会随时代的消逝而成为绝唱。

南京叫石头城，《红楼梦》又名《石头记》，九皋山上的石场村，去过的人都叫它：石头部落。相信吗？亿万年前，这里，曾经是一片辽阔的海域，地壳把它抬升了，时间把它遗忘了，以致至今，石头部落里停泊着史前的光阴，石头部落里封存着过去岁月的遗迹。

石头部落，一棵长在遥远未被嫁接的千年稀有古树，它的年轮里，藏着无人花自落寒尽不知年的山中岁月，它的枝头，悠然而寂寞地结着满树未被污染的青青野果。

真的，你去了，石头自会向你讲述的。

龙潭峡记

龙潭峡是近几十年才发现的，发现时它已十二亿岁了，而它所在的洛阳新安县，从置县于秦算起，才只有 2200 年的历史。

龙潭峡的发现是一次偶然。

秦岭的余脉蜿蜒过来，龙潭峡大隐隐于市，就藏身在黄河南岸万山湖畔的群山中，一待就是十二亿年。

当初，武陵人发现了桃花源，再寻，不复得路。而龙潭峡，本来被一道绝壁遮掩、隔绝着，无路可通，连峡中的五龙溪也只能在这儿跌落而下，但被牧羊人识破天机后，被人凿了天梯、栈道、隧洞。从此，绝壁外的红尘络绎飘进，飘进十二亿年前的旧时光。

龙潭峡的存在是一个奇迹。

十二亿年了，它把石头冲刷成字，它把崖壁风化成画，它把巨石削成利剑，居然没有被流沙碎石掩埋。就像敦煌鸣沙山下的月牙泉，一汪清泉，不渗不涸，千百年来，竟然没有被周围的茫茫黄沙吞噬。如果说月牙泉似有佛佑，那么龙潭峡只能说是一个天娇地宠的奇迹。

峡谷口外，一棵千年古檀傍崖而立，树冠硕大，枝叶茂密，系满了世人祈福的红布条，树根盘龙卧虬般裸露爪伏在岩石上，纵横交错。看我出神，朋友笑道，这还没进峡谷呢，谷内未知的美景还在那里等着咱呢。攀上天梯，钻出隧洞，我知道了什么叫别有洞天。三面山围着，山不甚高，却峭壁如削，形成一个天然的山水瓮城。溪水在石面、石缝间怡然流淌，无路可循时，只有悲壮成瀑。

缘溪而上，水边石头上，居然有文字，仔细辨认，却又似是而非，无法解读，这便是"石上天书"了。龙潭峡与世隔绝，天书，远比人类最早的文字还要古老，那应是上帝的"题诗""真迹"吧。当年，倘若"仰视奎星圜曲之势，俯察鱼文鸟羽，山川指掌"的仓颉见到了这"神谕天书"，我们今天的文字是否会是另一番模样呢？

和天书一样，波纹石，也是流水、风化的妙手偶得。波纹石，那是波纹留在石头上的照片，还是波纹刻印在石头上的签名呢？也许，它记录着水石间一个刻骨铭心的爱情故事呢。

峡谷崖壁上的岩洞石龛，也是崩塌、风化、流水溶蚀的杰作。天然洞穴中，那些半球形的石龛，形如佛龛，曲线优美，纹理可见，被称为瓮谷、洞龛，是地质学上的奇观。我们从洞口走过，虽时值夏日，犹觉冷气森森。

一段崖壁上有无数柱状凸起，层层叠叠，如同无数罗汉。据说日光照射之时，亮光闪闪，万千罗汉，栩栩如生。这便是"佛光罗汉崖"。

峡谷，曲曲折折，深深浅浅，窄处幽幽暗暗，头顶明灭一线。溪水斗折蛇行，为溪，为潭，为瀑，孩童般与游人逗乐。水浅流缓处，我们也涉水嬉戏，尽享山水之乐。有一处溪水，让人好生惊奇、迷惑，怎么看都是水往高处流。这当然是一种错觉，有趣的是，它调皮地欺骗了所有的人。

峡谷尽头，一块巨石凛然陡立。它不是一座峰，就是一块巨石，却不是寻常的山石形状。厚约一米，两壁如削，棱角分明，从侧面看去，峻拔如剑，直刺苍穹，让人惊骇，这就是"绝世天碑"。不知怎的，我总是想起刀郎那首《冲动的惩罚》。情浓如潮的高潮处，已无须语言去表达，只求淋漓宣泄，所以只有一句"啊"，高亢激越、响遏行云。不知是刀郎的那句"啊"凝固成天碑豪气干云的气势，还是天碑用它直插云霄的气势无声地激荡成刀郎的旋律。

据说，天碑原有三块，天碑下面横七竖八的几块巨大山石，便是崩塌的天碑遗骸。这些遗骸，颇有几分霸王自刎的不甘与壮烈。当初，天碑的凛然矗立，其实就是一种冲动，上帝赏识这份奇崛，怜惜这份伟岸，把它定格在天地间，已然是奇迹了。而今，它已卓然挺立了十二亿年，我不知它还能岿然独存多久。

天碑右侧不远处的崖壁上，百米高的五龙瀑飞泻而下，水花四溅，轰然作响。我猜想，五龙溪是天碑的情人吧，看到天碑身处险境，就不管不顾奋身跳下，呼喊着翻卷着向天碑扑去。

因不为人知，龙潭峡错过了魏晋唐宋的诗人骚客，是否有一种遗憾？被人发现，对世人是一种惊喜，而对龙潭峡，是否意味着幸运？龙潭峡似乎不需要谁为之吟诗作赋，它本身就是一部荡气回肠的史诗。岩浆奔涌喷发，它在海底巍然成为一座山；地壳抬升，它高峻成岸、傲立成峰；崩裂塌陷，它造就了峡谷、绝壁；水冲浪旋、风剥雨蚀，任时光把它雕塑成只供上帝观赏的山水画廊。十二亿年了，它就在这里，淡泊悠然，做了世外的隐者，做了时光的刻度。

临沣寨记

  一个古寨，一个用红色山石砌成的古寨，一个始建于明末重修于晚清的古寨，像一枚纽扣，缀在一条河的南岸。

  那条河，发源于洛阳南部嵩县伏牛山的南麓，流经汝阳、汝州、郏县、襄城，蜿蜒跌宕二百五十公里的行程后，注入沙颍河，最终汇入淮河。她就是汝河，又叫北汝河。

  那个寨子，不同的历史时期，有着不同的名字：水田村、张家埂、朱家洼，最终，因它的西寨门靠近沣溪（汝河的一条支流），而恢复了清同治时期的名字：临沣寨。

  寨子的前身是始于北魏的一个村子，明末乱世才建了土寨。清道光二十九年，河南省盐运使朱紫峰告老还乡，为防御"蹚将"（太平军）拆掉了明末的土寨墙，耗费巨资修建了全部用红石砌成的寨墙，当地叫它红石寨，号称"汝河南岸第一府"。

  汝河中游郏县的山间平原上，陡然这么一座古意苍苍的石寨，着实让我们惊喜。

  当初，寨子依水而建，石料取自寨东五公里的紫云山，其色朱红，寓意富贵；寨子呈椭圆，其形如舟，意为水涨船高，不惧水患。寨墙高六点七米，宽三至五米，围长一千一百米，占地七点二万平方米，建有城门楼三座、哨楼五座，城垛八百个。

三个寨门，东南门因临近溥渠名曰"溥滨"，西北门因濒临沣溪得名"临沣"，西南门称"来熏"，"来熏"何意？舜帝《南风歌》曰："南风之熏兮，可以解吾民之愠兮；南风之时兮，可以阜吾民之财兮。"方位与名称珠联璧合，透着传统文化的意蕴和民众的美好期盼，真是妙极。

寨外有寨河（杨柳河）环绕，河宽 10~15 米，河中碧波荡漾，鹅鸭成群，河岸白杨挺拔，杨柳依依，与红石寨墙相映成趣。伫立寨墙远眺，四周苇田似海，每到金秋，芦花飘香，野鸭、锦鸡、白鹤、野兔出没其间。可叹如今，小溪断流，寨河干涸，唯余野草萋萋，再无芦苇遍地野鸭乱飞的景致了。

寨内有东西、南北各两条大街，呈"井"字形交错，均用红石铺地。寨内现存布局完整的古院落，如朱氏祠堂、关帝庙、五虎庙等十余座，古建筑一百多栋三百余间，多为砖木结构脊坡式单层或双层瓦房。比如我们游览的朱家大院，"五脊六兽硬山顶，青砖浮雕莲花脊"，属典型的明清四合院建筑。北京城里现存的九千九百九十九座古代建筑中，明代民居只有一间半，而隐于乡野的临沣寨居然有三间。

虽是战乱年间为求自保而修建，但临沣寨的建筑在注重坚固的同时，并未忽略艺术。比如，每面山墙上皆为整块"卍"字红石透雕而成的镂花门，中国传统的"福禄寿喜"文化也得到了充分体现。木雕木刻，随处可见，圆雕、浮雕、透雕，花样百出。坚固大气和艺术之美浑然一体，就像先秦尚武崇文的士人，血性男儿仗剑天涯的凛凛风骨里，一种丰神俊朗的风度与风雅。

临沣寨文风绵长，书香悠悠。明万历年间，朱姓从山西洪洞来此落籍，顺应科举，以诗书求闻达，比屋弦歌，义塾林立，逐渐成为"郏之钜族"，仕宦辈出。除了那些官员、骚客留下的，或刻于红石镶于寨门，或雕于匾额悬于门楣厅堂的楷草隶篆的真迹之外，还有一种独特的文化景观。寨内现存的百余处明清居民中，有八成房子其露在外面的椽子头被点成了红色。什么意思呢？这是一种褒奖，有过科举经历的人家，才配点做红头橡子。

十年浩劫，郏县拆除一百多座古寨墙，但临沣寨却侥幸独存。原因是，恰逢大雨连日，汝河暴涨，红石寨墙把滔滔洪水挡在寨外。我们感谢庆幸那场洪水的同时，也痛惜，那个年代，神州大地多少古书古木古迹古建筑荡然无存，多少传统文化被摧残践踏？

这些年，临沣寨受到了越来越多的关注，寨中百余户居民，近六百口人家，见惯了导演、演员、摄像机的来来去去。央视《走遍中国》《百科探秘》等栏目，先后在此拍摄了多集纪录片，一些电影、电视剧也在此取景。

四百余年的岁月，寨外的汝河奔涌着怎样的波涛？寨内的人家又发生了怎样的故事？只有那些坚固依然的寨墙、寨门、城垛、府邸，留存着旧时记忆，只有那些沧桑的古桥、老树、瓦松、古井、石碑，以各自的方式阐释着古寨春秋。

远山脉脉，流水汤汤。临沣寨，停泊在汝河岸边、掩映在杨柳荫里、荡漾在芦苇丛中的一条旧船，满载着旧时的风物和逝去的光阴。

凹凸游殿

一座山，源于秦岭，逶迤而东，其余脉，在洛阳称邙山，到偃师叫邙岭。

邙岭的坡坡岭岭沟沟壑壑散落着很多村庄，其中偃师最东端有个 5000 人口的大村，叫游殿。

游殿的得名源自宋徽宗。

邙岭东南，渡过伊洛河，是坐落在嵩山之阴的巩县（今巩义市），那里是赵宋王朝"七帝八陵"的陵寝所在。为方便祭祖，徽宗赵佶在邙岭凤凰山头修建了一座会圣宫（靖康元年被金兵焚毁，今存会圣宫碑，为"中州第一巨碑"）。

那年祭扫回来，再宿会圣宫。"河洛之间，巨龙卧焉，河润其阴，洛泽其阳。"这位文人皇帝游兴大发，传下口谕：向北，到能看见黄河的地方返回；向南，到能看到清河（即洛河）的地方止步。一番"邙山远眺"（后名列"洛阳八景"），尽赏"宛若仙域"（会圣宫碑碑文）之美景，赵佶惬意回京。

地方官在圣上看到黄河和洛河的地方各建了一座宫殿——北游殿，南游殿，并各自形成了村落。

南游殿隶属洛阳市、偃师区、山化镇，当地人直呼游殿。

这一串地名无不古意苍苍。

洛阳，是平王东迁建立的东周都城。偃师，因武王伐纣于此"息偃戎师"而得名。山化，是山疙瘩与化碧村的合称，化碧村，源于苌弘化碧的典故。游殿呢?

游殿是个古村落,特色就在古民居。

邙岭,孤军东进,横亘于黄河与伊洛河之间。亿万年来从遥远北方刮来的黄土在这里层层沉积,而雨水的冲刷风霜的侵蚀,又让这深厚的土层皲裂出无数盘根错节的深沟巨壑,当地人因势就形,靠山吃山,在土崖沟坎间开凿了许许多多大大小小各式各样的窑洞、窑院。

窑院,是游殿最为常见的一种民居形式。

在朝阳的崖壁上挖洞而居,俗称靠山式窑洞;在平地挖出七八米深的方形大坑,再在四周崖壁掏窑,俗称地坑院;在平地挖出一条街道,一侧或两侧再挖出一个个院落,这就是窑院。

地坑院多是相对独立且封闭的,而游殿的地坑院却被一条明暗相间的地下道路一线串珠,连成"地下街坊",其代表作就是遐迩闻名的"九连洞"。

一条东西走向长达数百米的地下街道,北侧朝阳的崖壁开凿了几十个窑院,住着几十户人家。为不阻断地面交通,同时减少劳动量,这条地下街道有九段是掏洞而成,于是形成了独具特色的"九连洞"。

九连洞往东,一处呈弧形凹进去的向阳崖壁上,密密麻麻规规整整开凿了一排窑洞(都是靠山式的,有洞里套洞的,有上下双层的),人称"月亮湾"。

窑洞自有窑洞的好处,冬暖夏凉,经济适用,实实在在为祖祖辈辈生老于斯的贫苦村民提供了遮风挡雨的庇护,但当时,其实是无奈的选择。至今仍住在窑院的滑奶奶感叹说:还不是没钱盖不起房嘛。当初挖这条地下街坊,还累死过两头牛呢。闻此,同游的陶乾老师思忖片刻,在手机上打出一首七绝:

坑院深深九洞连,

颓垣断壁已斑斑。

游人不问前朝事,

草木当知肇始艰。

近几十年，村人陆续告别了世世代代居住的窑洞窑院，到高阜开阔的地方盖起洋楼小院，那些窑洞连同里面一些老旧物件就被废弃了。一些窑院，一把锈锁锁着满院往事，一些窑洞已经裂缝、残破，坍塌的黄土荒草萋萋，好像有意要掩埋一段岁月。那些早没了门窗的窑洞，掩映的荒草和暗结的蛛网覆满时间的包浆，远远看去，黑黑的大洞像两个深陷的眼窝，像犹坐说玄宗的白发宫女在晨烟暮霭中茫然发呆。街道崖壁上一些树木歪斜倾倒却又顽强地支撑着，裸露的树根虬曲着它们的艰难和不屈。秋风细雨中，暗红的野酸枣如沉默的旧事，遍地丛生的灌木杂草仿佛恋旧的老人，反刍着过往岁月的滋味，唯有鲜艳的野菊和牵牛花灿烂得像孩子童稚的脸。

或风韵犹存，或品相不佳，风剥雨蚀中，这些大多废弃的窑院窑洞，它们原汁原味的真实，它们不可复制的沧桑，古旧成百里邙山一道难得的人文民俗景观。

游殿村崖高沟深，随处可见的沟壑是村子的一部分。

月亮湾的前面，是一条斜穿半个邙岭的深壑，枝杈横生虬曲蜿蜒的沟身，像一道凝固在大地上的闪电，张牙舞爪裂向东南，恣肆着一种沧海横流的蛮荒与不羁。

沟壑是怎么形成的？应该是流水的冲刷风霜的侵蚀吧。漫长的时光里，一场场瓢泼大雨，一股股滚滚浊流，像乱世嗜杀成性的乱贼匪寇，一次次在莽莽黄土上肆意冲撞，将深厚的黄土慢慢撕裂成不停分岔、延伸的深沟大壑，然后，仿佛在打扫战场，狂暴的野风又年复一年一遍遍凛冽刮过。

兵荒马乱的沟壑，是大地的疤痕；错落林立的峰峦，是原野的残骸或幸存，是黄土与风雨博弈的定格。那有着明显节理层的喀斯特地貌，有流水冲刷的痕迹，有风雨剥蚀的雕琢，那既是流逝的光阴，也是凝固的时间。

你会不会想起湖南的张家界，肇庆的丹霞山，和新疆的魔鬼城？

张家界，丹霞山，多是石质的，魔鬼城虽属夯筑，但终年干旱少雨，游殿乱石穿空的峰峦，却基本是土质的。

它的奇特在此，我的担心也在此。

土质的峰峦是动态的，再过十年故地重游，也许你看到的会是它另一幅表情。

那座圆柱形高与沟平（这些峰峦本身就是土崖的一部分，所以从没超过土崖的高度，但沟壑的幽深足以彰显它们的挺拔与崔嵬）的问天峰还能矗立多久？它会在哪一天轰然或颓然倒塌？

没办法，韶华易逝，烟花易冷，有些美，你终究是留不住的（但同时，新的美也在酝酿萌芽）。

忽然想，当初宋徽宗流连不去，可否也是惊叹或惋惜于这片奇景？靖康之难后被掳北国的徽宗可否惊悸：当年，他在邙岭之巅看到的那些沟壑峰峦，居然就是金兵铁蹄下大宋的模样？

归途我在想，游殿之美，美在何处？

美在四个字吧。

古——古村、古街、古树、古井、古庙、古碑、古人、古事，古风、古韵。

土——土沟、土崖、土院、土窑、土峰、土岭，甚至连村民的方言俚语民俗掌故也都是土的，土得掉渣，却又土得出彩。

凹——沟壑是凹进去的，窑院是凹进去的，地下街坊是凹进去的，月亮湾是凹进去的，连半个村子也是凹在地下的。

凸——峰峦是凸起的，塔林是凸起的，村中的滑氏祠堂，村东的玉皇阁、文昌塔，还有沟畔那棵枯死的"老龙拐"，也是凸起的——另种形式另种质地另种内涵的凸起。

岭上人家，沟中岁月，窑院风情。游殿，这座凹凸在地下的古村落，莫非就是一首土做的诗？

云岩寺记

谁人似我痴？深山访古寺。

山寒水瘦之冬月，伏牛山满目枯黄，背阴处积雪斑驳，偶有松柏几株，绿竹一丛，苍翠着一点生机。

车如小舟，在波峰浪谷间游弋。至一山高处，文友红枫说，嵩县白河乡很神奇，它处在我国南北气候的分界线上，脚下这座山，便是黄河、长江、淮河流域的分水岭。路边一碑载有此事，我们拂去积雪，却拂不尽薄冰，只好作罢。

至云岩寺，满地落叶踩踏成泥，晴空下，几棵高大粗壮筋骨毕现的千年银杏傲然向天。

山谷正中，一座朝阳的古庙，这就是云岩寺。些许意外，云岩寺为初唐自在禅师所建，是伏牛山佛教中心，而眼前的寺庙，孤寂、落寞、破败，像孩子外出打工独守空巢的风烛老人，让人心生怜悯。循墙绕柱，方知乃明代重修。

寺庙背后，两棵参天银杏，裸露的苍劲枝干，像黑色的闪电虬曲在冬日的晴空。

村民说，这是下寺，再往里六公里还有上寺。我们嗟叹着，开始步行。

谷中一溪，满是大大小小形状各异的乱石，溪水淙淙，在乱石间跌宕喧闹。我们踩着乱石，逆流而上。

谷中，零星散住着人家，不见青壮劳力，只有几位白发老者在门口或溪边翻拣或淘洗银杏果、山茱萸。门口的竹席，溪边的卧石，到处晒着那些黄白红艳的山果。山里少土地，这些大山和金秋的馈赠，是山民赖以生存的一项收入。

溪畔、崖壁，一些未及采摘的山茱萸繁星般红果满树，摘一颗尝尝，凉凉的酸酸甜甜，似山楂的味道。而那些不曾采摘的柿树，因没了婆娑摇曳欲露还藏的绿叶，满树的柿子一览无余地醒目着。柿子太稠，树枝被压成弧线；经霜后的柿子红得透亮，那浓缩进阳光颜色的诱人红艳，张扬成荒寒中的一抹诗意。

山上谷中，千年银杏随处可见。与恐龙同时代的银杏是现存种子植物中最古老的孑遗植物，和它同门的其他植物都已灭绝，它却奇迹般活下来。云岩寺方圆五平方公里范围内，聚落着四百多棵古银杏树，因而创造了"寺庙内千年古银杏树最多"的基尼斯纪录。

中午在农家吃饭，品味一种难得的"日高人渴漫思茶，敲门试问野人家"的意趣。山里人居然还用着烧柴禾的灶台，四壁土墙和屋顶满是烟熏火燎的黢黑，浓浓的烟火味弥散着一种久违的亲切，让人回想起童年的味道。

冬日午后，山村寂寂，土墙古瓦的老屋茅舍间，散发着古旧的气息，不时有家鸡、黄狗、老猫的身影出没，让人恍若时光倒退了一个世纪。偶尔也有几间贴有瓷砖的洋房，它们扎眼的光鲜破坏了小村古旧的风格，给人一种文白夹杂的别扭。

山谷尽头，艳阳下一峰巍峨俊秀，那便是伏牛山主峰龙池曼。山脚处一通石碑，风剥雨蚀，已不易辨认。农人说，这就是上寺的遗址。

我惊讶，当年声名赫赫，和嵩山少林寺、洛阳白马寺、开封相国寺并称为"中原四大名寺"的云岩寺，如今寂然破落得只剩一块字迹漫漶的石碑了？还有一处遗迹，是一块巨石，刻有吟咏云岩寺的诗词，可惜已倒伏在地，弯腰钻进，看不清词句。

莫名惆怅。唐朝远去了，化为几册发黄的史书；上寺荡然无存了，只余两块字迹模糊的石碑石刻；唯有寺中错落分布的银杏树寂寞地挺立着。这些目睹了云岩寺千年兴衰的古银杏是否已然成佛？它荣枯不惊淡定从容的年轮里是否藏有漫漫岁月的沧桑往事？

【后记】

风景，在路上

一

孩提时看过两本书，一本是无皮无尾不知书名的童话，一本同样是无皮无尾不知其名的散文集。

这两本书，像一条迷人的小溪，悄然流向文学的大海。只是，小溪和大海之间，隔着万水千山。

有一条小溪叫散文，它流在我的生命里。

喜欢散文的什么？

爱上一个人，似乎不需要理由；爱上一件物，也是。

也许，一个人的爱好和天赋是与生俱来的，那两本书，只是诱我发芽的一场春雨，而我需要做的，只是顺从天性而已。

从吾所好，很大程度上体现了人生的乐趣与意义。

爱好，是生命开出的花，它绽放人生的精彩！当你自得其乐沉浸在爱好里寒尽不知年时，那一刻，你才真正属于你自己。

这么多年，我真实的生活状态是：在一个"瞎"单位（瞎到不吃财政），挣一份低工资（低到羞于启齿），交一些好朋友（好到肝胆相照），写几篇烂文章（烂到不忍卒读）。

文学，究竟给了我什么？

你是我云鬟轻挽的娘子，我是你断了仕途的官人。

衣带渐宽就宽吧，为伊憔悴就憔悴吧，谁让我们喜欢呢？

垂钓之乐若在鱼，我只能是独立小桥风满袖，一星如月看多时。若在钓，应是玉楼金阙慵归去，我与梅花两白头吧。

磕磕绊绊凡俗庸常的日子里，写了这么些歪瓜裂枣的粗糙文字，架不住朋友的怂恿，遂不避浅陋，也傍桑阴学种瓜，结了这么一本不敢称之为书的集子。

文章千古事，得失寸心知。此中有真趣，任尔笑吾痴。

源于少年源于生命的那条小溪尚未干涸，那就让它一路流下去吧，才不管大海怎样的遥不可及呢。潺潺流淌着，才有生机，淙淙跳跃着，才有乐趣。毕竟，风景，在路上……

二

一个人的爱好，可以影响甚至左右他的一生。

学生时代，喜欢读书，尤其是课外书，不为"颜如玉"，不为"黄金屋"，只为无端的喜欢，只为天性的爱好。

文学就这样不知不觉萌芽了，数学差得一败涂地却毫不顾惜。

高考落榜做了编外民师，依旧痴迷文学，依旧执迷不悟。当别人如愿以偿拿到了他们梦寐以求的可能改变命运的文凭时，我收获的却是那些自得其乐却百无一用的散见于报刊的文章。

多年后我才醒悟到，读书分两类：一是功利性的，如明智的世人，暂时委屈自己、压抑自己，卧薪尝胆，去换取一块实用的敲门砖、铺路石、护身符。二是自娱性的，如愚钝的我，只为顺从自己的爱好。

文学，是一束妖艳的罂粟，让你心醉神迷欲罢不能，而她，总和你镜花水月。文人，明知"万言不值一杯水"，犹自"为伊消得人憔悴"。今生为文所误矣，来世犹为文乎？

　　其实，无非几句牢骚而已，骨子深处那种无怨无悔是无法割舍的。

　　"山中何所有？岭上多白云。只可自怡悦，不堪持赠君。"

　　"疏影横斜水清浅，暗香浮动月黄昏。"

　　陶渊明、林和靖，官场、田园，哪个更适合他们？闲云野鹤归去来，野渡无人舟自横。二人都顺应了自己，活出了真实的自己。

　　人，活在自己的爱好里，才是真实的自己，在爱好的桃花源化蛹成蝶，才是精彩的自己。

2020 年 9 月

【书评】

河山毓秀人自杰

—— 评逯玉克历史文化散文集《月明三川》

叶家明

　　仿佛一位忧患意识重重的学人深情凝视着河洛山川，那激扬澎湃的文字从胸中流泻而出，从中既可倾听到历史长河中响起的金戈铁马之声，又不乏绵延千古的柔情呢喃，刚健昂扬的气魄中自有一段妩媚风流之韵。逯玉克先生这本历史文化散文集里的文字给我最大的印象是：高屋建瓴的气势与细腻微妙的心曲巧妙地熔于一炉，意象丰满，韵味悠长，在他笔下历史与文化在睿智的反思中呈现出多样的维度，有如复调式的织体，斑斓多姿，启人深思。

　　作者是河南洛阳偃师人，中华民族的源头之一河洛文化浸透了他的身心。英雄和圣贤辈出的中原大地孕育了他博大的胸怀和深邃的目光，在他笔下史实的严谨和扎实体现了作者深厚的学问功底，而对历史和文化无处不在的反思和悖论式的诘问，更展示了作者现代学术视野的不凡眼光。笔者始终认为历史文化散文的写作必须以扎实准确的史实为前提，巧妙连缀的史料本身就潜藏了许多微妙深刻的意义。祝勇的散文《永和九年的那场醉》之所以让人激赏，其中史料的博恰和精心的安排也是重要的原因。那种只靠薄弱贫瘠的材料和只言片语而天马行空的文字是难以撑起历史的真实和叙述框架的，很容易沦为"戏说"和胡说，难免丧失掉历史和文化的尊严感。无论是描写山川城阙、风俗民情，还是人物故事，在作者笔下都显得特别饱满圆融，血肉丰沛，栩栩如生，颇让人惊佩于作者丰富扎实的学养。集中《蓁蓁苌弘墓》一文在丰富的史料基础上的全方位展示，让这位两千多年前的古人从历史幽暗的深处凸显出来，显得异常生动鲜活；而《永宁寺佛塔》一文的细致描写则给人恍若身临其境之感，那种感同身受般的体验增强了读者怀古思昔之幽情。作者善于引经据典却无堆砌之嫌，其内容之厚重，取材之精当，文笔之摇曳多姿，予人以一种花团锦簇的美感，既丰盈充实又酣畅淋漓。

宏阔的视野，纵横开阖的气势，是作者创作历史文化散文的一大特点，与此类题材固有的博大和雄浑相得益彰，笔势跌宕起伏又意境深远。作者的文风常让我想起英国著名的历史学家汤因比著作中那种高屋建瓴的气势，既深邃又迷人，也很容易使读者联想到先秦纵横家们和西汉贾谊文章中那种久违的神韵，这是一种历史文化写作的很高境界。《千秋魏碑》中所展示的历史画卷是那么壮观和瑰丽，江山如此多娇，令人神往；《无处吊田横》里英雄的豪情和悲壮写得多么摄人心魄，催人泪下，读罢仍为之掩卷长叹。

理性与激情的交织使作者的文字张力十足，元气充沛，极具阳刚之美和冲击力，作者在《一笔狂草舞春秋》一文中是这样描写黄河的："黄河是一幅不羁的狂草。黄河之水天上来。从青藏高原的巴颜喀拉山起笔，到浪淘风簸自天涯的入海处收笔，黄河，以泥沙为墨，以大地作纸，在青海龙羊峡、宁夏青铜峡、晋陕峡谷的壶口瀑布、三门峡的中流砥柱间，恣肆遒劲，势若奔雷，以吞天沃日的霸气和摧枯拉朽的蛮横，写就一幅惊蛇入草、寒藤挂松的狂草。"写得多么气势磅礴！多么诗情画意！显示了作者不羁的才情和千钧的笔力。而行文的大气伴随的又是无处不在的细腻笔触，有时甚至充满了缠绵悱恻之情，令人心旌摇曳不胜唏嘘，组成了一幅迷人的复调式织体。作者在《偃师风物》一文中回顾河洛大鼓的前世今生，写下了这样一段文字"……河洛大鼓，踏着清末洛阳琴书的余韵而来，在河洛大地上铿锵回响，葳蕤百年间，摇曳着浓郁的地方风情，寡淡如水的日子里，像一帖敷在创口的热毛巾，为那些浸泡在苦难中的民众，带来一时的慰藉和陶然……鼓点起处，琴声悠扬，孩子们听来仿若隔世的古董，老人呢，会怅叹一声，韵还是那个韵，只是当年那听书的场景、氛围、心情，再也不复有了……"读着读着那怅惘之情顿时涌上心头，凄美而揪心。而作者谈到洛阳老城和洛阳水席时又别是一番风味，闲庭信步似的娓娓道来，趣味盎然，亲切隽永，仿佛春风化雨，余韵绵长。

三川者，伊河、洛（雒）河、黄河之谓也。三条河，从伏牛山三个不同的方位奔流而来，由洛阳的三川并行，到偃师的伊洛交汇，再到巩义的河洛汇流，共同在邙山南北的洛阳盆地，荡出沃野百里的冲积平原。这里是华夏民族最初的舞台，曾上演了无数激动人心的历史大戏，"昔三代之君（居），皆在河洛之间"（《史记》），"争名者于朝，争利者于市，今三川、周室，天下之朝市也"（《史记·卷七十·张仪列传》），悠久的历史、灿烂的文化，有如晨钟暮鼓，至今仍在岁月的深处回响，神秘而动人。

"孤村几岁临伊岸"，伊河下游南岸，有村曰五岔沟，洛阳才子逯玉克就生长于斯。逯姓生僻，常被误作逮字，逯兄以此自嘲自谑，自号"逮哥"，故江湖皆以"逮哥"呼之。

如果是生在关中八百里秦川，他的笔下召唤出的定然是汉家陵阙、盛唐气象、渭水秋风，必为秦川大地之庆；不过，所幸他生在洛阳，于是，三川、北邙、洛邑、夏商故都、汉魏故城，这些河洛文化的象征和符号，纷纷宿命般地簇集在他的笔下，玉成了这位"文字河洛郎""洛阳的余秋雨"，一篇篇既古意苍苍又精彩纷呈的历史文化散文，为这片古老神奇的土地讴歌招魂。

打开《月明三川》，逡巡于《西亳古韵》《千古三川》《三川读河》《洛都古邑》《屐痕几处》之间，随着作者的思绪，你会回到遥远的过去，在驾鹤升仙的缑山，在采薇而食的首阳，在一画开天、河图洛书的传说里，在永宁寺塔、天堂明堂的遗址中，邂逅那些已然远逝却不曾磨灭的千古往事。三川，是地域，是空间；三川，是亘古，是时间。那里的一切仿佛都与作者血脉相连，那些相关的历史和传说也似乎融入了他的魂魄。与那些走马观花似的游记不同，他笔下的文字充满了真挚深沉的情感和独特的体验。城镇，景物，历史遗存，在他深情的目光注视下，都赋予了鲜活的灵魂和生命。读者从中仿佛能真切地听到洛河的吟唱、邙山的叹息、河洛大鼓的铿锵……在另一个时空维度中感受和领悟到"诗意地栖居在大地上"的生命况味和美学意蕴。

让笔者击节叹赏的，还有逯玉克先生那炉火纯青的语言艺术，豪放与婉约集于一体，色彩斑斓，在谈到洛阳老城时，作者描绘道：

"顺着铺地的青石路，我们来到老城的十字大街，两边老宅大门挑着的喜庆灯笼和红底黄字杏黄边的幌子，渲染成冬日的一抹暖色。

进了几家老宅，墙壁大多风化，有的已经开裂，镂空雕花的门窗漆色已旧，斑驳处露出木纹，房梁上落满灰尘和烟火色，房顶上瓦松瑟瑟，坍塌废弃的破房蛛网遍布，院落幽寂，偶尔传来几声犬吠，恍如隔世。

老宅里多有槐树、枸树、皂角树、花椒树等，年深岁久，这些年轮里记载着世间风云的老树仿佛修禅悟道的高僧深邃地静默着。也有一些枯草样的藤蔓，在黑瓦灰墙的院落间攀爬附着，卷枯萎缩的叶子间，水落石出地裸露着吊挂的橙红色瓜蒌。"

语言含蓄蕴藉、醇厚自然，营造出一幅静美的画卷，极有意境，像这样灵动优雅的文字在文集中比比皆是。

高明的见识是历史文化散文的灵魂，在这方面《月明三川》的作者在文集中所体现的独特的问题意识让人印象深刻。对历史文化的热爱并没有遮蔽他作为现代人的理性和批评意识，对儒家思想影响的利弊，对历史人物如隋炀帝等功过的评价都颇引人深思。作者立足于现代学术思想的前沿，对许多传统的思想和观念进行了批判性的审视，也使得这本历史文化散文集除了很高的文学价值外，也具有了很高的思想价值和文化魅力。